खूनी सुन्दरी

जेम्स हेडली चेइज़

डायमंड बुक्स

प्रकाशक : **डायमंड पॉकेट बुक्स (प्रा.) लि.**
X-30 ओखला इंडस्ट्रियल एरिया, फेज-II
नई दिल्ली-110020
फोन : 011-40712200
ई-मेल : sales@dpb.in
वेबसाइट : www.diamondbook.in
मुद्रक : रेप्रो (इंडिया)

Khuni Sundari

By : James Hadley Chase

खूनी सुन्दरी

1

''देख लो उस झुण्ड की ओर !'' ट्रक ड्राइवर ने कहा और ट्रक की खिड़की से बाहर थूक दिया। ''इन झक्कियों के बजाय मैं किसी कोढ़ी को ट्रक में जगह देना पसंद करूंगा!''

हैरी मिचेल ने अपनी चौड़ी पीठ ट्रक की घड़घड़ा रही सीट की पुश्त से टिका दी। उसने सड़क की एक तरफ से निगाह हटाकर दूसरी तरफ डाली, जहां कुछ हिप्पी एक झुण्ड में अपने बैगों, कार्डबोर्ड और गिटारों के साथ बैठे इंतजार कर रहे थे।

''छीः !'' ट्रक ड्राइवर बोला - ''आने वाले समय के नागरिक!'' वह गुर्राने लगा - ''कितनी अजीब बात है! ये घिनौने जानवर तनिक-सी बात पर अपनी मां का गला काटने से भी नहीं हिचकते।''

ट्रक उनके समीप पहुंचा, तो उनमें तीन लड़कियां, जो हिप्स्टर और शर्ट पहने हुए थीं, ड्राइवर की ओर बड़े अश्लील ढंग से हाथ हिला हिलाकर इशारे करने लगीं।

''रंडियां!'' ड्राइवर ने फिर खिड़की से बाहर थूक दिया। ''मुझे खुशी है कि मेरी कोई लड़की नहीं है। मेरी औरत लड़की कहती थी, लेकिन मैंने साफ बना कर दिया। मेरा खानदान कोई बहुत अच्छा नहीं, लेकिन ये......''

हैरी मिचेल ने जेब से मुड़ा-तुड़ा कैमल का पैके निकाला और एक सिगरेट ड्राइवर को ऑफर किया। जब दोनों ने सिगरेट सुलगा ली, तो ड्राइवर बोला - ''मैं दावे के साथ कह सकता हूं कि तुम्हें हैरानी हो रही होगी कि मैंने किसलिए तुम्हें अपने ट्रक में बिठाया।'' सड़ पर निगाह वापस डालने से पहले उसने हैरी की ओर गौर से देख। ''मैं बताता हूं तुम्हें। तुम हाल ही मैं फौज से निकले हो। ऐसे आदमी को मैं एक नहर से ही पहचान लेता हूं, क्योंकि मैं भी फौज में काम कर चुका हूं। मैं कोरिया की जंग में तैनात था। तुम कब लौटे हो?''

''दस रोज पहले।'' हैरी बोला।

''हां'' ट्रक ड्राइवर सिर हिलाने लगा - ''अभी तक फौजी गंध आ रही है। इसे हटाने में थोड़ा वक्त लगता है। फौज में कैसे चले गए थे?''

हैरी ने कंधे उचका दिये।

''जैने और जाते थे!''

''फौज छोड़कर खुश हो?''

''शायद हां''

''यह फौज भी अजीब चीज होती है। जब तक तुम उसे हो, उसे जहन्नुम की मानिंद कोसत रहोगे। फिर जब इसे छोड़ दोगे, तो लगता है कुछ गया है.... बिल्कुल अकेलापन महसूस होने लगता है। मैं जानता हूं मेरे साथ भी ऐसा ही हुआ था।'' ट्रक ड्राइवर ने सिगरेट का लम्बा कश फेफड़े तक खींचा, फिर अपने फैले हुए नथुनों से ढेर सारा धुआं उगल दिया। ''क्या यह इतना ही कष्टदायक होता है, जैसा कि ये अखबार वाले बताते हैं?''

हैरी ने बेचैनी से पहलू बदला।

''उकताहट बहुत कष्टकर होती है।'' उसने कहा और धान के खेतों की उमस भी गर्मी, उन जंगलों और खतरनाक धान के खेतों की उमस भरी गर्मी, उन जंगलों और खतरनाक मुठभेड़ो को याद करने लगा। उसने उन चीजों का अब याद न करने का फैसला किया यह सब अब खत्म हो चुका था। तीन साल तक उसने उन्हें सहा। उन चीजों को याद करना अब बेमानी था।

ट्रक ड्राइवर को एहसास हुआ कि यह लम्बा-तगड़ा, ब्लोंड आदमी लड़ाई से उतना ही उकता चुका था, जितना घर लौटते समय वह खुद उकताया हुआ था। यह बात उसे थोड़ी निराशाजनक लगी, क्योंकि वह युद्ध की कहानियां सुनने-सुनाने और सच्ची घटनाओं को जानने का इच्छुक था। लेकिन,अगर यह आदमी इस विषय पर बात करना नहीं चाहता है, तो उसे छेड़ना बेकार था।

ट्रक ड्राइवर जिसका नाम सैम बैंज था, डेटॉन बीच पर स्थित क्विक स्नैक बार में बीयर के साथ सैंडविच खाने के लिए चला गया था। वह फलों का ए लोड लेने के लिए आरेंजविले की ओर जा रहा था, जिसे उत्तरी मार्किट में पहुंचाना था उसे यह सफर हफ्ते में दो बार करना पड़ता था क्योंकि इस ओर हाइवे गंदे व असभ्य हिप्पयों से भरा पड़ा रहता था, जो ट्रक रूकवाने के लिए पहिये के नीचे कूद पड़ने तक की परवाह नहीं करते थे, इसलिए सैम बैंज को इस तरफ का सफर करना बिल्कुल पसंद नहीं था।

बार में एक तीस-बत्तीस वर्षीय लम्बा-तगड़ा पीली रंगत वाला आदमी, जिसकी आंखें काफी सतर्क व नाक बाईं ओर तनिक मुड़ी हुई थी, बैठा कोक के साथ सैंडविच खा रहा था। उसे चेहरे पर व्याप्त आत्मविश्वास की झलक और उसके हाव-भाव देखते ही सैम बैंज का पता चल गया था कि वह हाल ही में फौज से निकला हुआ सिपाही है।

दोनों में बातचीत हुई जब हैरी मिचेल नाम उस आदमी ने बताया कि वह दक्षिण की ओर जा रहा है तो सैम उसे अपने ट्रक में जगह देने की खुशी के साथ तैयार हो गया था। आमतौर पर वह किसी को अपने ट्रक में नहीं बिठाता था, लेकिन यह आदमी उसे पसंद आ गया था तथा वह उससे बातें करना चाहता था और जब हैरी ने उसका ऑफर स्वीकार कर लिया तो वह खुश था।

उसने सोचा था-फौज की नौकरी छूटने का यह तो मतलब नहीं था कि आपस में बातचीत नहीं कर सकते।

''क्या तुम मियामी जा रहे हो?'' सैम ने पूछा- ''मैं तुम्हें वहां तक नहीं पहुंचा सकता। मेरा स्टॉप तो आरेंजविल है.... जो मियामी से एक सौ दस मील इधर है।''

''मैं पैराडाइज सिटी जा रहा हूं।'' हैरी बोला - ''जानते हो उसके बारे में?''

''मैं वहां कभी गया नहीं हूं, लेकिन उसके बारे में बहुत कुछ सुन रखा है। शायद तुम्हें मियामी ज्यादा पसंद आ जाए। यह शहर ज्यादा सार्वजनिक है। परौडाइज सिटी तो सिर्फ रईसों के लिए है। वहां की पुलिस हम जैसे लोगों के जमघट को वहां बर्दाश्त नहीं कर सकती। शायद वहां तुम्हारे लिए कोई नौकरी तैयार नहीं होगी, क्यों?''

''नहीं, लेकिन मेरा ख्याल है मुझ जल्द ही कोई नौकरी मिल जाएगी। मैंने सुना था कि जब सीजन शुरू होता है, तो वहां छोटे-मोटे अस्थाई कामों की कमी नहीं होती।'' हैरी ने कहा - ''काम की मुझे परवाह नहीं। मैं कुछ धूप और समुद्री हवा चाहता हूं।'' वह मुस्कराया - ''तुम सोच रहे होगे, यह तो मुझे वियतनाम में भी मिल सकता था, लेकिन मैं धूप में लेटना और मौज करना चाहता हूं।''

''मेरी सलाह मानो।'' सैम बैंज का चेहरा सहसा गम्भीर हो गया। ''जब मैं तुम्हें आरेंजविले में छोड़ देता हूं, तो हाईवे से हटकर बैक रोड से चलना। तुम शायद इन झक्कियों की टोलीसे उलझ पड़ना पसन्द नहीं करोगे। बेशक तुम उनसे निपट लोगे, सभी ऐसा ही सोचते हैं,? लेकिन कोई चाहे कितना भी ताकतवर हो, आठ या नौ जनों के सामने क्या कर सकता है। वे हमेशा झुण्ड में रहते हैं।'' उसने नीचे हैरी के पैरों के बीच दबे रकसै बैग की ओर निगाह डाली। ''जब वे इसे देख लेंगे, तो छीनने की कोशिश करेंगे। तुम्हारी घड़ी से भी ललचाएंगे और यकीन की, ये झक्की जब किसी चीज को चाहते हैं, तो लेकर ही रहते हैं।''

''देख लूंगा।'' हैरी तनिक अधीरता से बोला। वह उस आदमी तरह आत्मविश्वास के साथ बोल रहा था, जो अपनी देखभाल करना बाखूबी जानता हो।

बैंज ने अपना एक भारी हाथ हैरी के घुटने पर रख दिया।

''तुम्हारे जैसे अकेले आदमी की हालत उनके सामने वैसी ही होगी, जैसी गीदड़ों के झुण्ड के सामने शेर के बच्चे की होती है। यह हाईवे सुरक्षित नहीं है। मुझे तो हमेशा यही डर लगा रहता है कि मेरा ट्रक किसी दिन ब्रेक डाउन न हो जाए-अपने समय में मैंने काफी लड़ाई व एक्शन देखे हैं, लेकिन खराब इंजन लिए इस हाईवे पर पड़े रहने की बात सोचते ही मुझ भय से पसीना छूटने लगता है। ये हरामजादे उस हालत में दीमक की तरह मुझ पर टूट पड़ेंगे और मैं कुछ कर न सकूंगा।''

हैरी ने तेजी से उसकी तरफ देखा।

''क्या वे इतने बदमाश है?'' उसने पूछा।

''हां साल भर से यह समय, जब वे झुण्ड के रूप में हाईवे में प्रकट होने लगते हैं, बहुत खतरनाक होता है।'' बैंज ने सिर झटकते हुए कहा - ''एक बार मेरे एक दोस्त के ट्रक का एक्सल टूट गया गया था और उसे आरेंजविले से बीस मील इस तरफ रुकना पड़ा था। वह संतरों का लोड ढो रहा था, जैसे मैं करता हूं। बाद में पुलिस ने उसे बरामद किया तो उसकी एक टांग और तीन पसलियां टूटी हुई थी, चेहने का भुर्ता बन गया था। आधा टन संतरा बरबाद कर दिया गया था। वे उसके कपड़े, जो कुछ पैसे थे, सब, यहां तक कि इंजन के पुर्जे तक खोलकर ले गए थे। बेचारे को दस हफ्ते अस्पताल में गुजारने पड़े थे। अस्पताल से

निकलने के बाद उसने ट्रक चला ही छोड़ दिया। अब वह किसी गैराज में अनमन ढंग से काम कर रहा है।'' उसने कहा - ''मैं कह रहा हूं - यह हाईवे जहर से कम नहीं, इससे दूर रहना।'' उसने सिर झटकाया - ''वह देखो, सामने दूसरा झुण्ड!'' फिर उसने रफ्तार तेज कर दी।

पांच जवान छोकरे, जिनके बाल कंधों तक झूल रहे थे और किसी-किसी की छितराई हुई दाढी भी थी और जिन्होंने गंदे हिप्स्टर और सूती कमीजें पहन रखी थी, ट्रक रोकने के लिए हाथ हिलाने लगे।

जब उन्होंने देखा कि ट्रक रुकने वाला नहीं था, तो उनमें से एक जो सबसे कम उम्र का लगता था, किनारे से उछलकर सड़क के बीच में आ खड़ा हो गया। एक पल के लिए हैरी को लगा कि वह छोकरा ट्रक के फेण्डर से टकरा जाएगा, लेकिन बैंज ने बड़ी कुशलता से ट्रक को मोड़कर उसे बता लिया। दोनों आदमियों को एक क्षण के लिए उस छोकरे का खूंखार क्रोधित चेहरा और चमकदार आंखों की झलक मिली, फिर गायब हो गई। अपने पीछे उन्हें भारी चीख-चिल्लाहट सुनाई दी, फिर ट्रक के केबिन की छत पर पत्थरों की बारिश-सी होने लगी।

''देखो, मैंने क्या कहा था? उस जानवर को मालूम नहीं था कि वह क्या कर रहा है?'' बैंज ने फिर खिड़की से बाहर थूक दिखा। ''अगर सामने से दूसरा ट्रक आ रहा होता, तो यकीनन मैं उससे टकरा जाता!''

''क्या इस रूट पर गश्ती पुलिस नहीं है?''

''तो क्या? यह एक आजाद देश है। सड़को पर घूमना कोई जुर्म तो नहीं होता है क्या?'' बैंज ने मुंह बिचकाया। ''पुलिस के सामने तो ये बिल्कुल भोले-सीधे बन जाते हैं, लेकिन इधर पुलिस आंखों से ओझल हुई नहीं, उधर इनका उपद्रव शुरू हो जाता है।''

हैरी ने कंधे झटकाए। इस सफर में वह जो आनन्द उठाने की उम्मीद कर रहा था, अब गायब होती दिखाई देने लगी थी।

''पैराडाइज सिटी के लिए मियामी से लगभग सौ मील का रास्ता है, है ना?''

''हां समझ लो, आरेंजविल से कुल दो सौ मील है। तुम कच्ची सड़कों का पकड़ना। मेरे पास एक नक्शा है, जो तुम्हारे काम आ सकता है।''

अगले एक घटे तक सरकार, खोल-कूद, अपनी पत्नी और हाल ही अंतरिक्ष-यात्रा के बारे में बतियाता रहा, जो उसके विचार में धन की बरबादी के सिवास और कुछ नहीं थी। फिर उसने ट्रक की रफ्तार धीमी की और उसे हाईवे से अलग एक दूसरी सड़क पर डाल दिया।

''तुम्हारी जगह आ गई है।'' उसने कहा-''लेकिन मुझे कुछ मील और आगे जाना है। वह सामने रहा तुम्हारा रास्ता।'' उसने तंग व कच्ची सड़क की और इशारा किया जो इस दूसरी सड़ से अलग होकर जंगल की ओर घुमावदार शक्ल में जाती थी। उसने ट्रक रोक दिया। ''तुम्हें कुछ दूरी तक पैदल चलना होगा, लेकिन कोई सवारी मिल सकती है। ज्यादातर किसान इस सड़क का इस्तेमाल करते हैं, लेकिन होशियार रहना। इस इलाके में

कोई जगह सुरक्षित नहीं है।'' उसने डैशबोर्ड के रैक से एक नक्शा, निकाला। ''यह इलाका काफी खूबसूरत है सिर्फ कहीं-कहीं जमीन दलदली है और सांप भी हैं।'' वह मुस्कराया- ''इस बात की परवाह मत करो कि यहां के लोग, यह जानने के बाद कि तुम कहां से लौट आ रहे हो, तुम्हें परेशान करेंगे।'' उसने फिर से लपककर डैशबोर्ड से एक गदानुमा डंडा निकला, ''इसे अपने पास रख लो। यह काफी अच्छा-खासा हथिया है... तुम्हें मालूम नहीं, तुम्हें इसकी जरूरत पड़ सकती है।''

हैरी ने सिर हिलाया।

'बहुत-बहुत शुक्रिया, लेकिन मुझे इसकी जरूरत नहीं पड़ेगी।''

''ले लो।'' बैंज में आग्रह किया। ''तुम नहीं जानते, तुम्हें किस चीज की जरूरत पड़ेगी।'' उसने डंडा जबरन हैरी के हाथ में थमा दिया। ''वैल, सो लांग दोस्त। धूप और रूप का मजा लो।''

दोनों ने हाथ मिलाए।

''सवारी के लिए शुक्रिया'' हैरी बोला - ''लौटते समय तुम्हें तलाश करूंगा। मेरा इस ओर एकाध महीने से अधिक रुकने का इरादा नहीं है।'' वह ट्रक के केबिन से कूदकर जमीन पर उतर गया। उसने डण्डा अपने रकसैक में खींच लिया, फिर रकसैक को कंधे पर डाला।

''जरूर।'' बैंज मुस्कराते हुए बोला - ''मैं हर सोमवार और वीरवार को इधर आता हूं। आरेंजविले में मेरा नाम किसी को भी बता देना, वह मेरे मिलने की जगह बता देगा। तुम्हें वापस ले जाने में मुझे बहुत खुशी होगी।''

ट्रक का इंजन स्टार्ट करके बैंज ने हाथ हिलाया और आगे बढ़ गया।

उसके चले जाने के बाद हैरी कच्ची सड़क पर लम्बे-लम्बे डग भरते हुए बढ़ने लगा।

यह धूल भी घुमावदार सड़क बिलकुल सुनसान थी। पांच मील पैदल चलने पर भी हैरी को कोई आदमी दिखाई दिया, न कोई कार। यूकेलिप्टस के छांवदार घने वनों के पास पहुंचकर हैरी सड़क छोड़कर एक पेड़ के तले से पीठ अड़ाकर बैठ गया और सिगरेट सुलगाने लगा। वह बैंज के दिए नक्शे को निकालकर उसका अधययन करने गला। जिस रास्ते पर वह बढ़ रहा था वह लगभग दस मील आगे जाकर दो भागों में बट जाता था-बाई ओर का रास्ता वापस हाईवे से जाकर जुड़ता था और दाईं ओर का रास्ता लिटल-आरेंजविले नाक एक छोटे-से कस्बे तक जाता था। यह रास्ता वहां से भी आगे जंगलों के बीच से होता हुआ बढ़ता था। और यला एकर्स नामक एक और छोटे-से कस्बे तक पहुंचता था। हैरी ने रात को वहीं रुकने का फैसला किया।

उसने फिर सफर शुरू किया। सेना में रहकर तीन साल तक कड़ी मेहनत और अनुशासन के फलस्वरूप उसका बदल चुस्त गठीला व शक्तिशाली बन चुका था। वह आगे बढ़ता चला गया।

एक बजे के लगभग सड़क के किनारे एक पेड़ की छांव में उसने एक उबला हुए अंडा, एक टमेटो सैंडविच खाया और एक कोक पिया। फिर एक सिगरेट सुलगाकर जैसे ही चलने को हुआ ओर देखा, तो एक पुलिस कार मोड़ काटकर उसकी ओर बढ़ती हुई दिखाई दी।

कार के अन्दर दो हट्टे-कट्टे पुलिसमैन बैठु हुए थे और जब ड्राइवर ने हैरी को देखा तो उसने झटके से कार उसके सामने रोक दी। कार के दरवाजे भड़ाक से खुल गए और दोनों पुलिसमैन बाहर निकल आये। दूसरा पुलमैन जिसका कद छः फुट के कम नहीं था और चेहरा मासंल तथा रक्ताभ और आंखें छोटी-छोटी थी, हैरी के सम्मुख आकर खड़ा हो गया। ड्राइवर जो अपेक्षाकृत कम उम्र का था और कद-काठी में दूसरे के जैसा ही था, अनमने भाव से खड़ा रहा, मगर उसका साथ होलस्टर पर रखी गन पर था।

''तुम कौन हो और यहां क्या कर रने हो,'' बड़ा पुलिसमैन भौंक उठा।

''बस चल रहा हूं।'' उसने कोमल स्वर में कहा।

''अच्छा?'' सार्जें की आंखें हैरी की आधी बाजू वाली खाकी-शर्ट और स्वच्छ खाकी ड्रिल स्लैक्स, जिसका क्रीज तलवार की धार जैसी थी, पर दौड़ने लगीं। वह थोड़ा आश्वस्त हुआ। ''क्या नाम है तुम्हारा?''

''हैरी मिचेल।''

''कहां से आ रहे हो?''

''न्यूयार्क से।''

''कागजात हैं?''

हैरी ने अपनी कमीज का बटन खोला और अपना आर्मी डिस्चार्ज सर्टिफिकेट, ड्राइविंग लाइसेंस और पासपोर्ट निकाला। उसने ये कागजात सार्जें की ओर बढ़ा दिए।

सार्जें ने कागजातो का निरीक्षण किया, फिर तिरछी नजरों से हैरी की ओर देखा।

''फौज से लोटे हो? पैराटूपर थे,'' फिर वह अचानक दोस्ताना ढंग से मुस्कराया, ''मेरा ख्याल है काफी मौज मारी होगी वहां, सार्जेंट।''

''तुम्हारा ऐसा ख्याल हो सकता है।'' हैरी बोला - ''मेरा नहीं।''

सार्जें ने कागजात लौटा दिए।

''किस तरफ जा रहे हो?''

''पैराडाइज सिटी।''

''पैदल? क्या तुम्हें मजबूरन पैदल चलना पड़ रहा है, या पैदल चलना तुम्हें पसंद है?''

हैरी के चेहरे से प्रसन्नता के भाव गायब होने लगे। इन सवालातों से वह उकताहट महसूस करने लगा था।

''इन सब बातों से तुम्हारा कुछ लेना-देना है क्या, सार्जेंट?'' पुलिसमैन की सख्त आंखों की ओर सीधे घूरते हुए उसने पूछा।

''जरूर लेना देना है। हम हर उस शख्स को, जो बगैर पैसे के दक्षिण की ओर जा रहा हो, रोक देते हैं तुम्हारे पास है पैसा?''

''हां। मेरे पास दो सौ और दस डालर है।'' हैरी बोला - ''और बुझे पैदल चलना पसंद है।''

सार्जेंट ने सिर हिलाया।

''किसी काम की तलाश में जा रहे हो?''

''हां लेकिन मेरा दो महीने से ज्यादा रुकने का इरादा नहीं है। न्यूयार्क में मेरे लिए एक नौकरी तैयार है।''

सार्जेंट ने फिर सिर हिलाया।

''शायद तुम्हें यकीन न आए।'' उसने आश्वस्त स्वर में कहा, ''यह इलाका तुम्हारे वियतनाम के धानों दे, खेतों से किसी प्रकार कम हानिकारक और खतरनाक नहीं।''

हैरी ने बेचैनी से पहलू बदला।

''अच्छा? लेकिन तुम तो कभी उन धान के खेतों में गए नहीं हो, जबकि मैं पिछले दो दिनों से तुम्हारी इन सड़कों पर चल रहा हूं। मुझे लग रहा है, इस इलाके के बारे में कुछ बढ़ा-चढ़ाकर बताया जा रहा है। सच्ची बात कहूं, तो मैं डरने वाला जीवन नहीं।''

सार्जें ने गहरी सांस ली और अपनी भारी कंधे उचकाए।

''अभी सिर्फ दो घंटे पहले की बात है।'' उसने कहा - ''यहां से लगभग पांच मील पीछे एक फार्म में पांच नौजवानों की टोली, जिसमें एक लड़की भी थी, घुस आई। उन्होंने वहां से एक ट्रांजिस्टर रेडियो और तीन मुर्गियां चुराई। उस फार्म में चार व्यस्क आदमी मौजूद थे। वे उन नौजवानों को मुर्गियां पकड़ते हुए और फार्म के मकान में घुसकर ट्राजिंस्टर रेडियों उठाते हुए देखते रहे। उन्होंने कुछ नहीं किया, उन नौजवानों को निकल जाने दिया। जब वे चले गए, तभी उन्होंने हमें बुलाया। मैं सोचता हूं उन्होंने उन छोकरों को न छोड़कर बुद्धिमानी दिखाई। जब भी मुझे ऐसे छोकरों से बात करनी होती है, मैं हमेशा अपनी गन को हाथ में तैयार रखता हूं.... उन लोगों से बात करने का एकमात्र तरीका यही है। मैं समझता हूं किसी वियतनामी से बातें करने का तरीका भी यही होगा। नहीं... में नहीं कहता कि इस इलाके के बारे में बढ़ा-चढ़ाकर बताया जाता है।''

हैरी की नीली आंखें अचानक गुस्से से चमकने लगी।

''जब से मैं बाहर रहा हूं, आखिर इस देश में क्या होता रहा था?'' वह जैसे खुद से सवाल कर रहा था, ''इन उचक्कों से डरने की आखिर क्या वजह है?''

सार्जेंट ने अपने सिर को थोड़ा एक ओर झटका देकर हैरी की ओर देखा।

''तीन सालों के अन्दर भी बहुत कुछ बदल सकता है। तुम भूल रहे हो कि इस देश की समस्याएं इतनी बढ़ने लगी है कि संभाल पाना कठिन हो रहा है। दक्षिण की आरे बढ़ने वाले इन नौजवानों में ज्यादातर सिरफिरे ही होते है। उनका विश्वास है कि आम जिंदगी से उनकी जिंदगी दस गुना बेहतर है। अगर उन्हें रोका नहीं गया तो वे वहीं करेंगे जिसे सपने में नहीं किया जा सकता। यहां के लोग इस बात को अच्छी तर जानते हैं। वे फसल की कटाई के इस मौसम में घायल, जख्मी होकर अस्पताल में पड़ा रहना नहीं चाहते। इसे याद रखे, सार्जेंट। इन सिरफिरों से होशियार रहना इनसे दूर ही रहना और कोई पराक्रम दिखाने की कोशिश मत करना। मैं सोचता हूं कि तुम तीन साल बाद मिली छुट्टी को बरबाद करना और अगले दो महीनों में पड़ा रहना नहीं चाहोगे। क्यों? वह फिर अपने सहयोगी की ओर मुड़ा - ''ओ के.

जैक्शन, आओ चलते हैं।'' उसने हैरी की ओर हौले से सिर हिलाया और कर में जाकर बैठ गया।

पुलिस कार के चले जाने के बादहैरी ने अपना रकसैक उठाया, फिर सोचपूर्ण ढंग से जबड़ सहलाते हुए धूल भरी उस लम्बी सड़क पर आगे बढ़ने लगा।

यलो एकर्स कस्बे की मुख्य सड़क पर एक लाल नियोन जल रही थी, जिस पर लिखा था - गुड ईट्स। नियोन सामन के नीचे एक ब्क्सानुमा क्लैपबोर्ड बिल्डिंग थी, जिसकी खिड़कियों पर पर्दे पड़े हुए थे और सामने एक बरामदा भी था, जहां बैठकर ग्राहक ड्रिंक ले सकते थे। और वहां दिन में भी कहाने वाली गतिविधियों का अवलोकर कर सकते थे। अंधेरा होने के बाद उसका इस्तेमाल नहीं के बराबर होता था।

यह बिल्डिंग कस्बे का इकलौता। रेस्ट्रा-बॉर थी और इसका मालिक था, मोटा व हंसमुख इटालियन टोली मोरेली।

कोई बीस साल पहले मोरेली यलो एकर्स चला आया था। पहली नजर में उसे पता चल गया था कि छोटे से किसानी कस्बें में एक रेस्तरां की जरूरत है। क्योंकि वह मिलनसार व्यक्ति था, सच्चे अर्थों में सस्ता व लजीज खना तैयार कर सकता था और किसी का दुखड़ा सुनने के लिए हर वक्त तैयार रहता था, लिहाजा वह कामयाब हो गया। जब छाती की बीमारी से उसकी बीवी की मौत हुई थी, तो जनाजे में शामिल होने के लिए समूचा कस्बा उमड़ पड़ा था। इस बात से जारी होता था कि टोनी इस कस्बे का महत्वपूर्ण ही नहीं, बल्कि वास्तव में चहेता व्यक्ति भी था। उसके शोकाकुल हृदय को काफी राहत मिली थी। उसकी बेटी मारिया ने अपनी मां का काम संभाल लिया था। और वह रेस्ट्रां और बॉर की देखभाल करती थी, जबकि उसका बाप किचन संभालता था।

मोरेली का धंधा खासतौर पर ग्यारह बजे से लेकर तीन बीते तक चलता था। यलो एकर्स अपने वाले किसान ड्रिंक और लंच के लिए रेस्ट्रं में रुकते थे। आठ बजे तक धंधा बिल्कुल बंद हो जाता था। लोग डिनर अपने घरों में ही लेना पसंद करते थे और लगभग सभी टेलीविजन के शौकीन थे, लेकिन मोरेली रेस्ट्रां को खुला ही रखता था।

साढ़े आठ बजे के लगभग हैरी मिचेल मुख्य सड़क पर पहुंचा। वह थोड़ा थका हुआ था, उसे जोरों की भूख सता रहीं थी और ठंडी बियर पीने की तीव्र इच्छा हो रही थी। लाल नियान साइन देखकर उसकी चाल में तेजी आने लगी और रेस्ट्रां के बरामदे की सीढ़ियां चढ़कर दरवाजे के सामने पहुंचा, फिर उसे खोलकर अंदर दाखिल हो गया।

वहां चार-चार कुर्सियों के साथ कोई बीस मेजे लगी हुई थी। दाईं तरफ बार था और एक लम्बा-सा चमकदार आईना टंगा हुआ था। सीलिंग में लटका एक बड़ा सा पंख गर्म वहा फेंकता हुआ घूम रहा था।

मक्खन जैसी रंगत था काले बालों वाली एक युवती बॉर के पीछे बैठी अखबार पढ़ रही थी। ज्योंही हैरी ने रकसै नीचे रखा, लड़की ने नज़रें उठाकर उसकी ओर देखा फिर अनुमोदनसूचक ढंग से मुस्कराने लगी।

''यलो एकर्स में स्वागत है,'' वह बोली, ''आप क्या पीना पसंद करेंगे, मैं देख रही हूं आपको इसकी जरूरत है।''

उसकी मुस्कान का जवाब देते हुए हैरी बॉर के सम्मुख पहुंचा।

''तुम ठीक कर रही हो'' वह बला - ''बीयर प्लीज... और बिलकुल ठंडी।''

लड़की ने बर्फ में रखी बीयर की एक बोतल निकाली, ढक्कन खोला और बीयर गिलास में उड़लेकर गिलास हैरी की ओर बढ़ दिया।

लड़की की ओर देखते हुए हैरी गिलास उठाया, फिर बोला, ''तुम्हारी आंखों की चमक व होंठो की मुस्कान के लिए...'' और वह पीने लगा।

इससे पहले किसी ने मारिया के साथ ऐसी बात नहीं की थी। वह नितक शरमा गई, लेकिन बात उसे पसंद आ गई थी।

''थैंक्यू!'' वह बोली।

हैरी ने गिलास नीचे रख दिया और होंठों पर जीभ फेरते हुए लंबी सांस छोड़ी।

''जब सचमुच इसकी जरूरत हो, तो पीकर कितना सन्तोष मिलता है! क्या मैं एक और ले सकता हूं, प्लीज, क्योंकि भोजन के लिए तो बहुत देर हो चुकी होगी?''

मारिया हंस दी और एक बोतल और निकालने गली।

''यहां हर वक्त भोजन उपलब्ध होता है। सूअर ने भुने मांस के दो टुकड़ो, एप्पल-पाई और ताजे मटर के साथ स्पैगेट्टी के बारे में क्या ख्याल है?''

हैरी की आंखें आश्चर्य से फैलने लगीं। वह तो सैंडविच वगैरह की उम्मीद कर रहा था।

''तुम्हारा मतलब, यह सब भी मिल सकता है- इस वक्त?''

मारिया मुड़ी और अपने पीछे की एक छोटी-सी खिड़की से झांकने लगी।

''डैड, एक भूख ग्राहक आया है स्पेशल भोजन, जो तुम जल्दी से जल्दी तैयार कर सको!''

खिड़की पर एक मोटा, प्रसन्न चेहरा दिखाई दिया।

मोरेली ने हैरी की ओर देखा, फिर सिर हिलाते हुए बोला-''अभी स्पैगेट्टी तैयार हो जात है। चाय के लिए दस मिनट लोगे। तुम्हें प्याज पसंद है, मिस्टर?''

हैरी। पेट सहलाते हुए सिसकारी-भरी आवाज में कहा- ''मुझे सब पसन्द है, थैंक्यू!''

मोरेली का हंसमुख चेहरा खिड़की से गायब हो गया।

''बैठ जाओ'', मारिया बोली, ''और बीयर पिया।'' उसके नजदीक की एक टेबल की ओर इशारा किया।

हैरी ने अपने सकसैनक उठाया और उस टेबल के पास रखकर बैठ गया। उसने सुनसानर रेस्ट्रां के चारों और निगाह घुमाई।

''आज कोई खास बात है या आमतौर पर ऐसा ही खाली रहता है?'' उसने पूछा।

''बिल्कुल आम बातें हैं। हम खासतौर पर लंच का धंधा करते हैं, लेकिन कभी-कभी रात के वक्त भी एकाध अजनबी आ टपकता है, इसलिए हम रेस्ट्रा खुला ही रखते हैं। क्या बहुत दूर से आ रह हो?''

''न्यूयार्क से।'' हैरी ने फिर से चारों ओर देखा। अब वह कुछ आश्वस्त हो गया था। ''काफी अच्छी जगह है यह तुम्हारी। मुझे उम्मीद नहीं थी कि ऐसी खूबसूरत जगह हमें पहुंच जाऊंगा। क्या तुम किसी ऐसी जगह के बारे में बता सकती हो, जहां रात गुजारने के लिए मुझे एक बिस्तर मिल सके?''

मारिया मुस्कराने लगी। उसने काउंटर पर कोहनिया टिकाई और हैरी की ओर घूरने लगी। वह सोचने लगी-इसका चेहरा किसी फिल्म-सटार से मिलता-जुलता है। कौन-सा फिल्म-स्टार? पॉल न्यूमैन? हां बेशक पॉल न्यूमैन से। इसकी नीली आंखें हू-ब-हू उसे साथ मिलती हैं और बाल संवारने का ढंग भी बिल्कुल वैसा ही है।

''हमारे पास एक कमरा है। नाश्ते के साथ तीन डालर लगे... नाश्ते का मतलब-हैड के स्पेशल नाश्ते है।''

''समझ लो, आज का मुसाफिर पहुंचा है।'' हैरी बोला

खिड़की से भोजन की प्लेंटे बढ़ा दी गयी तो मारिया उन्हें हैरी के पास ले आई और टेबल पर सजाने लगी। जब हैरी ने छुरी-कांटा उठाया, तो सर्विस टेबल पर जाकर ब्रेड काटने लगी।

''तुम्हारे डैड ही सभी रसोई बनाते हैं? हैरी ने पूछा।

''हां'' मारिया ने कहा। उसने ब्रैड हैरी के सामने रख दिया फिर मंत्रमुग्ध भाव से उसे निहारने लगी। उसे इस किस्म का शक्तिशाली, बलिष्ठ तथा खूबसूरत आदमी पहले नहीं देखा था, सिवाय फिल्म के पर्दे पर। ''तुम्हें शायद यकीन न आए, लेकिन मैं ओर डैड पिछले बीस सालों से यहां है। मैं यहीं जन्मी थी।''

''तुम्हें यहां अच्छा लगता है, हैरी ने पूछा।

''हा, बहुत च्छा लगता है।'' मारिया ने बताया, ''हालांकि शाम का वक्त थोड़ा मन्दा रहता है। न तो डैड की ओर न ही मुझे टी. वी. की चिन्ता रहती है, लेकिन जब लोग लंच के लिए आते हैं, तो काफी मनोरंजन हो जाता है।''

''ऐसा स्वादिष्ट स्पैगेट्टी मैं पहली बार खा रहा हूं।'' हैरी ने प्रशंसा की।

हैरी की कही बात अपने डैडी को बताने के लिए मारिया किचन की ओर भागी।

हैरी क्षुधातुर भाव से खाता रहा। जब उसने भोजन खत्म किया, तो झूठी प्लेंटे एक ओर सरका दीं और गिलास में बची बीयर पीने लगा। मारिया एक ट्रे में सामान लिए वापस आई। उसने ट्रे सर्विस टेबल पर रख दिया, हैरी की जूठी प्लेटें हटाई और खाली गिलास को बार में ले जाकर फिर से भरने लगी तो हैरी ने मना कर दिया।

उसने हैरी को फिर से दो चॉप सर्व किए, फिर तले हुए आलू और हर मटर की प्लेंटे सामने रख दी।

''खाओ।'' उसने कहा और जूठी प्लेटें लेकर किचन की ओर चली गई।

हैरी का जी चाह रहा था कि वह पास ही रहे, ताकि वह उससे बातें कर सके। वह सामान्य ढंग की सीधी-साधी इटालियन लड़की थी, जो हैरी को पसन्द थी। सायगोन से लौटते समय उसे नेपल्स और कैप्टरी में एक महीना गुजारा था। उसे इटालियन लड़कियां

पसन्द आ गयी थी। उसे वे निहायत सुलझी हुई और दयालु प्रकृति की लगी थीं-लड़कियां, जिनके पास कोई समस्या नहीं होती थी। न्यूयार्क में ठहरने के दौरान वहां की लड़कियां से वह तंग आ गया था। उन सभी के पास कौन -न-कोई समस्या जरूर होती थी। -अगर यह सैक्स से संबंधित नहीं होती, तो पैसे से होती, पैसे से नहीं तो डायटिंग से, डायटिंग से नहीं तो अपने भविष्य से संबंधित जरूरी होती थी। लगता था, जैसे सारी दुनिया की चिंता सिर्फ उन्हीं को है। वे बतियाती रहती-''बम,पिल्स, आजादी, भगवान, राजनीति और खुदा जाने किस-किस के बारे में, उसे लगा था-वे इन्हीं समस्याओं को लेकर अपनील जिन्दगी तबाह कर रही थी।

अभी वह दूसरा चॉप ही उठा रहा था कि एक आवाज सुनकर व थम गया, उसका हाथ बीच में ही रुक गया।

कोई सड़क पर भारी कदमों से दौड़ रहा थी, जूते के सोल की आवाज से लगता था,? जैसे कोई तेज रफ्तार से बेतहाशा आगे जा रहा है। हैरी चॉप का टुकड़ा नीचे रख दिया।

दूसरे पल ही, दौड़ने वाला धमाके के साथ रेस्ट्रा की ओर सीढ़ियां चढ़ने लगा, जिससे समूचा मकान हिल गया, फिर झटके से रेस्ट्रा का दरवाजा खुल गया।

हालांकि हैरी उस आदमी को घूर रहा था जो दरवाजे पर प्रकट हुआ था, लेकिन उसे बाहर सड़क पर आती हुई कई लोगों के कदमों ही आहटें सुनाई दे रही थी। व धीरे-धीरे दौड़ रहे थे, फिर भी उनकी इस धीमी रफ्तार से एक अनोखा आतंक झलकता था-जैसे भेड़ियों का झुण्ड अपने शिकार को घेरने लेने पर करता है।

हैरी की तेज नजरें दरवाजे पर खड़े हांफते व्यक्ति पर पड़ी। उसकी उम्र कोई छब्बीस साल की होगी और कद औसत से कुछ कम था। उसके बाल कंघे तक झूल रहे थे और उसका पतला व भयभीत चेहरा महोगनी के रंग जैसा हो चुका था। दाई आंख के ऊपर लगे जख्म से खून बह रहा था और जबड़े पर चोट का नीला निशान पड़ गया था। उसकी छाती सांस लेने के क्रम में उठी हुई थी, पसीने से बाल सिर पर चिपक गए थे। लाल और सफेद रंग की उसकी चारखाने की कमीज फट गई थी। और सफेद हिप्स्टर धूल के अटा हुआ था। बाएं हाथ में वह कैनवास केस के गिटार थामें हुए था और कंधों पर एक छोटा-सा बैग लटकाए हुए था। यह सब हैरी ने एक पल में ही देख लिया।

उस लड़के ने घायल जंगली पशु की तरह कमरे के चारों तरफ देश वह उसकी नजर हैरी पर पड़ी, तो अपनी कांपती उंगली से उसके सड़क की ओर इशारा किया।

''वे लोग मरे पीछे पड़े हुए हैं।! मैं कहां छिप जाऊं?''

उसकी आंखों में दहशत के नंगे भाव देखकर हैरी खड़ा हो गया।

''वहां बॉर के पीछे छिपकर बैठ जाओ।'' उसने कहा वह लड़का बार के पीछे जाकर छिप गया।

हैरी फिर बैठ गया। उसने रकसैक को अपनी ओर खींचा और उसमें खौंस रखें डंडे की कसकर पकड़ लिया, जिसे उसे सैम बैन्ज दे दिया था।

नजदीक आ रही आहटों को सुनते हुए वह इन्तजार करने लगा। अब आहटें बिल्कुल करीब सुनाई देने लगी थीं, तभी मारिया किचन से निकल आई। बार के पीछे दुबके व्यक्ति को देखकर व ठिठक गई और सांस खींचने लगी।

''घबराओं मत।'' हेरी सामान्य स्वर में बोला-''किचन में लौट जाओ। शायद थोड़ा बखेड़ा हो जाए लेकिन में संभाल लूंगा।''

उस लड़के के भयभीत चेहरे पर बह रहे खून को देखकर मारिया जल्द-से किचन की ओर चली गई।

कुछ देर सन्नाटा छाया रहा, फिर रेस्ट्रां का दरवाजा धीरे-धीरे खुला।

वे सभी एक-एक कर भूत की तरह चुपचाप अन्दर दाखिल हुए-चार नौजवान और एक लड़की, जिसके हाथ में एक ट्रांजिस्टर रेडियो और तीन मुर्गियां चुराई हुई थीं।

हैरी ने डंडा मेजपोश के नीचे अपने दोनों घुटनों के बीच दबाए रखा और दोनों हाथ टेबल के ऊपर, प्लेट के दोनों तरफ टिका दिए।

चारों नौजवान एक ही किस्म के दिख रहे थे-सभी की उम्र सत्रह से बीस साल के बीच की थी। सभी के गंदे, चिकने बाल कंधों तक झूल रहे थे, तीन की अभी दाढ़ी उगने लगी थी, सभी इतनी गन्दगी से भरे हुए थे कि जिसके जिस्म से निकल रही बदबू कमरे में फैलने लगी थी।

लड़की करीब सोलह साल की थी-छोटी-सी, पतली-दुबली, दुश्चरित्र और बेशर्म। वह काला ब्लाउज और धब्बेदार लाल रंग की गंदी पतलून पहने हुई थी। हैरी को लगा, वह उन चार लड़कों से भी बदतर गन्दी रही होगी।

''वह यहीं घुसा था, चक।'' एक लड़का बोला-मैंने देखा था।''

जाहिर था कि एक चक नाम का युवक इस टोली का सरदार था। वह सबसे बड़ा, कद ऊंचा और बसे ज्यादा बदमाश दिखाई दे रहा था। उसे चारों तरफ निगाहें घुमाई, फिर हैरी को देखा। वह कई क्षणों तक हैरी को घूरता रहा। हैरी ने भी उसकी ओर देखा।

बाकी के चार हैरी की मौजूदगी से आगाह हो, चुपचाप खड़े रहे। हैरी की भावहीन निगाहों से चक को थोड़ी बेचैनी होने लगी। वे नीली आंखें असन्दिग्ध थीं-वहां आतंक या डर का कोई चिन्ह नहीं था। चक के लिए यह नई बात थी।

''तुमने गिटार के साथ एक लड़के को देखा, बस्टर?'' उसने पूछा।

हैरी ने अपनी कुर्सी को थोड़ा पीछे की ओर खिसकाया! वह चुपचाप व निश्चल से चक को लगातार घूरता रहा।

चक तिलमिला उठा।

'बहरे हो क्या?'' वह गुर्राया-मैं..''

''कोई मेरे साथ इस तरह पेश आने की जरूरत नहीं करता।'' -''मैं...''

''अरे भाग जाओ!'' हैरी बोला-''जाकर अपनी मां से कहा, तुम्हें नहला दे।''

''ठीक है। अगर तुम यही चाहते तो यही सही!'' चक की मुट्ठियां भिंच गयी-''सिर्फ तुम्हारी इस गुस्ताखी के लिए हम इस जगह को तबाह कर देंगे-तुम्हें भी कर देंगे।

हैरी ने अपनी कुर्सी को कुछ इंच पीछे की ओर धकेला, अब टेबल से अलग वह मुक्त था। उसने घुटनों के बीच छिपा रखे डंडे को कसकर पकड़ा। ''ऐसा मत करना, वरना तुम्हें चोट आ सकती है। मैं छोटे-बच्चों को चोट पहुंचाना नहीं चाहता...''

जब चक कन नजदीक की एक टेबल को पकड़कर उलट दिया, तो हैरी भौंचक्का-सा रह गया। गिलास और जरूरी-कांटे फर्श पर गिर गए और गिलास झनझनाकर चकनाचूर हो गए।

''तोड़ डाला सब कुछ!'' चक चिल्लाया-''तबाह कर दो।''

हैरी टेबल के पीछे से उठ खड़ा हो गया और इतनी तेजी से उसके सामने जा पहुंचा कि चक को पता नहीं चल सका। उसने चक की कलाई में प्रचण्ड रूप से डंडा दे मारा। ऐसी आवाज निकली जैसे सूखी लकड़ी टूट गई हो। हड्डी चटक गई। चक चीखते हुए तीव्र पीड़ा से बिलबिलाते हुए घुटनों के बल बैठ गया।

हैरी उछलकर दूसरों के सामने जा खड़ा हुआ। उसके चहरे पर क्रूरता के भाव देखकर सबके होश फाख्ता हो गए थे और वे पीछे हटने लगे।

''भाग जाओ...जल्दी!'' हैरी चिल्लाया।

जब वे हिचकिचाने लगे, तो हैरी आगे बढ़ा। वह सबसे कम उम्र के लड़के की तरफ डराने के अन्दाज से झपटा, तो वह लड़का भय से चीत्कार करते हुए पीछे की तरफ उछला। डंडा लहराते हुए दूसरे लड़के की पीठ से टकराया और वह भी चीखते हुए घुटनों के बल बैठ गया।

'आउट!'' हैरी फिर चिल्लाया।

हैरी की ओर मुंह करके उस लड़के ने थूक दिया, फिर मुड़कर भागने लगी। दो लड़के दरवाजे से पहले निकलने के लिए एक-दूसरे की खींच-तान रहे थे। दूसरा लड़का अपना कंधा संभालते हुए खड़ा हो गया और दरवाजे की ओर बढ़ने लगा। जब वह दरवाजे पर पहुंचा, तो हैरी ने पीछे की तरफ से उसकी पीठ पर अपने भारी जूतों से इतनी जोर से लात मारी कि वह लहराता हुआ सीढ़ियों पर लुढ़कने लगा और सड़क पर जा गिरा।

हैरी वापस उस जगह आया जहां चक अपनी टूटी कलाई थामें घुटने टेककर बैठा था और बिलख रहा था।

''निकल जाओ!'' हैरी चिल्लाया-''जल्दी!''

उसकी ओर कातर दृष्टि से देखते हुए चक उठा और अन्धाधुन्ध बाहर निकल गया।

हैरी दरवाजे के पास जाकर बाहर झांकने लगा। उसे भागते हुए झुण्ड की ओर देखा। उनमें से कोई भी चक की सहायता के लिए नहीं रुका, जो उनके पीछे-पीछे लड़खड़ाता हुआ जा रहा था।

हैरी ने दरवाजा बन्द कर दिया और बार के करीब चला आया। उसने दुबके बैठे लड़के की ओर देखा।

''वे लोग चले गए।'' उसने कहा - ''मेरा ख्याल है तुम्हें एक ड्रिंक चाहिए।''

वह लड़का खड़ा हो गया। उसकी आंखें अभी तक भी भयग्रस्त थी और वह कांप रहा था।

''मैं समझता हूं, अगर उन्होंने मुझे पकड़ लिया होता तो मार डालते।'' बार में झुकते हुए वह बोला।

''घबराओ मत।'' हैरी ने कहा और उलटी टेबल के पास जाकर उसे सीधी खड़ी कर दिया।

मारिया के पीछे-पीछे उसका बाप भी किचन से निकल आया, जो हल्के हल्के कांप रहा था।

''इसके लिए मुझे गिलास तोड़ने का मौका ही नहीं देना चाहिये था।''

''इसके लिए मुझे गहरा अफसोस है।'' हैरी ने मारिया से कहा-''मुझे उसे गिलास तोड़ने का मौका ही नहीं देना चाहिये था।''

''तुम तो कमाल के आदमी निकल! मैं सब कुछ देख रही थी!'' मारिया ने प्रशंसात्मक नजरों से उसकी ओर देखा। ''अगर तुम यहां ने होते, तो हमारी कोई चीज सलामत नहीं रहती।''

हैरी मुस्करा।

''क्या तुम दोस्त का ख्याल रखोगी? उसे गहरी चोट आई है।''

मारिया ने जख्म की जांच की, फिर सिर हिलाकर किचन की ओर भागी।

मौरेली ने बड़ी गर्मजोशी के साथ हैरी से हाथ मिला।

''कमाल कर दिया तुमने तो! यहां हर कोई इस गिरोह के सामने भीगी बिल्ली बन जाता है। थैंक्यू मिस्टर! हमें तुम जैसे आदमी की जरूरत है।''

बेचैनी-सी महसूस करते हैरी बोला-''आओ, सब लोग एक-एक ड्रिंक ले।'' वह गिटार वाले की ओर मुड़ा। ''स्कॉच के बारे में क्या ख्याल है?''

''मेरा नाम रैंडी रोच है।'' उस लड़के ने कहा और हाथ आगे बढ़ाया। ''हां मैं स्कॉच लेना पसन्द करूंगा।''

''मैं हैरी मिचेल।'' हैरी ने उससे हाथ मिलाया। ''चलो, स्कॉच लेते हैं।''

मुस्कराते हुए मोरेली ने ड्रिंक तैयार किया, तो मारिया गर्म पानी का बर्तन, तौलिया और प्लास्टर लेकर आ गई। उसने जख्म को धो-पोंछकर साफ किया और उस पर प्लास्टर लगा दिया। रैंडी ने उसका शुक्रिया अदा किया, फिर अपना गिलास उठाकर हैरी की ओर इशारा किया।

''बहु-बहुत शुक्रिया दोस्त! वे लोग मेरा गिटार छीनना चाहते थे। वे एक मील से मेरे पीछे पड़ गए थे। अगर तुम न होते, तो मैं गिटार के साथ-साथ अपनी नौकरी भी खा चुका होता।''

हैरी ने स्कॉच की चुस्की ली, फिर पूछा-''किधर जा रहे हो?''

''पैराडाइज सिटी। क्या तुम भी सफर कर रहे हो?''

''हां और उधार ही जा रहा हूं।'' हैरी, मोरेली की तरफ मुड़ा- ''वह एप्पल पाई का क्या हुआ, जिसका मुझसे वादा किया गया था?'' फिर उसने रैंडी से कहा-''क्या तुमने भोजन कर लिया? यहां का स्पेशल लाजवाब होता है।''

रैंडी ने कहा कि वह स्पेशल भोजन कर लेगा, फिर दोनों हैरी की टेबल पर जाकर बैठ गए, तो मोरेली किचन की ओर चला गया। मारिया और ब्रेड काटने लगी।

''अगर तुम्हारी मंजिल भी पैराडाइज सिटी ही है, तो हम एक साथ सफर कर सकते हैं।'' रैंडी ने उम्मीद-भरी नजरों से हैरी की ओर देखा-''एक के बदले दो होने से हम अधिक सुरक्षित रह सकते हैं।''

''जरूर।'' हैरी बोला-''मुझे बड़ी खुशी होगी।''

मारिया स्पैगेंट्टी और एप्पल पाई की प्लेटें ले आई।

''डैड ने कहा कि वह खाने का पैसा नहीं लेगा।'' पलके झपकते हुए उसने कहा-''और कमरे का भी।''?

''अरे सुना...'' हैरी अप्रसन्न भाव से कहने लगा, मगर मारिया ने इन्कार में सिर हिलाया।

''डैड जो कहता है वही होगा और उसने ऐसा ही कहा है।''

वह फिर किचन की ओर लौट गई।

हैरी ने रैंडी की ओर देखा और कंधे उचका दिए।

''बहुत भले लोग हैं....उसने ऐसा नहीं करना चाहिए।''

''मैं नहीं कह सकता। मेरा विचार है तुमने उसका रेस्ट्रां बचा दिया है। उन झक्कियों ने मजा चख लिया है। इस एहसान के बदले अगर मैं तुम्हारे लिए कुछ कर सकता हूं, तो बताओ।'' रैंडी ने बड़ी तत्परता के साथ कहा-''अगर मुझसे गिटार छिन जाता, तो मैं सचमुच मुसीबत में पड़ जाता। इसी से मैं जीविका कमाता हूं। पैराडाइज सिटी में मेरे लिए एक अच्छी-सी नौकरी तैयार है। इस दफा मेरा यह तीसरा सीज हैं जहां मैं काम करने जा रहा हूं- वह एक बहुत अच्छा, ऊंचे दर्जे का रेस्ट्रा है जिसे एक मैक्स अपनी बेटी के साथ चलाता है। कुछ ऐसे ही ढंग का रेस्ट्रा हैं लेकिन बेहद शानदार और उसकी बेटी...'' वह आंखों की पुतलियां नचाने लगा, ''अगर उसे देख न लो, तो तुम्हें यकीन नहीं आएगा।'' फिर वह कुछ देर तक खाता रहा, ''वाकई! लाजवाब स्पैगट्टी है!''

हैरी सिर हिलाते हुए बोला-''तुम काम कब से शुरू कर रहे हो?''

''वहां पहुंचते ही।'' रैंडी एक कौर निगलने के बाद बोला-''तुम काम की तलाश में हो?''

''हां। लेकिन तुझे इसकी चिंता नहीं।''

रैंडी ने कुछ सोचते हुए की ओर देखा।

''शायद मैं सोलो को तुम्हारे बारे में कुछ करने के लिए तैयार कर सकूं...वह एक रेस्ट्रां का मालिक है।-सोलो डोमिनिकों। वह जल्दी ही कर्मचारियों को नियुक्त करना शुरू कर देगा। तुम्हें तैरना आता है?''

‘‘तैरना?’’ हैरी मुस्कराया-‘‘यह तो मुझे बहुत ही अच्छी तरह से आता है! पिछले ओलम्पिक खेलों में मैंने फ्री स्टाइल और डाइविंग में कांस्य पदक जीता था।

रैंडी मुंह बनाए उसकी ओर घूर लगा।

‘‘ओलम्पिक में? हे भगवान! तुम मुझे उल्लू तो नहीं बना रहो?’’

‘‘बिल्कुल नहीं।’’

‘‘जब तुम फौज में थे, तो कभी वियतनाम गए थे?

‘तीन साल तक वहां रहा हूं।’’ मगर इस बात से क्या ताल्लुक?’’

रैंडी ने हंसते हुए हैरी का हाथ थपथपाया।

‘‘फिर तो मैं दावे के साथ कह सकता हूं कि तुम्हें नौकरी मिल जाएगी। सोलो का बेटा भी फौज में है और वियतनाम में है। उस बुड्ढे को किसी ऐसे शख्स से बातचीत करने में दिली खुशी होगी, जो हाल में में फौज से निकला हो, दूसरी ओर वह अपने समुद्र-तट के लिए एक लाइफ गार्डक को नियुक्त करेगा, जिसका एक प्रशिक्षित तैराक होना जरूरी है। इस काम के लिए उपयुक्त व्यक्ति को तलाश करना उस बेचारे के लिए बड़ी परेशानी की बात होती है। जो लोग तैरना जानते हैं, वे दूसरे काम करना चाहते-मसलन, धूप की छतरियों को ठीक-ठाक रखना, समुद्र-तट को साफ सुथरा रखना, ड्रिंक सर्व करना आदि और जो लोग यह सब कर सकते हैं, उन्हें तैरना नहीं आता।’’ रैंडभ् मुस्कराने लगा-‘‘क्या इस किस्म का काम ठीक रहेगा तुम्हारे लिए? वह कोई ज्यादा पैसे तो नहीं देगा, लेकिन कम भी बहुत आसान है और खाना भी बढ़िया मिलेगा।’’

‘‘चलेगा। लेकिन, हो सकता है उसने किसी को रख लिया हो।’’

‘‘मैं दावे के साथ कह सकता हूं, उसने किसी को नहीं रखा है। सीजन शुरू होने में अभी एक सप्ताह बाकी है। पैसरों के मामले में सोलो काफी होशियार है, वह इतनी जल्दी किसी को नहीं रख सकता।’’

‘‘तुम कौन-सा काम करते हो वहां?’’

‘‘बार की देखभाल करता हूं और डिनर और लंच के वक्त एकाध गाना गाता हूं। सोलो का धंधा काफी जोर-शोर के साथ चलता है। बड़े बड़े अमीर लोग आते हैं वहां, इस जैसा नहीं है।’’

‘‘सुनकर तो लगता है, अच्छा है।’’ हैरी ने एम्पल-पाई खत्म किया और आराम से बैठकर सिगरेट सुलगाने लगा।

‘‘तुम्हारे विचार में वहां पहुंचने में कितने दिन लेंगे?’’?

‘‘यह तो इस बात पर निर्भर है कि हमें कोई लिफ्ट मिल जाती है या नहीं। मैं रात में चलना पसंद करता हूं इस प्रकार हम उन हिप्पियों से बच सकते हैं,क्योंकि वे सिर्फ दिन में निकलते हैं-लेकिन लिफ्ट मिलने की संभावना नहीं रहती है अगर लिफ्ट मिलने का संयोग हुआ, तो तीन दिन, वरना चार दिन लग जाएंगे।’’

‘‘ठीक है, मुझे भी कोई जल्दी नहीं है।’’ हैरी बोला, ‘‘और रात में पैदल चलने का आइडिया मुझे भी पसंद है... गर्मी भी कम रहेगी। दिन में तो बिल्कुल झुलस जाएंगे।’’

‘‘हां रात के वक्त हम तेज रफ्तार से चलकर अधिक दूरी तय कर सकेंगे। मान लो, कल शाम सात बजे के लगभग यहां से रवाना हो जाएं तो कैसा रहे, यहां दिन भर सोते हुए आराम करेंगे, फिर रात भर चलते रहेंगे।’’

हैरी ने सहमति दी, फिर वह उठ खड़ा हो गया।

‘‘मैं उस लड़की से बात करता हूं।’’

वह बार के पास चला आया, जहां मारिया गिलास धो रही थी।

‘‘हमारा कल शाम को यहां से रवाना होने का इरादा है। तुम लोगों को कोई एतराज तो नहीं होगा?’’ उसने पूछा।

‘‘नहीं तो’’ मारिया बोली-‘‘तुम लोग नहाना चाहते हो, तो गर्म पानी तैयार है। अगर किसी भी चीज की जरूरत हो, तो कह देना।’’

‘‘हां। नहीं लेना ठीक रहेगा।’’

‘‘मैं ऊपर जाकर बिस्तर वगैरह तैयार कर देती हूं। अभी नहाना चाहोगे?’’

‘‘क्यों नहीं? मैं तुम्हारे साथ ही ऊपर चलता हूं।’’

हैरी वापस रैंडी के पास चला आया, जो मोरेली द्वारा प्रस्तुत पोर्क-चाप चबाना शुरू कर ही रहा था। उसने रैंडी को बताया कि वह नहाने के लिए जा रहा है और वे कल सुबह किसी वक्त मिलेंगे।

मोरेली दे दोबारा उससे हाथ मिलाया और रेस्ट्रां को बचाने के लिए शुक्रिया अदा किया फिर वह हैरी की मारिया के साथ सीढ़ियां चढ़ते हुए देखता रहा।

‘‘बहुत अच्छा आदमी है।’’ उसने रैंडी से कहा, ‘‘ऐसे आदमी को अपना बेटा मानने में मुझे बड़ी प्रसन्नता होगी।’’

‘‘ठीक कह रहे हो।’’ रैंडी बोला और चाप का टुकड़ा काटने लगा। जब मोरेली किचन की ओर लौट गया, तो वह अचानक खाना छोड़ चिंतित मुद्रा में सोचने लगा। मान लो, सोलो ने हैरी को रखना नहीं चाहा तो? कभी-कभी ऐसा भी होता था कि सोलो का दिमाग अकड़ जाता था और उसे किसी प्रकार नहीं मनाया जा सकता था। कुछ भी हो, हैरी ने उसके गिटार और जीवन की रक्षा की थी। उसे कुछ तो करना हो होगा।

जब उसने भोजन खत्म किया, तो वह उठकर टेलीफोन बूथ के अन्दर घुस गया और सोलो डोमिनिको के रेस्ट्रां का नम्बर घुमाने लगा। उसने नीग्रो बारमैन के साथ बात की जिसने बताया कि सोलो वहां मौजूद नहीं है।

‘‘जरूरी बात है, जोए।’’ रैंडी बेचैनी के साथ बोला-‘‘कहां मिल सकता है वह?’’

जोए ने उसे शहर से बाहर का एक फोन नम्बर बता दिया।

रैंडी ने कनैक्शन काट दिया, बॉक्स में फिर से सिक्के डालकर नम्बर डायल करने लगा।

सोलो की भारी गरजती-सी आवाज सुनाई दी।

‘‘यस..है? कौन है?’’

‘‘पहचाना मुझे?’’ रैंडी बोला-‘‘रैंडी रोच। मैं आ रहा हूं। मैं तुम्हारे लिए एक लाइफ गार्ड भी साथ लेता आ रहा हूं। सोलो... एक ओलम्पिक चैम्पियन। अब सुनो...’’?

2

वे तीन घंटे से बराबर पैदल चल रहे थे।

खुले आसमान में चांद चमक रहा था और धूल भरी सफेद सड़क पर उज्ज्वल चांदनी बिखेर रहा था, जिस पर उनकी साफ व काली परछाई पड़ रही थी। हवा गर्म थी और सड़क के दोनों ओर का घना जंगल ठोस व काली दीवार जैसा लग रहा था।

वे चुपचाप चल रहे थे-हैरी थोड़ा आगे-आगे, दोनों के दिमाग अपने-अपने विचारों में व्यस्त थे, लेकिन एक-दूसरे की मौजूदगी से आगाह तथा साथ-साथ होने की वजह से सन्तुष्ट थे।

सात बजने के तुरन्त बाद वे यलो-एकर्स से चल पड़े थे। मोरेंली के दोनों के हाथों में खाने की चीजों का एक-एक बड़ा सा पैकिट थमा दिया था। बार-बार हाथ मिलाए गए थे और हैरी ने वायदा किया था कि लौटते वक्त वह जरूर उनसे मिलेगा।

इस वक्त हैरी मारिया के बारे में सोच रहा था। वह मारिया की उस लड़की के साथ तुलना कर रहा था, जिसके साथ उसने न्यूयार्क में दो रातें गुजारी थी। वह लड़की लगातार सिगरेट पीती रहती थी और बोरियत के सिवा और कुछ न थी। उसे मारिया के स्वच्छ आचरण तथा मासूमियत से हैरानी हुई। उसने सोचा, हो सकता है उसकी भी अपनी समस्याएं हों, मगर व उन पर काबू पा सकती थी। हर किसी के पास कोई न कोई समस्या होती है। यह इस बात पर निर्भर है कि कोई इसे किस ढंग से सम्भालता है। कई लोग अकेले ही खुद निपट लेते हैं, कोई दसूरों से सलाह-मशविरा लेते हैं और कई लोग इसी मसले पर बातें करते नहीं अघाते। हैरी के लिए यह गर्व की बात थी कि उसे अपनी समस्याओं पर दूसरों को खींचने की आवश्यकता नहीं पड़ती थी। उसने उदासी के साथ मुंह बिचकाया। उसके पास ढेर सारी समस्याएं थी, लेकिन यह समय उन पर विचार करने का नहीं था। वह अपनी चिंताओं पर काबू पाने में सक्षम हो चुका था। वियजनाम में गुजारे गए तीन सालों के विषय में सोचना व्यर्थ था और जहाज पर हुए उस जुए के बारे में भी, जिसमें फौज की सेवाओं के बदले मिलीतमाम रकम वह हार गया था। ओह हों, उसके सामने ढेर सारी समस्याएं थी, लेकिन उन पर विचार करने का वह उचित समय नहीं था। कम-से-कम रेस्ट्रा की नौकरी निश्चित दिखाई दे रही थी। रैंडी ने बताया था, सोलो से फोनल पर बातचीत की थी और सोलो गहरी दिलचस्पी ले रथा था।

अचानक रैंडी ने कहा-''यहां से कुछ मील आगे हम हाईवे पर निकल जाएंगे।'8 उसने रुककर चांद के उजाले में घड़ी की ओर देखा। ''इस समय साढ़े दस बज रहे हैं अगर किस्मत ने साथ दिया तो हमें कोई सवारी मिल सकती है।'8 वह आगे बढ़कर हैरी के साथ-साथ चलने लगा। ''इस वक्त हाईवे पैदल यात्रियों से खाली होगा।''

''तुम्हारे सिर की चोट अब कैसी है?'' हैरी ने पूछा। ''ठीक है..... थोड़ा दर्द हो रहा है, लेकिन कोई बात नहीं।'' रैंडी ने बड़ी उत्सुक निगाहों से हैरी की ओर देखा।

''जिस ढंग से तुमने उन छोकरों को संभाला था, उसका झटका मुझ अभी तक लग रहा है। तुमने तो उसकी कलाई ही तोड़ डाली थी...नहीं?'8

''क्या तुम घबरा रहे हो?'' हैरी की आवाज में अजीब-सा पैनापन था।

''नहीं। मैं घबरा नहीं रहा हूं...फिर भी...टूटी कलाई।''

''इसका मतलब तुम घबरा रहे हो। क्या-कभी फौज में रह हो?'8

''मैं?'' रैंडी हड़बड़ाकर बोला-''नहीं तो! मैंनले अपना ड्राफ्ट कार्ड जला दिया था। मैं, और वितनाम जाउं।''

''किसी को तो जाना ही पड़ होगा।''

''हो सकता है...लेकिन मुझ नहीं।''

''ऐसी क्या खास बात है तुममें?''

'सिर्फ इतनी कि मैं उन बुड्ढों को बर्दाश्त नहीं कर सकता जिनके नियंत्रण में मुझ रहना पड़े। आखिर उन खूसटों को क्या हक है कि मुझ वहां भेजें?''

हैरी हंसने लगा।

''ड्राफ्ट कार्ड में धोखेबाजी करने वालों के साथ वे कठोरता से पेश आ सकते हैं।''

''पहले मुझे पकड़ सकें- तभी ना?'' रैंडी निश्चिन्त भाव में बोला।

''यह तुमने कैसे सोच लिया कि वे तुम्हें पकड़ नहीं सकेंगे?''

''अब तक तो नहीं पकड़ सके! जब कुछ हो जाता है, तभी मैं चिंतित होता हूं वरना नहीं।''

''उसी तरह-जब मैंने उस झक्की की कलाई तोड़ दी थी?''

रैंडी ने अपना डफेल बैग एक कंधे से दूसरे में डाला।

''मैं नहीं कहता कि उससे मैं चिंतित हो गया था या घबरा गया था, लेकिन ऐसा लगता था कि तुम उसकी कलाई तोड़ने पर तुले हुए थे। मेरा मतलब यह दुर्घटना नहीं थी। उसे अवश्य सबक मिल गया।''

''हां, मैंक उसकी बांह तोड़ देना चाहता था। एक बात, फौज में यही सिखा जाता है कि लड़ाई के दौरान कभी कोई गलती मत करो। अगर किसी पर प्रहार करना है तो उस प्रकार करो कि दोबारा उठ न पाए। अगर मैंने कमजोर वार किया होता, तो वे सभी एक साथ मिलकर मुझ पर टूट पड़ते। इस प्रकार उन्हें संभाल पाना मुश्किल हो जाता। उसकी बांह तोड़कर मैंने उन्हें सकते में डाल दिया, उनके हौंसले पस्त कर दिए अगर तुम्हारे साथ दुर्व्यवहार करने से रोक दिया।'8 उसने रैंडी की ओर निगाह डाली। ''अभी तक घबरा रहे हो?''

''तुम्हारी बातें बिल्कुल सच हैं।'' रैंडी बोला, फिर मुस्कराने लगा।

दस मिनट बाद वे हाईवे पहुंच गए। रैंडी ने अपना गिटार और डफेल बैग नीचे रख दिया।

''यहां हम आधा घंटा सुस्ता ले और देखें कि क्या होता है?'' उसने कहा-''हम खुश किस्मत भी हो सकते हैं। यहां से पचास मील आगे एक स्नैक-बॉर है, जो रात भी खुला

रहता है। प्रायः सभी ट्रक वाले वहां रुकते हैं। अगर हमें वहां तक पहुंचने के लिए कोई सवारी मिल गई, तो यह निश्चित समझो कि मियामी तक के लिए कोई न कोई ट्रक मिल ही जाएगा, और फिर मियामी से आगे कोई दिक्कत नहीं होगी।''

वे सड़क के किनारे बैठकर इंतजार करने लगे। कुछ मिनट बार दूर पहाड़ियों की ओर से एक बड़े ट्रक की हैडलाइट की रोशनी दिखा दी। रैंडी उठकर सड़क के किनारे खड़ा हो गया और हाथ हिलाने लगा।

ट्रक आंधी की तरह गुजर गया, ड्राइवर ने रैंडी की ओर ध्यान ही नहीं दिया।

रैंडी बड़बड़ाते हुए गालियां बकने लगा, जबकि हैरी घस पर बैठकर सिगरेट के कशक लगाता रहा।

अगले पंद्रह मिनट के अंदर चार ट्रक और गुजरे, सभी ने रैंडी के इशारे को अनदेखा कर दिया।

''मेरे ख्याल में पैदल चलना ही ठीक रहेगा।'' हैरी बोला-''मुझे यकीन नहीं कि वे तुम्हारी ओर ध्यान देंगे।''

''पंद्रह मिनट और देखते हैं। शायद उन्हें मेरे बाल पसन्द नहीं, तुम कोशिश करके देखे, तो कैसा रहे?''

उन्होंने जगह बदली, मगर उससे में कुछ फायदा नहीं हुआ। तीन ट्रक तूफानी रफ्तार से रुके बगैर गुजरे।

रैंडी ने मैक्सिकन बूट उतारे और पैरों में ठंडक लेने लगा।

''कोशिश जारी रखे।'' वह बोला-"कोई न कोई दरवाजा तो खुल ही जाएगा।''

वह बोल ही रहा था कि एक कार की हैडलाइट्स दिखाई दी। उजली चांदनी में हैरी ने देखा, वह कार एक मस्टांग थी और उसके पीछे एक छोटा-सा टू-बर्थ करवान जुड़ा हुआ था।

-''उम्मीद तो नहीं है, फिर भी कोशिश करता हूं'' हैरी ने कहा।

वह सड़क की ओर थोड़ा आगे बढ़ा, ताकि हैडलाइट्स का प्रकाश उस पर पड़ जाए। उसने हाथ उठाया और हिलाते हुए मुस्कराने लगा।

ब्रेकम दबाने पर पहियों के चीखने की आवाज सुनाई दी, और हैरत की बात थी कि कार की रफ्तार कम हो गई और वह हैरी के सामने आकर खड़ी हो गई।

रैंडी ने जल्दी-जल्दी एक हाथ में अपना गिटार और डफेल बैग और दूसरे हाथ में बूट उठाए और हैरी के पास चला आया।

हैरी ड्राइवर की ओर झांक रहा था।

''क्या मियामी की ओर जा रहे हो?' उसने पूछा-''क्या हमें लिफ्ट मिल सकती है। प्लीज!

जब वह कुछ ओर नजदीक आया तो उसने डैशबोर्ड की बत्ती के प्रकाश में देखा, ड्राइवर एक लड़की थी-इससे उसे थोड़ी हैरानी हुई। वह उसके चहरे की अच्छी तरह नहीं देख पा रहा था। वह लड़की गहरे पीले रंग का बड़ा-सा गॉगल्स पहने हुए थी। उसने सिर में

एक सफेद स्कार्फ बांधा रखा था, जिससे उसके बाल और चेहरे का बाकी हिस्सा छिप गया था।

हैरी को अनुभव हुआ कि गॉगल्स के पीछे से उसकी आंखें उसे घूर रही थीं।

''क्या तुम ड्राइव कर सकते हो?''

उस लड़की की आवाज धीमी व सूखी थी और हल्के दबाव के साथ उच्चरित हो रही थी।

''क्यों नहीं, जरूर है।''

''ड्राविंग लाइसेंस है?''

''हां मेरे साथ ही है।''

लड़की ने गहरी सांस ली।

''वडंरफुल। तुम्हें लिफ्ट मिल कसती है, बशर्ते खुद ड्राइव करो।''

''क्या मुझे भी?'' रैंडी ने उत्सुकता के साथ पूछा।

लड़की ने पलटकर उसकी ओर निगाह डाली, फिर हैरी की ओर।

"क्या यह तुम्हारें साथ हैं?'' उसने पूछा।

''हां''।''

''तुम्हें रास्ता मालूम है ना?''

''सीधा आगे।''

''ठीक। मैं पिछले अट्ठारह घंटों से ड्राविंग कर रही हूं और थककर चूर हो गई हूं।'' लड़की ने कार का दरवाजा खोला और बाहर निकल आई। ''अगर मैंने थोड़ी देर आराम नहीं किया, तो कार सड़क से उलट जाएगी। मुझे इस कैरावान की डिलीवरी मियामी में करती है। जिस शख्स ने इसका आर्डर दिया था, उसका कहना है, अगर उसे कैरावान की डिलीवरी कत तक न मिली, तो वह आर्डर रद्द कर सकता है।''

हैरी को थोड़ा अचम्भा हुआ।

''क्या तुम कैरावान का व्यवसाय करती हो?''

''नहीं। मैं तो सिर्फ डिलीवरी देती हूं। अब अंदर बैठ जाओ और चलते बनो। मैं कैरावान के अंदर सो रही हूं। जब तक मियामी नहीं पहुंच जाते, भगवान के वास्ते, मुझे हरगिज मत जगाना।''

लड़की तेजी से कैरावान के पीछे की तरफ चली गई। उन दोनों ने दरवाजा खुलने की आवाज सुनी। दरवाजा फिर जोर से बंद हो गया और उसके बोल्ट के बंद होने की आवाज आई।

दोनों ने एक-दूसरे की ओर देखा, फिर हैरी ड्राइविंग सीट पर बैठ गया।

''अगर पैदल चलने का इरादा नहीं है, तो बैठ जाओ अन्दर।'' उसने रैंडी से कहा।

रैंडी ने कार कार का ऑफ साइड दरवाजा खोला और हैरी की बगल वाली सीट पर बैठ गया। कार धीरे से आगे बढ़ने लगी।

'वैल, क्या समझे?'' रैंडी बोला-''है न किस्मत की बात? सुबह सात बजे तक हम मियामी पहुंच जाएंगे।''

''किस्मत भी हो सकती है, कुछ और भी।'' हैरी ने कहा-क्या आजकल लड़कियां अट्ठारह घंटों की नॉन-स्टाप ड्राविंग करके कैरावानों की डिलीवरी दिया करती हैं?'' मुझ नहीं मालूम, मैं तीन साल बाहर रहा हूं।''

रैंडी मुस्कराते हुए बोला-''मैं कहता हूं दोस्त, आजकल ये गुड़ियाएं हर चीज कर लेती हैं। हम मर्दों की वे परवाह ही नहीं करती!''

''अजीब बात बात है।'' हैरी सोचपूर्ण ढंग से बोला-''इस तरह कार रोकना और उसे हमारे हवाले कर देना! उसे मालूम नहीं, उस पर हमला हो सकता था और वह बलात्कार की शिकार हो सकती थी?''

''बलात्कार की शिकार बनना वे पसंद करती हैं-यह एक प्रकार का मनोरंजन है उनके लिए।'' रैंडी कड़वाहट के साथ बोला-'मेरा दावा है कि वह तुम्हें पुराने फैशन के सीधे-सादे किस्म का समझती है।'

''ग्लोब कम्पार्टमेंट में एक नजर डालो, शायद उसमें कोई कागजात रखें होंगे।'' हैरी ने कहा। स्पीडोमीटर की सुई अब पचास मील प्रति घंटे पर स्थिर थी।

रैंडी ने ग्लोब कम्पाटमेंट खेला, तो उसमें एक प्लास्टिक फोल्डर रखा हुआ मिला,? जिसके अन्दर कुछ कागजात रेख हुए थे। उसने लाइट का स्विच ऑन किया और उन कागजात को निकालकर अध्ययन करने लगा।

''यह हर्ट्ज की किराये की कार है, जिसे बीचो बीच से जोएल ब्लाच नाक आदमी ने किराये पर लिया है, जिसका पता है। 1244 स्प्रिंगफील्ड रोड,क्लीवलैंड।''

''क्या माइलेज दर्ज है?''

''हां, 1550 मील।''

हैरी ने डैशबोर्ड पर माइलेज काउन्टर की ओर देखा और मन-ही-मन हिसाब लगाने लगा।

''जब से कार किराये पर ली गई है, तब से सिर्फ 240 मील चीली है। इसे अट्ठारह घंटे की ड्राविंग नहीं कहा जा सकता।''

रैंडी मुड़कर उसकी ओर ताकने लगा।

''क्या तुम्हारी हरकतें सदैव ऐसी ही होती हैं? मैं तुम्हें समझ नहीं पार रहा हूं।''

''उस लड़की का नाम जो भी हो, मगर जोएल नहीं हो सकता। वह अट्ठारह घंटे से ड्राइविंग नहीं कर रही थी। यह सब बातें मेरे गल नहीं उतर रही हैं। शायद उसने यह कार चुराई हो।''

''देखा।'' रैंडी गम्भीरता से बोला-''अपनी किस्मत को धक्के मत मारो। हमें कार मिल गई और हम सात बजे मियामी पहुंच सकते हैं। वहां से हम आसानी से पैराडाइज सिटी रवाना हो सकते हैं। अगर कोई सवारी नहीं भी मिली, तो भी हम बस द्वारा जा सकते हैं। लिहाजा फ्रिक करने की क्या बात है?''

‘‘तुम्हें फिक्र करनी पड़ेगी-अगर संदेश दिया गया हो और कुछ पुलिसमैन हमें रास्ते में रोक दें।’’

‘‘ओफ्फ! रात के इस वक्त और इस हाईवे में, सभी पुलिसमैन बिस्तर में होंगे।’’

हैरी हिचकिचाया। उसे लग रहा था कि इस सैट-अप में कहीं कोई गड़बड़ी जरूर है, जिसे वह पसंद नहीं कर रहा था, लेकिन उसने खुद से कहा कि यह तो उस लड़की का मानना है। अगर पुलिस ने उन्हें रोका भी तो उनसे निपटने में कोई कठिनाई नहीं होगी। अगर रैंडी यह खतरा उठाने को तैयार है, तो वह क्यों चिंतित हो?

उसने धीरे से गैस पैडल पर दबाव बढ़ाया और कार पैंसठ मील की रफ्तार से भागने लगी।

रैंडी ने अपना डफेल बैग खींचा और उसमें से मोरेली द्वारा दिया गया पार्सल निकाला। ‘‘मेरी तो अंतड़ियां कुल-बुलाने लगी है।’’ उसने पार्सल खोलकर चिकन रोस्ट और कई और खाने की चीजे निकालीं। ‘‘उस मोटू को सचमुच बढ़िया भोजन तैयार करना आता है! तुम कुछ खाना चाहते हो?’’

‘‘अभी नहीं।’’

‘‘खैर, मैं खाता हूं’’ रैंडी संतोष के साथ खान लगा। मुंह में एक कौर ठूंसकर बालों-लड़कियां का जिक्र चला है, तो बताओ वियतनाम की लड़कियां कैसी होती हैं?’’

‘‘जब तुम्हें वहां जाना नहीं है, तो पूछकर क्या फायदा?’’ कार की हैडलाइट्स प्रकाशित सड़क पर नजरें गड़ाते हुए हैरी ने कहा।

रैंडी ने मुंह बिचकाया।

‘‘माफ करना, मैं बातें ज्यादा करता हूं। हां...क्या फायदा?’’ उसने हड्डी का एक टुकड़ा कार की खिड़की से बाहर फेंक दिया और चिकन की दूसरी टांग चबाने लगा।

हैरी ने बेचैनी के साथ उस वियतनामी लड़की के बारे में सोचा, जिस वह सायगोन में छोड़ आया था जब भी वह जंग के अग्रिम मोर्चे से लौट आता था, उस लड़की को वह हमेशा अपने इन्तजार में पाता था। वह सड़क कोने पर बैठकर खाने-पीने का सामान बेचा करती थी। हैरी यह देखकर आश्चर्यचकित रह गया था कि वह अपना कुकिंग स्टोव, बर्तन व दूसरे सभी सामान बांस के एक डंडे पर लटकाकर कंधों पर लिए चला थी। वह तो उसे एक गुलाबी पंखुड़ियों वाली तितली समझ रहा था, लेकिन बाद में उसे पता चला कि वह कितनी मजबूत वच मेहनतकश लड़की थी।

वियतनाम की अपनी तीन साल की जिन्दगी में वह लड़की हैरी के लिए सबसे ज्यादा बेशकीमती चीज बन गई थी। कम-से-कम उन उकताहट भरे तीन सालों के दौरान तथा अंधेरी खौफनाक रातों से गुजरने के बाद। वह उसके साथ बड़ी कोमलता तथा दिलचस्पी के साथ पेश आती थी और प्यार करती थी। बाद में जब एक वियतकांग बम विस्फोट में दूसरे कई लोगों के साथ उसके भी जिस्म के परखच्चे उड़ गए थे, तो हैरी ने फिर किसी दूसरी वितनामी लड़की की ओर निगाह तक नहीं डाली थी। उसने फिर किसी के साथ वियतनामी लड़कियों के बारे में जिक्र तक नहीं किया था-न तो अपने सहयोगियों के साथ और न ही

रैंडी जैसे आदमी के साथ , जिनका ख्याल है कि वियतनामी लड़कियां सिर्फ बिस्तर तक ही साथ देती हैं। उनके बारे में किसी के साथ बातचीत करना उसे गवारा नहीं था। वह लड़की, जो उसके लिए अपनी जान तक देने को तैयार थी,? उसने इतनी गहराई से चाहती थी कि हर पल उसके इंतजार में रहती थी, हैरी के लिए वियतनाम की लड़कियों को प्रतिनिधि थी- किसी दूसरी और की निन्दा करना उसकी निन्दा करने के समान थी।

कार के व्यू मिरर में उसे एक कार की हैडलाइट्स दिखाई दीं, जो आधे मील के फासले पर उनके पीछे-पीछे आ रही कार कोई पुलिस पैट्रोल कार भी हो सकती थी।

वह कोई अनचाहा झंझट नहीं मोल लेना चाहता था।

कार की रफ्तार कम होती महसूस कर रैंडी ने उसकी ओर देखा।

हैरी ने एक बार फिर मिरर में झांका। वह कार एक ही रफ्तार से आ रही थी। अब भी वह आधा मील पीछे थी।

''पुलिसमैन इस वक्त बिस्तर में होंगे।'' रैंडी बोला- ''ग्यारह बजे के बाद मैंने कभी उन्हें सड़क पर नहीं देखा है।''

''कुछ भी हो, साठ की रफ्तार बहुत होती है।''

रैंडी ने एक सिगरेट सुलगाई और पीछे की तरफ झुक गया।

''क्या तुम इस वक्त सचमुच कुछ नहीं खाना चाहते? मैं भी ड्राइविंग कर सकता हूं।''

''नहीं।'' हैरी बोला।

''मुझे एक कप बढ़िया और स्ट्रोंग कॉफी पीने की इच्छा हो रही है।''

''पंद्रह मिनट बाद हम रात भर खुलने वाले उस स्नैक-बॉर में पहुंच जाएंगे। जिसके बारे में मैंने तुम्हें बताया था। वहां कॉफी अच्छी मिलती है। हम वहां रुकेंगे। पांच मिनट से ज्यादा वक्त नहीं लगेगा। शायद वह गुड़िया भी एक कप पीना चाहे।''

''उसने कहा था कि मियामी पहुंचने से पहले उसे नहीं जगाना है।'' हैरी ने उसे याद दिलाया-''अगर वह सोना चाहती है, तो सोने दो।''

''क्या तुमने उसका चेहरा देख लिया था?''

''जितना तुम देख पाए थे।''

''वह छलावा भी हो सकती है।''

''तुम्हें क्यों फिक्र हो रही है, पगले?''

रैंडी हंसने लगा।

''सोलो के रेस्ट्रा में यही तो खासियत है। वह जगह हमेशा ऐसी ही तितलियों से भी पड़ी रहती है। लाइफ गार्ड के रूप में तुम्हारे पास इनकी कमी नहीं हरेगी, जितनों को तुम संभाल सको। बॉर के पीछे बैठकर मुझ वह सब मौके नहीं मिल सकेंगे जो तुम्हें मिलने वाले हैं। सोलों तैराकी के पाठ प्रचारित कराता है, जिसे तुम संभालोगे। कामविहल गुड़ियों के साथ समुद्र में अठखेलियां करना कितनी मजेदार बात होगी।''

''तुम अभी तक बिल्कुल बच्चे हो।'' हैरी मुस्कराते हुए बोला।

''इसमें गलत बात क्या है?''

''कुछ नहीं। लेकिन शायद मैं तुम्हारे बचपने से डाह कर रहा हूं।

'हेय! तुम तो ऐसे बोल रहे हो जैसे मेरे बाप हो! क्या तुम यह कहना चाहते हो कि तुम्हें गुड़ियों से दिलचस्पी नहीं?''

हैरी को अपनी पत्नी की याद आई जो बाथ-टब में मुर्दा पड़ी थी और उसकी कलाई की नसें कटी हुई थी। उसने नहान के रूप में पाई गई थी। उसके जीवन में आई बाकी सभी लड़कियों का हश्र कुछ ऐसा ही हुआ था। ऐसी कोई लड़की नहीं थी, जिसे याद करके वह खुश हो सके।

''मुझे तुम्हारा बाप बनने में दिलचस्पी नहीं है।'' हैरी ने रैंडी के सवाल को नजरअन्दाज करते हुए कहा।

रैंडी हंस दिया, फिर एक 'डफनट'' खाने लगा।

'जब हम लड़कियों के बारे में ही बातें कर रहे हैं।'' वह बोला-''तो मैं तुम्हें नीना के बारे में बता देना चाहता हूं।''

हैरी ने फिर व्यू मिरर में देखा। पिछली कार की हैडलाइट्स अभी तक आधे मील की दूरी पर दिखाई दे रही थी।

''नीना?''

''हां सोलो की बेटी। शायद मुझे पहले सोलो के बारे में बताना चाहिए। बीस साल पहले चोरी के धंधे में सोलो के मुकाबले दूसरा कोई नहीं था। ऐसा कोई सेफ नहीं था, जिसे वह खोल न सके। लेकिन, आखिरकार एक दिन वह पकड़ा गया और पन्द्रह साल के लिए अंदर भेज दिया गया। अभी वह जेल ही में था कि नीन जन्मी और उसकी मां की मौत हो गई। जेल से निकलने के बाद सोलों ने गैरकानूनी धंधों से हमेशा के लिए हट जाने का फैसला किया और पैराडाइज सिटी में उसने यह रेस्तरां खोल लिया। अभी तक सर्वश्रेष्ठ 'पीटरमैन' माना जाता है और समय-समय पर उसके पास पुराने धंधे में वापस लौटने के प्रस्ताव आते रहते हैं। मगर अब वह इस काम के लिए बिल्कुल तैयार नहीं होता। उसका व्यवसाय अच्छा चल रहा है, खूब मुनाफा कमा रहा है और नीना जैसी बेटी उसके पास है।'' रैंडी कुछ देर रुककर फिर आगे बोलने लगा।

''सोलो के साथ सावधानी से बर्ताव करना। हालांकि वह पचास से ऊपर का हो चुका है, लेकिन जब मूड बिगड़ता है, तो सचमुच ही खूंखार बन जाता है और उसमें अभी तक ताकत कूट-कूटकर भरी है। जब कोई पियक्कड़ बखेड़ा शुरू करने की कोशिश करता है, तो सोलो उसे दुरुस्त कर देता है। एक बार मैंने देखा था कि तीन गुण्डों ने नीना के साथ छेड़खानी करने की कोशिश की थी तो सोलो ने उन्हें ऐसा सबक सिखा दिया था कि बेचारों को अस्पताल की शरण लेनी पड़ी थी। लेकिन सोलो है दिलदार आदमी। उसे स्टाफ के किसी आदमी से लड़कियों के साथ छेड़छाड़ करने के मामले में कोई शिकायत नहीं रहती, जब तक कि खुद लड़कियां इसे पसन्द करती हैं। लेकिन नीना के मामले में वह किसी को बर्दाश्त नहीं कर सकता- न तुम्हें न मुझे!''

रैंडी कुछ देर डफनट चबाता रहा, फिर बोला-''मैं तुम्हें यह सब इसलिए बता रहा हूं, ताकि तुम किसी मुसीबत में न पड़ जाओ। नीना भी एक विशेष लड़की है। उसे देखे बिना तुम उस विशेषता को नहीं समझ सकोगे। जब मैंने उसे पहली बार देखा था, तो कई रात ढंग से सो नहीं सका था। निगाहें उस पर से हटने का नाम ही नहीं लेती थी और मैनुअल ने-वह वेटरों का कैप्टन है-मुझे चेतावनी दी थी।

उसने कहा कहा था कि गर मैंने कोई ऐसी-वैसी हरकत की, तो सोलो मेरा कर डाले इसका कोई पता नहीं। वह मेरा खात्मा ही कर डालेगा।''

हैरी ने बेचैनी के साथ पहलू बदला।

''देखो रैंडी'' वह बोला, ''मैं मानता हूं कि तुम मुझे यह सब बता रहे हो। फौज में मैंने दूसरी बात सीखी है कि ऐसा कुछ भी अपनी दहलीज पर नहीं करना है। अगर मैं सोलो के लिए काम करता हूं, तो उसकी बेटी मेरे लिए कुछ ऐसे-वैसे मायने नहीं रखती।''

''ऐसा मत कहो। अभी तुमने उसे देखा नहीं है।''

''माना कि मैंने उससे नहीं देखा है'' हैरी कहा, ''लेकिन मैं तुमसे चार-पांच साल बड़ा हूं और यह एक फर्क, बनता है हम दोनों में। जब मुझे औरत की जरूरत पड़ती है, तो मैं बगैर किसी झंझट के प्राप्त कर लेता हूं। मैं ऐसा अहमक नहीं कि ऐसी और पर हाथ डालूं जो मुसीबत की जड़ हो।''

''ब्वाय, तुम तो मेरे बाप से भी गए-गुजरे निकले, जो हमेशा ऐसी ही बातें किया करता था!'' रैंडी बोली, ''कुछ भी हो, मैनुअल की ओर से चेतावनी मिलने से पेश्तर, मैंने सोचा कि मैं ही तुम्हें आगाह कर दूं, तो बेहतर है। तुम मैनुअल को पसन्द नहीं करोगे। वह इस लायक है भी नहीं। लेकिन तुम्हें फिक्र करने की जरूरत नहीं है। तुम बिल्कुल बाहरी आदमी बनोगे-सीधे सोलो के तहत। मैं कहता हूं वह तुम्हारी ओर एक नजर देखते ही निगाह फेर लेगा।''

''वह लड़की क्या करती है?'' हैरी ने पूछा।

''वह दफ्तर का काम देखती है-रिजर्वेशन और हिसाब-किताब। शाम के वक्त वह और रेस्ट्रां की देखभाल करती है। सोलो के जिम्मे खरीददारी और रसोई का काम है। वह सिटी के सबसे अव्वल दर्जे के तीन रेस्ट्राओं में से एक है। प्रचण्ड कम्पीटिशन चलता है, लेकिन इससे सोलों का कुछ आता-जाता नहीं। वह वास्तव में, अपने काम का जानकार है।

हैरी को सामने एक बड़ा सा साईन बोर्ड दिखाई दिया, जिस पर लाल और पीले अक्षरों में लिखा हुआ था-स्नैक्स चौबीस घंटे सर्विस।

''यही वह जगह है।'' रैंड बोला, 'पैराडाइज सिटी के बाद इस तरफ यहीं अच्छी कॉफी मिलती है।''

''तब तो हम जरूर रुकेंगे।'' हैरी ने कहा, ''उसके बाद तुम ड्राइव करना, मैं भोजन करूंगा।''

''बिल्कुल ठीक।

हैरी ने मस्टांग की रफ्तार कम कर दी ओर कैफे की तरफ मोड़ दिया। वहां चार ट्रक और धाूल से अटी कई कारें खड़ी थीं। हैरी ने दो ट्रकों के बीच एक खाली जगह पर मस्टांग और कैरावान रोक दिया।

''हमें ज्यादा देर नहीं करनी है।'' वह बोला और कार से निकल आया। एक क्षण खड़े होकर उसने अपने पीछे हाईवे की ओर निगाह डाली। उनके पीछे आ रही कार की हैडलाइट्स तेजी से नजदीक आ रही थी।

रैंडी कैफे के दरवाजे पर पहुंच चुका था, हैरी भी उसके पास चला आया। दोनों के अंदर प्रवेश किया, जहां चार ट्रक वाले काउंटर पर खड़े कॉफी पी रहे थे। दूसरे कुछ आदमी कुर्सियों में बैठे हुए थ, जो संभवतः कार वाले होंगे।

दोनों बॉर के सामने पहुंचे और उन्होंने कॉफी का आर्डर दिया। हैरी ने अपना कैमल का पैकेट निकाला और दोनों ने सिगरेट सुलगाई। ट्रकवालों ने रैंडी की ओर गौर से देखा।

तभी बहार एक कार के आकर रुकने की आवाज सुनाई दी। हैरी ने नजदीक की कुर्सी से झांककर बाहर देखे। उसे एक मर्सिडिज एस. एल. 180 दिखाई दी और वह सोचने लगा, पीछे से आने वाली कार यही होगी। अच्छी तरह देखने के लिए वह खिड़की के करीब चला आया, मगर तक तक कार फिर से आगे बढ़ने लगी थी। ड्राइविंग सीट पर बैठे आदमी की वह एक झलक ही देख पाया, जो स्लाउच हैट पहने हुआ था, अंधेरे की वजह से उसकी आकृति देख पाना सम्भव न हो सका। शक्तिशाली इंजन के शोर के साथ वह मर्सिडीज तीन की तरह आगे निकल गई।

''कॉफी कैसी लगी? रैंडी ने पूछा।

हैरी न अपने प्याले पर चुस्की लगाई और सिल हिलाकर सहमति दी। फौज की कॉफी के अलावा उसे कोई भी कॉपी अच्छी नहीं लगती थी। उसने कैमल के दो पैकेट खरीदे और काउंटर हैंड से आग्रह किया कि रास्ते के लिए वह एक पिंट कॉफी का कार्टन तैयार करवा दे।

पांच मिनट बाद दोनों फिर से मस्टांग में सवार थे, जिसे अब रैंडी चला रहा था।

उस लड़की के संबंध में हैरी का दिमाग अभी तक उलझा हुआ था, उसने ग्लोब कम्पार्टमेंट खोला और हर्ट्ज के किराये सम्बन्धी कागजात निकालकर पढ़ने लगा। जैसा कि रैंडी ने बताया था, कार जाएल ब्लाच नामक आदमी को किराये पर दी गई थी जो क्लीवलैंड का रहने वाला था। कान्ट्रेक्ट दो दिन पहले वीरो बीच से जारी किया गया था। उसने दोबारा माइलेज चैक किया... सिर्फ 240 मीरल। उस लड़की ने क्यों कहा कि वह अट्ठारह घंटे से कार चला रही थी? हैरी को यह बात बिल्कुल सफेद झूंठ लगी। क्या महज कार की ड्राइविंग उसे सौंपने के लिए उसने यह झूठ बोला था? लेकिन क्यों? क्या यह कार चोरी की है? हैरी को यह बात जंची नहीं, क्योंकि वह लड़की भी उनके साथ ही सफर कर रही थी और अगर पुलिस ने उन्हें रोका तो वह भी मुसीबत में पड़ सकती है।

''क्या तुम्हें अभी तक संतोष नहीं हुआ है?'' हैरी की चिंतित मुद्रा देखकर रैंडी ने पूछा।

हैरी ने कंधे झटकाए और कागजात वापस ग्लोब कंपार्टमेंट में रख दिये।

‘‘जो बात मुझ उलझन में डालती है, उसे मैं पसंद नहीं करता।’’ वह बोला, ‘‘और यह सैट-अप मुझे उलझनपूर्ण दिखाई दे रहा है।’’

‘‘तो वह जब जागती है, उसी से क्यों नहीं पूछ लेते? ख्वामख्वाह क्यों दिमाग खराब कर रहे हो?’’

‘‘हां’’ हैरी मोरेली से मिले पार्सल को खोलने लगा। कॉफी ने उसकी भूख जगा दी थी।

हेय! उठो!’’

हैरी ने उठकर जम्हाई ली और आंखें खो दी। उसने विंडशील्ड से झांककर लाल-पीले, चमकीले आसमान और पास के पेड़ों की ओर देखा जो मस्टांग की तेज रफ्तार की वजह से पीछे टूटते जा रहे थे।

‘‘हमने अभी-अभी फोर्ट लाडरडेल को पार किया है।’’

रैंडी ने उसे बताया, ‘‘बीस मिनट के बाद हम मियामी पहुंच जाएंगे।’’

हैरी ने हथेली से अपना चेहरा सहलाया, तो उसे उग आई दाढ़ी का खुरदरापन महसूस हुआ। कपड़े पहनकर सोना उसे पसन्द नहीं था, हालांकि फौज में रहते यह बात अनिवार्य थी, लेकिन उसने कभी ऐसा नहीं किया था उसे इस वक्त शेव करने, ठंडी पानी से नहाने और एक कप काफी पीने की इच्छा हो रही थी।

‘‘सामने जो भी कैफे आता है, वहां कार रोक दो। हमें उस लड़की को जगाकर पूछना होगा कि वह मियामी में हमें किस जगह छोड़ना चाहती है।’’

‘‘एक कैफे सामने ही है।’’ रैंडी बोला।

लकड़ी का छोटा-सा एक मकान, जिसका नियोन साईन चमक रहा था, हाईवे से थोड़ा ही हटकर था। खिड़किया में रोशनी दिखाई दे रही थी। रैंडी ने कार की गति धीमी की, तो हैरी ने अपनी घड़ी की ओर देखा। समय 5:15 हो रहा था। उसने मुंह बिचकाया। यह भी उठने का वक्त है।

कार के रुक जाने पर हैरी ने दरवाजा खोलाए।

‘‘मैं कॉफी के दो कार्टन ले आता हूं, तुम उसे जगाओ।’’ हैरी बोला।

कैफे के काउंटर में नींद से बोझिल चेहरा लिए एक नीग्रो बैठा था उसने बगैर दिलचस्पी के हैरी की ओर देखा।

‘‘तगड़ी कॉफी के दो कार्टन, और शक्कर ज्यादा।’’ काउंटर के पास आकर हैरी ने कहा।

‘‘डफनट भी चाहिए?’’

हैरी को जरूरत नहीं थी, मगर उसने सोचा, शायद वह लड़की चाहती हो और रैंडी की तो जरूरत होगी ही।

‘‘चार दे दो।’’

जब तक वह नीग्रो कॉफी तैयार करता रहा, हैरी सिगरेट सुलगाकर पीने लगा। नीग्रो ने डफनट कागज में पैक कर रख दिए तो उसने अपने बटुए से एक डालर का नोट निकालकर नीग्रो की तरफ बढ़ा दिया।

''तीस सैंट्स और।'' पलके झपकाते हुए नीग्रो ने कहा।

हैरी ने और पैसे चुका दिए और कॉफी के दो कार्टन उठाए। तभी उसे मस्टांग के हार्न का तीखा स्वर सुनाई दिया। उसने डफनट का पैक उठाया और भौंहे सिकोड़ते हुए दरवाजे की ओर लपका।

रैंडी ड्राइविंग सीट पर बैठा हुआ था। हैरी पर नजर पड़ते ही उसने उसे जल्दी से आने का इशारा किया।

हैरी ने कार के पास पहुंचकर खुली खिड़की से रैंडी की ओर देखा। उसका पसीने से तर, पीला-जर्द चेहरा देखते ही हैरी समझ गया कि कुछ गड़बड़ी हो गई है। वह सवाल पूछने के लिए नहीं रुका। उसने झट से दरवाजा खोला और पैसंजर वाली सीट पर घुसकर जोर से दरवाजा बन्द कर लिया।

रैंडी ने मस्टांग हाईवे पर तेजी से आगे बढ़ा दी। गैस पैडल पर पूरा दबाव पड़ रहा था।

''क्या बात है?'' हैरी ने शांत स्वर में पूछा-और रफ्तार कम करो! क्या तुम सोच रहे हो कि तुम कार रेस में भाग ले रहो? रफ्तार घटाओ!''

रैंडी ने झुरझुरी ली। उसने चेहरे का पसीना पोंछा, मगर हैरी की कठोर आवाज से वह संभल गया था। वह कार की रफ्तार कम कर पैंसठ मील प्रति घंटे पर ले आया।

''वह मरी पड़ी है।'' उसने कहा कहा, उसकी आवाज बुरी तरह कांप रही थी। ''कम्बल खून से सना है और वह लकड़ी की तरह कठोर पड़ गई है।''

हैरी ने अपने अन्दर एक हल्का-सा झटका महसूस किया-एक छोटा-सा लेकिन नियन्त्रित झटका। रैंडी के बौखलाए चेहरे की पहली झलक देखकर उसे तुरन्त पता चल गया था कि कोई गड़बड़ी है जरूर, लेकिन उसने सोचा नहीं था कि वह इस कदर बदतर होगी।

''लेकिन तुम जा किधर रहे हो?'' वह बोला उसकी आवाज शांत व स्थिर थी-''कार रोको! मैं देखना चाहता हूं उसे।''

''हम हाईवे पर कार नहीं खड़ी कर सकते।'' रैंडी प्रचण्ड स्वर में बोला-''पुलिस अब किसी भी वक्त पैट्रोलिंग शुरू कर सकती है। मैं एक लाश के साथ पकड़ा जाना नहीं चाहता। वे समझेंगे, हमने उसे मार डाला है।''

हैरी का चेहरा तन गया। उसे इस संभावना पर गौर नहीं किया था। हां अगर पुलिस ने उन्हें रोका और पाया.. उसके अन्दर भय की छोटी-सी चिंगारी

भड़की और फिर बुझ गई।

''क्या तुम निश्चित रूप से कह रहो हो कि वह मर चुकी है?''

''बेशक। मैंने दरवाजा खटखटाया तो कोई जवाब नहीं मिला, इसलिए मैंने कोशिश की और दरवाजा खुल गया।'' रैंडी ने थूक निगला, फिर आगे कहा - वह निचली बर्थ पर थी और कम्बल से ढकी हुई थी। वहां जो गंधा फैली थी, उससे मैंने पलटकर देखा। तभी मुझे कम्बल में खून के धब्बे दिखाई दिए। मैं भौंचक्का रह गया। मैंने उसे आवाज दी, फिर झुककर उसकी बांह पकड़ी। ऐसा लगा जैसे सूखी लकड़ी पकड़ ली हो।''

कुछ दूर आगे हैरी को एक दोराहा दिखाई दिया वहां एक साइन-पोस्ट लगा हुआ था जिस पर लिखा हुआ था- ‘‘सुरक्षित तैराकी के लिए समुद्र-तट।’’

‘‘यहां मोड़ दो।’’ उसने कहा -‘‘और रफ्तार कम करो। उसने व्यू मिरर में झांका। हाईवे बिल्कुल सुनसान था।

रैंडी ने रफ्तार घटाई और कार और कैरावन को गंदी सड़क पर डाल दिया। आधे मील तक वे तनावग्रस्त चुप्पी साधो ड्राइव करते रहे। यह सड़क एक चौड़ी सपाट व सुनहरी रेत वाली जगह की ओर जाती थी, जो झाड़ियों और छोटे-छोटे टीलों से घिरी थी। टीलों के उस तरफ कोई दो सौ गज की दूरी पर समुद्र था।

‘‘यही रोक दो।’’हैरी बोला- ‘‘किसी ने हमें देख भी लिया तो कैरावान को देखकर वह समझेगा, हमने रात यहीं गुजारी थी।’’

रैंडी ने घास वाली जमीन पर कार खड़ी कर दी। जैसे ही उसने इंजन बंद किया, वह कांपने लगा।

‘‘खुद को संभालो।’’ हैरी तीखे स्वर में बोला। उसने कॉफी का एक कॉर्टन रैंडी के कांपते हाथ में थमा दिया। ‘‘थोड़ा सा पी लो।

‘‘मैं नहीं पी सकूंगा। मेरे हाथों से गिर जाएगी।’’ रैंडी सिसकने लगा।

‘‘कम ऑन!’’

रैंडी ने वितृष्णापूर्ण दृष्टि से कार्टन की ओर देखा। हैरी अधीरता के साथ कार से बाहर निकला।

‘‘तुम यहीं बैठो मैं देखता हूं।’’

वह कैरावान के पीछे की तरफ चला आया। उसने रुककर दाई-बाई ओर देखा समुद्र तट के दो मील चौड़े इलाके में सिर्फ कुछेक सीगल के अलावा कोई नहीं था आसमान में धीरे-धीरे सूरज का उजाला फैल रहा था।

हैरी ने जेब से अपना रूमाल निकाला, उसे कैरावान के दरवाजे के हैंडिल में रखकर घुमाया और दरवाजा खोल दिया।

मौत की जिस गंध से वह पिछले तीन सालों से परिचित था, उसे कैरावान के अन्दर महसूस कर उसकी नाक-भौंह सिकुड़ गई। निचली बर्थ पर उसे एक ढेर का आकार दिखाई दिया, जो एक भूरे रंग के कम्बल से पूरी तरह ढका हुआ था। जैसा कि रैंडी ने बताया था, कम्बल के निचले हिस्से में एक लम्बा-सा खून का धब्बा दिखाई दे रहा था, जो सूख चुका था।

हैरी ने कैरावान के अन्दर कदम रखा और कम्बल को खींचकर नीचे गिरा दिया।

यह देखकर वह भौंचक्का रह गया कि वहां पचास-पचपन साल का एक आदमी पड़ा हुआ था, जिसके बाल गहरे भूरे रंगे के थे, धूप से तपा पतला चेहरा, नुकीली नाक पतले होंठ और बर्फ-सी ठंडी बेजान आंखें हैरी की ओर यूं घूर रही थी। कि उसमें मौत की दहशत साफ झलक रही थी।

उसके चेहरे का दाहिना हिस्सा बुरी तरह कुचला गया था। होंठों से बाहर निकले उसके पीले दांत खून से रंगे हुए थे और एक अत्यन्त क्रूर व जंगली गुर्राहट का आभास दे रहे थे।

हैरी ने तेजी से कैरावान के चारों ओर निगाह डाली, फिर ऊपरी बर्थ में देखा। मगर उस मुर्दा आदमी के अलावा वहां कोई नहीं था।

''वह मर चुकी है न? रैंडी कांपते स्वर में बोला। वह भी कैरावान के पीछे की ओर चला आया था, लेकिन कुछ अलग खड़ा भयभीत आंखों से हैरी को घूर रहा था।

हैरी कैरावान से बाहर निकलकर अपनी जेब से सिगरेट का पैकेट टटोलने लगा। उसने यह गौर करते हुए एक सिगरेट सुलगाई कि उसके हाथ कतई कांप नहीं रहे थे।।

''वह लड़की गायब है... यह तो कोई मर्द है।'' उसने कहा, फिर सिगरेट का लम्बा कश खींचा।

हवा का हल्का झौंका मौत की दुर्गंध का भभका रैंडी की ओर ले आया। उसने उबकाई ली और मुड़कर उल्टी करने लगा। हैरी मस्टांग के पास चला आया और कॉफी का कार्टन पीने लगा। गुनगुनी कॉफी ने उसके मुंह का स्वाद दुरुस्त कर दिया। कार से टेक लगाकर कॉफी पीते हुए वह तेजी से सोचने लगा।

जब उस और ने झूठ कहा था कि वह अट्ठारह घंटों से ड्राइव कर रही थी, हैरी तभी से बेचैन था। इस बात का पता चलते ही हैरी को चाहिए था-उसने सोचा-कि वह उस औरत के बारे में जांच-पड़ताल कर ले।

कंधा झटककर व उस जगह चला आया जहां रैंडी रेत पर सिर थामें बैठा था।

''क्या मेरे सोने के दौरान तुमने कार कहीं रोकी थी?'' रैंडी ने उसकी ओर देखा।

''नहीं तो मैं लगातार ड्राइव करता रहा था। क्या वह गायब हो गई है?''

हैरी उसकी बगल में पालथी मारकर बैठ गया।

''हां। वह गायब है। इस आदमी को मरे हुए कोई अड़तालीस घंटे हो चुके हैं, शायद उससे भी ज्यादा। मैं दावे के साथ कह सकता हूं कि इस आदमी की लाश तब भी कैरावान के अन्दर थी, जब उस और ने हमें लिफ्ट में दी थी। जब हम सैनक-बार में रुके थे, तभी वह खिसक गई थी।''

अचानक उसे उस सफेद मर्सिडीज की याद आई। ''वह मर्सिडीज जो हमारा पीछा कर रही थी। हां! वह हमारे रुकने के इंतजार में हमारे पीछे लगी रही थी। और जब हम रुके, वह औरत उसी मर्सिडीज में रफूचक्कर हो गई।''

उसने त्यौरियां चढ़ाते हुए समुद्र की ओर देखा-''यह मृत आदमी जोएल ब्लीच भी हो सकता है, जिसने कार हर्ट्ज से किराये पर ली थी।''

रैंडी झटके से उठ खड़ा हो गया। उसकी आंखों में भय की लहर तैर रही थी।

''चलो यहां से जल्दी-से-जल्दी भाग निकले।''

हैरी ने चेहरा उठाकर उसे घूरा।

‘‘बैठ जाओ!’’ उसकी आवाज का तीव्रपन सुनकर रैंडी सकपकाकर बैठ गया। ‘‘तुम समझ नहीं पा रहे हो कि पुलिस को कैरावान और उसके अन्दर पड़ी लाश मिल जाएगी, तो वे वे पूछताछ शुरू कर देंगे। यह तुम बाजी लगाकर कह सकते हो कि हमें किसी ने इस मस्टांग कार में देख लिया होगा। पुलिस को हमारे विवरण मिलने की देर है कि हमें दबोचने के लिए उन्हें कोई वक्त नहीं लगेगा। जब हम उन्हें बताएंगे कि क्या हुआ था, तो इस पर उनकी क्या प्रतिक्रिया हो सकती है, इसका अंदाजा लगा सकते हो तुम? वे सोचेंगे, इस मुर्दा व्यक्ति ने हमें लिफ्ट दी थी और हमने उसकी कार और पैसे के लिए उसे मार डाला। उनके सोचने का यही तरीका है और यही वह औरत चाहती थी कि वे ऐसा ही सोचे।’’ माथे पर बल डालते हुए वह रुका, फिर बोलने लगा-‘‘यह एक बिल्कुल सोची समझी स्कीम थी। वह औरत इसलिए हाईवे पर थी ताकि वह कार और केरावान को किसी पैदाल यात्री के सुपुर्द कर सके। इसीलिए हम उसका चेहरा अच्छी तरह देख नहीं पाए थे। उन गॉगल्स और सिर पर बंधे स्कार्फ से वह हमारे लिए अस्तित्वहीन औरत बन गई है।’’

रैंडी उंगली का पोर कुतरने लगा।

‘‘तो इस आदमी के बारे में अधिक जानकारी प्राप्त करना चाहता हूं।’’

हैरी सिगरेट का टुकड़ा फेंककर उठ खड़ा हो गया।

वह कैरावान की ओर लपका। एक लम्बी सांस खींच कर वह कैरावान में चढ़ गया और लाख पर से कम्बल हटाने लगा।

वह काफी देर तक उसे घूरता रहा, उसका मुंह सूख रहा था और उर की मांसपेशियों सुकडने लगी थी।

मृत व्यक्ति का बायां पैर नंगा था। पैरा का मांस झुलसा हुआ था और काला पड़ गया था। यह जी मिचलाने वाला दृश्य था और हैरी ने जल्दी से कम्बल उठाकर पैर ढंक दिया।

वह कुछ पल हिचकिचाया, फिर लाख का पकड़कर उठाया और कैरावान से बाहर निकालकर रेत पर लिटा दिया।

अपनी जगह पर बैठा रैंडी विस्फारित नेत्रों से उसकी हरकत देख रहा था।

हैरी जल्दी-जल्दी लाश के कपड़ों की जेबें टटोलने लगा, लेकिन हाथ कुछ भी न गया। सभी जेबें खाली थी और अच्छी तरह तलाश करने पर उसे पता चला कि जैकेट की जेब के भीतरी हिस्से से दर्जी का लेबल उखाड़ लिया गया था।

उसने लाश का कम्बल से ढंक दिया, एक और सिगरेट सुलगाई और रैंडी के पास चला आया।

‘‘उसे टार्चर किया गया था-भीषण यातना दी गई थी। किसी ने उसका बायां पैर दहकते अंगारों डाल दिया था। वरना चेहरे की खरोंच के अलावा चोट का कोई निशान नहीं। मेरा ख्याल है, जब वह मर गया तो उन्होंने उससे छुटकारा पान का यह तरीका सोच निकाला, ताकि कोई हिप्पी हिचकाईकर मामले में फंस जाएं।’’

रैंडी ने सूखे होंठ जीभ फेरकर तर किए।

‘‘तो-तो अब हम क्या करें?’’

"इससे छुटकारा पाना होगा।" हैरी बोला-"इसके अलावा दूसरा रास्ता नहीं है। हम चक्कर में फंस गए हैं, लिहाजा हमें इसको दफना देना होगा। फिर हम कैरावान को किसी जगह छोड़ देंगे, उसके बाद कार को किसी दूसरी जगह। इस प्रकार हम पुलिस को अपना पीछा करने से रोक सकते हैं। इस गलतफहमी में रहो कि अगर पुलिस ने एक बार पकड़ लिया तो वह हमारी बातों पर यकीन कर हमें छोड़ देगी। अब जाओ, गड्ढा खोदना शुरू करें।"

उसने कुछ गज अलग एक रेतीली जगह चुन ली। दोनों ने मिलकर वहां इतना बड़ा गड्ढा खोद लिया जिसमें लाश समा सकती थी।

"लाश पर मिट्टी डालने के बाद गड्ढे को अच्छी तरह हमें बन्द कर देना होगा।" हैरी ने गड्ढे का मुआइना करते हुआ कहा-"उसे उठाने में मेरी मदद करो।

रैंडी झुरझुरी लेते हुए पीछे हटा।

"मैं उसे छू नहीं सकता।"

हैरी ने कलाई घड़ी की ओर देखा। छः बजकर पांच मिनट हो रहे थे। वक्त तेली से सरक रहा था। उन्हें कार और कैरावान से भी छुटकारा पाना था। वह लाश के पास चला आया, लाश के दाएं पैर का कसकर पकड़ा और उसे रेत पर घसीटते हुए कब्र तक ले आया।

रैंडी ने पैर से धकेलकर लाश को गड्ढे में लुढ़का दिया। नीचे लुढ़कते वक्त लाश का सिर गड्ढे की दीवार से रगड़ ,खाकर तिरछा हो गया। तभी एक हादसा हुआ, जिसे देखकर हैरी को ठंडा पसीना छूटने लगा। लाश के सिर के घने भूरे बालों का गुच्छा हैट की भांति खुल गया और सिर जो कि अब पूरी तरह गंजा था टौर धूप की रोशनी में हल्का नीला-सफेद दिखा दे रहा था, एक ओर लुढ़ गया।

कई सैकिण्ड तक हैरी निश्चल खड़ा रहा, फिर उसे पता चला कि वह मुर्दा आदमी विग पहने हुआ था, जिसे हैरी सोच भी नहीं सका था कि उसके बाल नकली थे।

उसने गड्ढे में घुसकर मुंह बिचकाते हुए विग को उठाया। वह विग का दोबारा गड्ढे में फेंकने ही वाला था कि उसके भीतर की ओर उसे कोई चीज दिखाई दी जो एक प्लास्टर से चिपकी हुई थी। उसने प्लास्टर को उखाड़ डाला, तो उसके नीचे से एक स्टील की चमकदार चाबी निकली। उसकी डण्डी पर खुदे हुए हरफों में लिखा था-पैराडाइज सिटी, एयरपोर्ट लॉकर नं 388।

हैरी की आंखें सिकुड़ गई। तो क्या हत्यारे इसी के पीछे पड़ हुए थे? इस बेचारे को इस बुरी तरह टार्चर करने का कारण क्या यही था?"

उसने विग को गड्ढे में डाल दिया और चाबी अपनी जेब में।

"कम ऑन रैंडी!" तीखें स्वर में बोला-"इसे दफना दें।"

3

डोमिनको रेस्ट्रां एक छोटी-सी खाड़ी के सामने आदर्श रूप में स्थित था, जो खुले समुद्र की ओर से रेतीले टीलों की एक लम्बी कतार से सुरक्षित था। रेस्ट्रां पाम, सरो और स्पाइडर,

आर्किड के पेड़ों के घेरे के बीच में बना हुआ था, जो धूप और हवाओं से इसका बचाव करता था।

यह एक लम्बी एकमंजिला बिल्डिंग थी-जो लकड़ी की बनी हुई थी और जहां से सीधे समुद्र को जाने वाली हल्की ढलान में निकला जा सकता था। इसके कुछ भाग में शीशे लगे हुए थे और एयरकंडीशण्ड थे, शेष भाग उन लोगों के लिए खुला रखा गया था जिन्हें गर्मी पसंद थी और जो अंदर एय कूलर के टैम्प्रेचर के बजाय बाहर रात की शीतल वाय में खाना पसंद करते थे।

समुद्र-तट में एक अलग बार था, मैट्रेस और धूप की छतरियां थी, जो एक-दूसरे से इतनी दूरी पर लगाई गई थी कि पर्याप्त एकान्तता मिल सकती थी।

रेस्ट्रा की ओर जाने वाली रेतीली सड़क पर बढ़ते हुए हैरी ठिठकर रुक गया, वह इसकी शैली और शानदार वातावरण देखकर हैरत में पड़ गया था।

''यहीं है।'' रैंडरी बोला, उसकी आवाज में गर्व का पुट था। ''अभी तुम इसे सुनसान हालत में देख रह हो-कोई ग्राहक नहीं। लेकिन अगले हफ्ते तक यहां बड़े-बड़े रईसों का रेला टूटने लगेगा। तब यह ऐसा वीरान नहीं दिखाई देगा।'' उसने घड़ी की ओर निगाह डाली। आठ बजकर कुछ ही मिनट हो रहे थे। ''सालो इस वक्त खरीददारी के लिए गया होगा, लेकिन आओ। वहां मैनुअल होगा।''

वे चलकर बरामदें की छत के नीचे पहुंच गए। ज्योंही वे अस्त-व्यस्त पड़ी कुर्सियों-मेजों के बीच खड़े हुए, रेस्ट्रा की ओर से एक भीमकाय व्यक्ति निकलकर बरामदें में आया। उसकी छोटी-छोटी काली, आंखें हैरी पर फिरीं, फिर रैंडी पर टिक गई। स्वागत के भाव में उसके चेहरे पर एक चौड़ी मुस्कान फैल गई।

''रैंडी तुम कुत्ते के पिल्ले! आखिर आ ही गए!'' उसने बड़ी गर्मजोशी के साथ रैंडी से हाथ मिलाया, फिर इतनी जोर से उसकी पीठ पर धौल जमाई कि रैंडी लड़खड़ा गया।

हैरी ने पहचान लिया कि वह सोलो डोमिनिको है, रेस्ट्रा का मालिक। इस मुलाकात के दौरान उसने बड़ी गहराई से सोलो को परखा।

सफेद सूती कमीज, पतलून पहने, करीब छः फुट तीन इंच ऊंचे गोरिल्ले के आकार के सोलों को देखते ही समझा जा सकता था कि उसमें कितनी ताकत भरी हुई है। उसकी सांवली रंगत, नीचे की ओर झुकी मूंछें और चौकन्नी आंखों से वह तस्वीर-सा स्फुट दिखाई देता।

''काम करने लिए तैयार हो ना?'' डोमिनिको पूछ हरा था- ''गाना-बजाना शुरू कर रहे हो?''

''इसीलिए तो मैं आया हूं यहां।'' रैंडी उससे हाथ छुड़ाकर उंगलिया चटकाते हुए बोला'-''सोलो, हैरी मिचेल ये मिलो-भूतपूर्ण सैनिक साजेट, तीन साल वियतनाम में रह चुका है और लोलम्पिक तेराक भी रह चुका है। मैंने तुम्हें इसके बारे बता दिया था इसे काम की तलाश है।''

डोमिनको हैरी की ओर मुड़ा। दोनों ने सीधी दृष्टि से एक-दूसरे को देखा।

''वियतनाम? हब तो तुम मरे बेटे से भी मिले होंगे? सैम डोमिनकों-तीसरी कम्पनी मेरीन्स से?''

''नहीं। मैं उससे नहीं मिला हूं, लेकिन तीसरी कम्पनी के बारे में मैं अच्छी तरह जानता हूं। बढ़िया पलटन है।'' हैरी बोला।

डोमिनिको हाथ बढ़ाते हुए बोला-''तुम्हें काम चाहिए? तैरना आता है?''

हैरी ने हाथ मिलसया डोमिनकों की गिरफ्त काफी मजबूत थी, लेकिन उसमें ललकारा नहीं, दोस्ती का अंदाज था। हैरी ने भी उसका हाथ कसकर दबा दिया।

''तैरना?'' रैंडी बेचैनी के साथ बोल उठा। ''अरे मैं तुम्हें बता चुका हूं। इसने तो लगभग स्वर्ण पदक जीत ही लिया था। बेशक इसे तैरना आता है''

''मैं तुमसे-नहीं पूछ रहा हूं।'' डोमिनिकों ने उसे झिड़क दिया, लेकिन वह बराबर है हैरी को घूर रहा था। ''लाइफ गार्ड की नौकरी पसंद करोगे? तीस डालर प्रति सप्ताह के अलावा सभी सुविधाएं मिलेंगी। चाहते हो?''

''मैं धूप और हवा का वातावरण चाहता हूं।'' हैरी बोला-''इस बात की फिक्र नहीं कि मुझे कौन-सा काम करना होगा। तुम्हें लाइफ गार्ड की जरूरत है, तो मैं वह बन जाऊंगा।''

डोमिनिकों ने गहराई के साथ उसे घूरा, फिर मुस्करा दिया।

''ठीक है। तुम्हें रख लिया। मुझ खरीददारी करनी है और देर हो रही है।'' वह रैंडी की ओर मुड़ा। ''तुम अपना केबिन ले लो रैंडी और हैरी उसकी बगल वाला ले सकता है। इसे दिखा दो.. और इंतजाम करवा दो।" वह फिर हैरी की ओर मुखातिब हुआ- यह हफ्ता ऐसे ही चलेगा। अगले हफ्ते से काम शुरू करना होगा। ठीक है?

''ठीक है।''

डोमिनिको हैरी की ओर अजीब सी निगाहों से घूर रहा था। अचानक वह आगे बढ़ आया और हैरी की बांह पकड़कर दबाने लगा।

''काफी ताकतवर लगते हो।'' वह बोला-''तुम्हारा घूंसा तो जबर्दस्त होगा, हैरी।''

''हो सकता है।''

''लड़ाकू हो?''

''जरूरत के वक्त बन जानता हूं।''

''मैं भी।''

हैरी उस मुक्के की झलक ही देख पाया, जो डोमिनिको ने उसकी ओर मारा था। हड़बड़ाकर उसने मुक्के के वार से बचने का प्रयास किया। डोमिनिको का घूंसा जो उसके सीने के निशाने पर मारा गया था, उसकी पसलियों से लगा उसने भी जवाबी तौर पर एक मुक्का डोमिनिको की बगल में दे मारा, तो उसे यूं लगा जैसे वह लोहे की तिजौरी से टकरा गया हो।

डोमिनिको लड़खड़ाया और पलके झपकाते हुए हाफने लगा। दोनों ने एक-दूसरे को घूरा, फिर डोमिनिको मुस्कराने लगा।

‘‘बहुत खूब! तुम घूंसे नहीं खाते लेकिन खिलाना खूब जानते हो। यह अच्छी बात है क्या तुम घूंसा खा सकते हो हैरी?’’

‘‘अगर जरूरत पड़ी तो।’’

डोमिनिका ने ठहाका लगाया और हैरी का कंधा थपथपाया।

‘‘तुम मुझे पसंद आने लगे हो। इसे अपना ही घर समझो। हम वियतनाम के बारे में बातचीत करेंगे, क्यों? मेरा बेटा खत लिखने का आदी नहीं है-मेरा जैसा है तुम बताना वहां क्या कुछ हो रहा है।’’

‘श्योर।’’ हेरी बोला।

अचानक मुट्ठी लहराई, लेकिन हैरी सतर्क था। उसने झटके से सिर एक और हटाया और घूंसे के वार से खुद को बचा लिया जिसका जिस्म ठंडा पड़ सकता था। उसने फिर से दाहिना हाथ डोमिननिको के चौड़े सीने पर दे मारा। डोमिनिको फिर से लड़खड़ाया और पलकें झपकाते हुए हांफने लगा।

‘‘बहुत अच्छे बरखुरदार।’’ वह जल्दी-जल्दी बोला। उसकी आंखों में उदासी तथा प्रशंसा के भाव झलक रहे थे। ‘‘हम अच्छे दोस्त साबित हो सकते हैं। यह घूंसा बड़ा प्यारा था।’’ उसने सिर पर एक तरफ झुकाकर हैरी की ओर देखा।‘‘वार से बचने का अंदाज भी खूबसूरत है।। बदला चुकाए जाने के बारे में कभी सोचा है?’’

‘‘मिस्टर डोमिनिकों।’’ हैरी शान्त स्वर में बोला-‘‘मैं तुम्हारे यहां काम करना चाहता हूं। मुझ तुम पर वार करना नहीं चाहिए था, लेकिन जब कोई मुझ पर आक्रमण करता है, तो मैं जवाब दिए बगैर नहीं रहता। आई एम सॉरी!’’

डोमिनिको की आंखें फैलने लगी।

‘‘सॉरी? सॉरी किस बात की? मैं तगड़े घूंसे पसंद करता हूं इससे मेरा जिगर तक हल जाता है, जो कि मेरे लिए अच्छा है। लेकिन मैं तुम्हें बताता हूं, अगर तुम इतने फुर्तीले न होते, मेरा घूंसा तुम्हें एक हफ्ते तक बिस्तर पकड़वाने के लिए काफी था।’’

‘‘अच्छा?’’ हौरी काफी गंभीर था। ‘मुझे तुम्हारा दोस्त बनने में बड़ी खुशी होगी, मिस्टर डोमिनिको, लेकिन आईन्दा मुझ पर घूंसे मत बरसाओ। इससे मैं नर्वस हो जाता हूं। मुझे दोबारा कोई घूंसा नहीं माना चाहिए।"

डोमिनिकों की मुस्कराहट गायब हो गई। आंखों में व्यंग्य के भाव जागने लगे।

"तो तुमने घूंसा मारा था?’’

‘‘मैं तुम्हें चोट नहीं पहुंचाना चाहता था।’’ हैरी ने कहा।

इस बार डोमिनिके का घूंसा हैरी को करीब-करीब लग ही गया। ज्योहिं उसने सिर झटकाया, घूसा उसकी ठुड्डी से टकराया। हेरी का जवाबी मुक्का डोमिनिको के जबड़े पर लगा। वह लहराते हुए पीठ के बल एक टेबल से ऊपर गिरा। टेबल भरभराकर टूट गई और वह जमीन पर चित हो गया। वह वहां असहाय हेल की तरह पड़ा रहा, आंखें उलट गई थी और दोनों हाथ फैले हुए थे।

‘‘हे भगवान!’’ रैडी ने सिसकारी भरी। ‘‘पागल हो गए हो क्या?’’ पलकें झपकते हुए वह सोलो की तरफ बढ़ने लगा तो हैरी ने उसका हाथ पकड़कर उसे रोक दिया।

‘‘उसे ऐसे ही रहने दो। वह ठीक-ठाक है।’’ हैरी बोला-‘‘उसे तगड़े घूंसे पसंद है, तुमने उसे ऐसा कहते हुए सुना है।’’

डोमिनिको की आंखों में जीवन के चिन्ह लौट आए। उसने हैरी की ओर देखा ओर आंखें नचाने लगा। जब धु ुधलापन हटा, तो वह मुस्करा दिया। उसने अपना हाथ आगे बढ़ाया और हैरी ने उसे पकड़कर उठने में मदद की।

‘‘जिंदगी में पहली बार ऐसा जबर्दस्त घूंसा झेला है।’’ डोमिनिको जबड़ा सहलाते हुए बोला। ‘‘ओ. के. हैरी, अब कोई खेल नहीं। हम दोनों अच्छे दोस्त बनेंगे। मैंने क्या कहा था? तीस डालर? इस घूंसे की वजह से मैं इसे चालीस डालर कर देता हूं और खाना बढ़िया बल्कि हर चीज बढ़िया। इसे अपना घर ही समझो। रैंडी, जरा इसका ख्याल रखना।’’ थोड़ा लड़खड़ाते हुए बड़ी बेहूदी चाल से वह बाहर निकला। जहां एक ब्यूक एस्टेट वैगन पार्क की गई थी।

उसके चले जाने के बाद कई क्षणों तक चुप्पी छाई रही, फिर अचानक रैंडी बोला- ‘‘आओ, तुम्हें कमरे दिखा दूं।’’ वह हैरी की ओर नहीं देख रहा था। उसके पतले वह कितना सहम गया था।

‘‘नहीं! यहां से फ़ौरन ले जाओ।’’

रेस्ट्रा के दरवाजे पर एक लड़की खड़ी थी जिसे हैरी नीना डोमिनिकों के रूप में पहचाना गया। उसे देखकर हैरी के अन्दर एक हल्का-सा झटका लगा, जैसे उसने बिजली का नंगा तार छू दिया हो।

उसे रैंडी का कथन याद आया-नीना एक विशेष लड़की है। उसे देखे बिना तुम उस विशेषता को नहीं समझ सकोगे।

‘‘हां, हैरी ने सोचा- रैंडी का कथन अतिशयोक्ति नहीं था। बाईस या तेईस साल की उम्र, औसत कद के बावजूद वह थोड़ी ऊंची दिखाई देती थी, भरे हुए उरोज और लम्बी तथा सुडौल टांगे। उसके काले बाल कंधों तक झूल रहे थे मांग के रूप में बीच में दो भागों में बंटे हुए थे, जिससे उसका सुन्दर मुखड़ा इतना आकर्षक लग रहा था कि हैरी मंत्रमुग्ध-सा होकर ताकने लगा। लेकिन ठीक इस वक्त नीना डोमिनिको गुस्से से तमतमाई हुई थी और हैरी ने सोचा, बिफरी शेरनी के जैसे उसके भाव तथा आग-सी उगलती आंखों से वह ऐसी उत्तेजक दिख रही थी, जैसे हैरी ने पहले कभी नहीं देखी थी।

‘‘मुझे तुम्हारा दोस्त कतई पसंद नहीं रैंडी।’’ नीना बोली, गुस्से से उसकी आवाज कांप रही थी। ‘‘इसे बाहर ले जाओ! इसे देखकर जी मिचलाने लगता है।’’

हैरी का चेहरा तन गया और उसकी आंखों का रंग बदलने लगा।

‘‘तुम्हें क्या तकलीफ हो रही है, मिस डोमिनिको?’’ उसने शान्त स्वर में पूछा।

‘‘तुम!’’ वह दरवाजे से बढ़कर बिलकुल हैरी के सामने आ खड़ी हो गई। "क्यों नहीं तुम अपनी बराबर उम्र वाले से मुकाबला करते, कायर, लुच्चे कहीं के?’’

''क्या तुम यह कहना चाहती हो कि तुम्हारा बाप खुद की देखभाल नहीं कर सकता?'' हैरी ने पूछा-''जब कोई शख्स तुम्हारे बाप की तरह मुसीबत को बुलावा देता है, तो यह तय है कि देर-सबेर वह उसके गले पड़ ही जाती है। मुझे अफसोस है कि तुम्हें यह सब नागवार लगा। लेकिन अगर मैं मूर्खों की तरह खड़ा रहकर उसे अपने ऊपर घूंस बरसाने देता, तो मुझे और भी ज्यादा अफसोस होता।''

''अगर तुम यह सोच रहे हो कि तुम्हें यहां कोई नौकरी मिलने वाली है, तो यह ख्याल अपने दिमाग से निकाल दो।'' वह चिल्लाई। ''मैं तुम्हें यहां नहीं रहने दूंगी। चले जाओ यहां से और बाहर ही रहो।''

हैरी का चेहरा भावशून्य बना रहा।

''मैं तुम जैसी छोकरियों का हुक्म नहीं सुनता। तुम्हारे बाप ने मुझ काम पर रखा है। वह कहता है, तो चला जाऊंगा, लेकिन तुम्हारे कहने से नहीं।''

नीना ने उसके गाल पर चांटा मारने के लिए हाथ उठाया, लेकिन उसने बचने में हैरी कोई कठिनाई नहीं हुई नीना अपनी लहर में लड़खड़ा गई और हैरी से जा टकराई। इससे पहले कि वह छिटककर हैरी से अलग होती, हैरी को अपने सीने में उसकी छातियों का क्षणिक दबाव महसूस हुआ। नीना उसकी ओर घूरते हुए हांफने लगी।

''क्या हो रहा है। यहां?''

एक ठिगना-सा आदमी, जो काली पतलून और खुले गले की सफेद कमीज पहने हुआ था, तथा कमर में एक पटा बांधो हुआ था, बरामदे में निकल आया।

उसकी छोटी-छोटी कुटिल आंखों और मुंह तथा उसके खड़े होने के रौबदार अंदाज की ओर देखते ही हैरी को नफरत होने लगी।

''मैनुअल!'' नीना चीख उठी- ''इस लफंगे का बाहर जाने के लिए कहा। बाहर निकालो।''

वह लहराई तेजी से चलकर मैनुअल के पीछे से रेस्ट्रां के अन्दर घुस गई।

मैनुुअल से हैरी की ओर देखा, फिर प्रश्नसूचक निगाह रैंडी पर डाली।

''कौन है यह? क्या तुम ले आए हो इसे?''

रैंडी ने बेचैनी से पहलू बदला।

''यह नया लाइफ गार्ड है। सोलो ने इसे अभी-अभी अनुबंधित किया है।''

मैनुअल की आंखें सिकुड़ गई।

''तो वह किसलिए भुनभुना रही थी?''

''वह बौखला गई थी।'' रैंडी असहाय भाव से हाथ लहराया। ''सोलो और हैरी के बीच दोस्ताना तौर पर जोर-अजमाइश हुई थी। तुम तो सोलो को जानते ही हो। हैरी थोड़ा भारी पड़ गया था और नीना को यह बात पसंद नहीं आई।''

''मैनुअल हिचकिचाया, फिर कंधे उचकाने लगा। ''हम यहां कोई बखेड़ा पसंद नहीं करते।'' उसने हैरी से कहा- ''अगर तुम्हें यहां काम करना है, तो इस बात का ध्यान रखना।''

‘‘अगर ऐसा है तो मिस्टर डोमिनिको से बोला।’’ हैरी बोला-‘‘लगता है उसे तो पसंद है।

मैनुअल की आंखें जल उठीं और चेहरा कठोर पड़ गया। वह हिचका, फिर रैंडी और चेहरा कठोर पड़ गया। वह हिचका, फिर रैंडी की ओर मुखातिब होकर बोला-‘‘मैं चाहता हूं आधे घंटे बाद तुम बार में आ जाओ, कम करना है।’’ उसने फिर से हैरी की ओर जलती निगाह डाली और वापस रेस्ट्रां के अन्दर चला गया।

‘‘मेरा ख्याल है मुझे यहां से चल देना चाहिए।’’ हैरी बोला-‘‘मैं नहीं चाहता, मेरी वजह से तुम झमेलों में पड़ जाओ।’’

‘‘भूल जाओ इसे।’’ रैंडी ने कहा- ‘‘सोलो ने तुम्हें रख लिया है। वह तुमसे सन्तुष्ट है। अगर जरूरत पड़ी तो वह खुद ही तुम्हें चले जाने को कह देगा। आओ, तुम्हें कमरा दिखा देता हूं।’’

हैरी ने कंधा झटकाया, अपना रकसैक उठाया और रैंडी के पीछे-पीछे चल दिया। दोनों सीमेंट के बने फुटपाथ से चलकर रेस्ट्रां के पिछवाडे की तरफ चले आए और झाड़ियों के उस तरफ बने लकड़ी के चार केबिनों के पास पहुंचे। झाड़ियों की वजह से ये केबिन रेस्ट्रा से दिखाई नहीं देते थे

रैंडी ने दूसरे केबिन का दरवाजा खोला।

‘‘यह रहा तुम्हारा केबिन।’’ वह एक तरफ खड़ा होकर बोला, ‘‘मेरा केबिन तीसरा है। पहले केबिन में मैनुअल रहता है और आखिरी वाला खाली है।’’

हैरी ने केबिन के अन्दर कदम रखा। यह दम घुटने तक गर्म, एक छोटा-सा बक्सानुमा कमरा था और एक पहियेदार बिस्तर, एक कुर्सी, क्लोजेट और ड्राअर चेस्ट से सजा हुआ था। प्लास्टिक के एक पर्दे के उस तरफ बाथरूम था।

उसने रकसैक फर्श पर रख दिया, खिड़की पर जाकर उसके पट खोल दिए, फिर वापस निकलकर रैंडी के पास चला आया, जो अपने केबिन में गिटार और डफेल बैग रखने के बाद दरवाजे पर खड़ा उसकी प्रतीक्षा कर रहा था।

‘‘ ओ. के.!’’

‘‘हिल्टन के माफिक तो नहीं है, लेकिन चलेगा।’’ हैरी बोला। उसने एक सिगरेट सुलगाई, फिर रैंडी की ओर देखते हुए आगे कहा- ‘‘अच्छा बताओ, तुम्हारे विचार से मुझे उस बुड्ढे पर वार नहीं करना चाहिए था-ठीक?’’

‘‘तुमने उसके अह्म को चोट पहुंचाई है। सोलो सोचता है, वह इलाके का सबसे ताकतवर आदमी है। उसे कभी मात नहीं खाई थी।’’ रैंडी ने अपने दोनों हाथ जेबों के अन्दर गहरे डाल लिए। ‘‘बाप रे! उसे सचमुच लगा है।’’

‘‘यह तो अपेक्षित ही था। जिस ढंग से वह लोगों पर घूंसे बरसाता फिरता है, देर-सवेर किसी से उसे इसका जवाब मिलना तो लाजिमी था। पहला और दूसरा मुक्का मैंने इसलिए कमजोर मारा था, क्योंकि वह मोटा और उम्र में मुझे काफी बड़ा था। उन अघातों से मैं उसे चेतावनी देना चाहता था, लेकिन उसने सोचा कि वह मुझे संभाल सकता है, इसलिए

कोशिश करने से खुद को रोक नहीं सका'' उसने ठंडी निगाहों से रैंडी को घूरा। ''मैं अभी-अभी उस जंगल से निकलकर आया हूं जहां कुत्ते कुत्ते को खा जाता है। इन हिप्पियों, पागल - झक्कियों, सिरफिरों और अत्युत्साहियों के सामने धैर्य से खड़ा रहना मेरे लिए मुश्किल है, जो जहां उत्पात मचाए रहते हैं। अगर वे मेरे साथ सलीके से पेश आते हैं तो मेरा रवैया भी ठीक ही रहेगा।, वरना नतीजा उनके लिए अच्छा नहीं होगा।''

''जरूर।'' रैंडी जबरन मुस्कराया। 'मुसीबत यह है कि लोग तुमसे ऐसे नतीजे की उम्मीद नहीं रखते। बेहतर होगा कि तुम अपने जिस्म में खाते की पट्टी लगाए रहो।''

सहसा हैरी शिथिल पड़ गया और मुस्कराने लगा।

''शायद ऐसा ही करना पड़े।'' वह बोला।

दस बजने के थोड़ी देर बाद हैरी ने देखा, सोलो डोमिनिको बाजार से लौट आया था। उसने उन दो नीग्रो वेटरों को देखा जो कार से सामान उतारने के लिए भागते हुए कार के पास पहुंच गए थे।

हैरी अपने केबिन से दस-बारह गज दूर एक पेड़ के नीचे बैठा हुआ था। वह वहां दो घंटे से बैठा सोलो के लौटने का इंतजार कर रहा था।

इंतजार के दौरान उसका दिमाग अत्यन्त व्यस्त रहा था। यह डोमिनाके और उसकी तुनकमिजाज लड़की से कहीं ज्यादा उस मृत व्यक्ति की उलझन में फंसा था।

उसे दफना देने के बाद रैंडी और वह ड्राईव करते हुए मियामी शहर के बाहरी इलाके में स्थित कैरावान साइट पर पहुंचते थे। उसके प्रवेश द्वार के ऊपर मुफ्त पार्किंग का बोर्ड टंगा हुआ था और वहां पहले से ही दो सौ लगभग कैरावान पार्क किए गए थे। हैरी ने फैसला किया कि यह कैरावान को गायब कर देने की सबसे उपयुक्त और सुरक्षित जगह थी।

सुबह के उस वक्त वहां कोई नहीं। किसी के द्वारा देखे गए बिना उन्होंने कैरावान को कार से अलग किया तथा दूसरे कैरावानों को कतार के बीच छोड़ दिया।

मियामी से परे एक जगह उन्हें कारों से भरा एक लम्बा चौड़ा पार्किंग लाट दिखाई दिया था, जो मस्टांग से छुटकारा पाने का उपयुक्त स्थान था। कार को वहां छोड़ आने से पहले हैरी ने भीगे चमड़े से कार के भीतर-बाहर अच्छी तरह पोंद दिया था और इस बात से निश्चित हुआ था कि वहां उनकी उंगलियों के कोई निशान नहीं रह गए है।

अनिच्छापूर्वक मस्टांग को छोड़ने के बाद वे पैदल चलकर हाईवे तक आए थे, और बस पकड़कर डोमिनिको रेस्ट्र तक पहुंचे थे। अपनी पिछली प्रत्येक गतिविधियों के बारे में अच्छी तरह सोच'-विचार के बाद हैरी अब संतुष्ट था कि उसने उन सभी चिन्हों को मिटा दिया है, जिनकी मदद से पुलिस उन तक पहुंच सकती थी। जब तक लाश बरामद नहीं होती, तक तो पुलिस की सरगर्मियां शुरू होने का सवाल ही नहीं उठता। उस विशाल पार्किंग लाट में अगले दो-तीन हफ्तों से पहले मस्टांग के पाए जाने की गुंजाइश नहीं थी, अगर हुई तो भी इससे हत्या का मामला प्रकाश में नहीं आ सकता था।

हैरी ने पतलून की जेब में हाथ डालकर लाख के विग से बरामद चाबी को टटोला। उसके इसके बारे में रैंडी को नहीं बताया था और अभी तक निर्णय नहीं कर पा रहा था कि बताएं या नहीं।

इसे छिपाने की अनोखी जगह देखकर उसे महसूस हुआ कि मृत व्यक्ति को इतनी क्रूरता से जिसने भी टार्चर किया था-वह इस चाबी को किसी भी सूरत में हथियाना चाहता था। आग से झुलसकर काले पड़ गए पैर को याद कर उसे लगा? अगर इस चाबी के पीछे कोई महत्त्वपूर्ण तथा गहरा रहस्य न होता तो कोई उसे इतनी कठोर यातना देने की हिम्मत नहीं कर सकता था।

उसे रैंडी से पूछ लिया था कि सिटी का एयरपोर्ट किस जगह पर स्थित है। रैंडी ने उसे बताया था कि सिटी से कोई पन्द्रह मील पूरब की ओर स्थित है। हैरी ने अन्दाजा लगाया कि इस जगह से कुल दूरी लगभग बीस मील होगी।

वह इस बात से चिंतित हो रहा था कि वह किस प्रकार जल्दी से जल्दी एयरपोर्ट पर पहुंच सकता है।- बस द्वारा, या सोलो की बार उधार लेनी पड़ेगी। उसने एक-दो दिन ठहरने का फैसला किया, लेकिन इतनी देर तक नहीं कि रेस्ट्रा का सीजन शुरू हो जाए और बाद में उसे समय मिलना मुश्किल हो जाए।

उसे इस बात से बड़ी हैरानी हो रही थी कि इस बात पर एक बार यकीन करने के बाद कि पीछा किए जाने सारे सूत्र मिटा दिए गा हैं, रैंडी लाश के बारे में बिल्कुल भूल गया था। उसे उस रहस्यमयी औरत के बारे में कोई दिलचस्पी नहीं रह गई थी और उन उस सफेद मर्सिडीज और उसके ड्राइवर के प्रति, जिसके बारे में हैरी को यकीन था कि उस ने उस औरत को पिकअप किया था। रैंडी को दिलचस्पी नहीं थी, लेकिन उसे थी।

लेकिन जब तक वह उस लगेज लॉकर को खोलकर इस बात का पता नहीं लगा लेता कि उसके अन्दर क्या है? उसने सोचा, तब तक इस मसले पर सिर खपना वक्त की बर्बादी के सिवा कुछ नहीं। उसका ध्यान मौजूदा हालात पर लौट आया।

उसने सोलो को भारी कदमों से चलकर रेस्ट्रां की ओर जाते हुए देखा। वह जैसे ही बरामदे की सीढ़ियां चढ़ने लगा, नीना प्रकट हुई।

हैरी यहीं से देख सकता था कि वह अभी तक गुस्से से भरी हुई थी। वह उत्तेजित भाव से सोलों से बातें करने लगी, जो उसके सामने खड़ा भौंचक्का सा सुन रहा था।

नीना की तीखी आवाज हैरी के कानों में पड़ रही थी, लेकिन वह समझ नहीं पा रहा था कि वह क्या कर रही है? वह बीच-बीच में हाथ से केबिन की ओर इशारा करती थी और हैरी समझ गया कि वह उसी के बारे में शिकायत कर रही थी।

हैरी सोच रहा था, क्या वह अपने बाप पर इतना प्रभाव रखती है कि वह उसके कहने पर हैरी को निकाल दे?

अपने विरोध के बावजूद इस लड़की ने हैरी के दिल में जबर्दस्त धक्का लगाया था और वह परेशान हो उठा था। वहां से बिछुड़ने के बाद अब तक औरत से उसके संबंध कतई व्यक्तिगत नहीं रह गए थे। वह उन्हीं औरतों को चुनता था, जो आसानी से खुद को उसके

हवाले कर देती थी और ज्यादातर औरतें ऐसा ही करती थी। फिर हैरी उन्हें जल्दी ही भूल जाता था। लेकिन वह जानता था कि अगर उसने नीना के साथ या नीना ने उसके साथ सम्पर्क स्थापित करने का प्रयास किया तो कई उलझनें पैदा हो सकती हैं।

उसने खुद से कहा, अब वह दूसरे झमेले में नहीं पड़ सकता, लेकिन इस लड़की में न जाने क्या बात थी कि वह बरबस ही उसकी और खिंचता जा रहा था। इस प्रकार शायद वह और बड़ी समस्या की ओर बढ़ रहा था और ऐसा होना निश्चित था।

उसने देखा, सोलों ने हाथ उठाकर नीना के उग्र भाव को रोक दिया। उसने उंगलियों नचाते हुए कुछ देर कुछ कहा, फिर नीना कंधे टिकाते हुए वापस अन्दर चली गई।

सोलो कई क्षणों तक चिंतित मुद्रा में बरामदे में खड़ी रहा, फिर उसने उस तरफ देखा जिधर हैरी बैठा हुआ था और उसे अपने पास आने का इशारा किया।

हैरी खड़ा हो गया और रेत पर चलता हुआ उसके पास पहुंचा।

''तुमने मेरी बेटी के साथ झड़प की?'' सोलो मुस्काते हुए बोला।

''मैं ऐसा नहीं कहता।'' हैरी ने कहा-''बल्कि उसने मेरे साथ झड़प की थी।''

सोलो ने गम्भीर गड़गड़ाहट के साथ ठहाका लगाया।

''बड़ी प्यारी लड़की है और मैंने उसे बिगाड़ रखा है।'' वह सिर हिलाते हुए बोला, उसकी आंखें भावुक बन गई थी। ''मां की मौत के बाद उसने उसकी जगह ले ली है, उसकी मां भी बहुत अच्छी और थी। हैरी सावधान रहना। मेरी लड़की तुम्हें पसंद नहीं कर रही है। मैंने उसे बताया था कि तुम अच्छे आदमी हो और यहीं रहने वाले हो। लेकिन ध्यान रखना। एक बात बताऊं वह मेरा हमेशा बहुत ख्याल रखती है। वह इस बात पर यकीन नहीं कर सकती कि मैं अब बढ़ा हो चला हूं और जब तुमने मुझे हरा दिया तो उसका सपना टूटकर बिखर गया। इस बात ने उसकी भावनाओं झकझोर दिया है।'' उसने अपना मुंह बिचकाया-डेम्पसी की या है? जब मैं जवान था, तो मैं उसकी पूजा किया करता था। मैंने उसके तमाम फाइट देखें हैं जब टनी ने उसे हरा दिया, तो मुझे जबर्दस्त धक्का लगा था..मेरा सपना टूट गया था।'' वह अपने चौड़े नथुनों से तेज सांस लेने की आवाज निकालने गला। ''किसी के प्रति इतने गहने ख्सालात रखना बेकार है, लेकिन यह लड़की अभी नादान हे। तुम समझ रहे हो न मेरी बात?''

''हां समझ रहा हूं, मिस्टर डोमिनिको।'' हैरी बोला थापेड़ा हिचकिचाने के बाद उसने आगे कहा-''मेरा ख्याल है मेरा यहां से चला जाना ही बेहतर है। मैं यहां रहकर तुम्हारी बेटी को तंग करना नहीं चाहता। सिटी में बहुत सारे दूसरे काम मिल जाएंगे।''

''औरतों से कभी मत डरा हैरी।'' सोलो ने कहा।

''यह बात नहीं।-- हैरी नीले आसमान की ओर ताकते हुए बोला।''मुसीबत यह है कि मैं एक लम्बे अरसे तक एक ऐसे जंगल में रहा हूं, जहां नीच, दुस्साहसी लोग रहते है जो ख्वामखाह मुसीबत खड़ी कर देते हैं। काफी अरसे उसे उन्होंने मौत को इतनी करीब से देखा है कि इन हरकतों से बाज नहीं आ पाते। इस देश में लौ आने के बाद मैं उन लोगों से परेशान

हो उठा हूं जिनके पास ऐसी हरकतें करने की कोई ठोस वजह नहीं होती। यह बात तुम पर भी लागू होती है, लिहाजा मेरा यहां से चला जाना ही बेहतर है। ठीक हे?''

''बिल्कुल ठीक नहीं। मैं चाहता हूं तुम यहीं ठहरो। मैं तुम्हें ऐसा करने का कह रहा हूं। मुझे तुम्हारे साथ बहुत सारी बातें करनी हैं और तुम मेरी मदद करने जा रहे हो। नीना के साथ तुम्हारी कोई समस्या खड़ी होती है तो मुझे बताओ, मैं उसे फौरन रोक दूंगा। लड़की बड़ी प्यारी है, लेकिन मिजाज जरा अपनी मां के जैसा गर्म है। अरे भई, मैं तुम्हें कह रहा हूं यहां रहने के लिए।''

हैरी हिचकिचाया।

''ओ.के. मिस्टर डोमिनिको! मैं रहूंगा।''

''और मुझे मिस्टर कहना छोड़ दो। यह मुझे पसंद नहीं। तुम मुझे सोलो कहकर पुकारा, जैसा कि यहां मुझे हर कोई कहता है। अब मुझे लंच की तैयारी करनी है। वैसे, कोई ज्यादा ग्राहक तो नहीं होंगे आज, लेकिन हमें तैयार रहना है। अभी से व्यस्त रहना चाहते हो?''

''इसीलिए तो मैं यहां हूं।''

''फिर तो वहां उस झोपड़ी में रखें सामानों पर एक नजर डालो। मैं तुम्हारी मदद के लिए दो छोकरे भेजे देता हूं। मैं चाहता हूं कि नौकाएं और पैडल बोट सब तैयार रहें। अब सी-बच के इन्चार्ज तुम्हीं हो, हैरी। इसे साफ-सफाई के साथ रखे, मैट्रेस और छतरियां वगैरह सब ठीक-ठाक ढंग से रखवाओ। कर सकोगे ना?''

''जरूर।''

''बारह बजे किचन में आ जाना। हम इसी समय खाते हैं।'' सोलो ने फिर से हैरी का कंधा थपथपाया। ''और नीना को लेकर चिंतित मत होओ। अगर वह तुम्हें परेशानी करती है, तो मुझे बताओ। मैं सब ठीक कर दूंगा।''

हैरी ने सिर हिलाकर सहमति दी, लेकिन मुस्कराया नहीं। वह इस वक्त मुस्कराने के मूड में नहीं था। उसकी अंतः प्रेरणा कह रही थी कि वह यहां ठहरकर गलती कर रहा है, लेकिन नीना का अकर्षण इतना जबर्दस्त था कि सोलो के आग्रह से मन ही मन खुशी हो रही थी।

अगले दो घंटे तक नीग्रो छोकरों के साथ काम करता रहा। तब तक बीस पैडल बोटो का रेत पर कतार में रखकर वह निरीक्षण कर चुका था। उसने उनमें से तेरह बोटों की मरम्मत का आर्डर दिया। जब दोनों छोकरे पेन्ट तथा ब्रुश लाने के लिए चले गए तो उसने घड़ी की ओर देखा-बारह बजकर दस मिनट हो रहे थे।

अपने केबिन में जाकर जल्दी-जल्दी स्नान किया, नई कमीज पहनी, फिर रेस्ट्रा की ओर चला आया और पिछवाड़े की तरफ हवादार किचन में घुसा।

सोलो, नीना रैंडी और मैनुअल खाना खा रहे थे।

''आओ, आओ।'' अपनी बगल वाली कुर्सी की ओर इशारा करते हुए सोलो बोला-''तुम्हें इतनी मेहनत करने की जरूरत नहीं है। बैठ जाओ और खाना खा लो। तुम नीना को तो जानते ही हो, यह मेरी बेटी है।''

नीना ने ऊपर नहीं देखा। वह एक किंग साइज प्रॉन का छिलका उतार रही थी। उसकी हरकत से जाहिर था कि वह हैरी की मौजूदगी पसंद नहीं कर रही थी।

सोलो ने हैरी की ओर आंख मारी। मैनुअल से उसका परिचय करवाया, जिसने होने से सिर झटकार प्रॉन की तश्तरी उसकी ओर बढ़ा दी।

''ले लो, हैरी। मैंने देखा था तुम पैडल बोटों को बाहर निकालकर जांच रहे थे। कैसे हैं वे?''

हैरी ने उसे बता दिया। वह नीनाके आमने-सामने बैठा था और उस पर नजरें नहीं हाटा पार रहा था। लेकिन नीना नहरे झुकाए बैठी थी और दो प्रॉन और खा चुकाने के बाद वह उठ खड़ी हो गई।

''सी यू, डैड।'' उसने कहा और वहां से चली गई।

काफी कोशिश के बावजूद हैरी की भौंहे सिकुड़ गई।

''उसका बुरा मत मानना।'' उसकी ओर देखकर सोलो ने कहा। ''वह लंच में कभी ज्यादा देर नहीं लगाती। मुझे कल ढेर सारी खरीददारी करनी है। मेरे साथ आना पसंद करोगे हैरी? सुबह साढे पांच बजे?''

''जरूरी। मुझे खुशी होगी।''

रैंडी ने शराब की एक लम्बी-चौड़ी सूची निकाली, बार के लिए वह जितनी चाहता था और जब तक वे सोलो से इस विषय में बातचीत करता रहा, हैरी ने लंच खत्म कर लिया।''

मैनुअल और रैंडी के चले जाने के बाद जब सोलो और हैरी अकेले रह गए तो सोलो ने हैरी गिलास में सफेद शराब डाली।

'कल की खरीददारी से पहले तुमसे अपने बेटे के बारे में बात करने के लिए मेरे पास समय नहीं है।'' सोलो बोला-''मैं सविस्तार जानना चाहता हूं कि वहां क्या हो रहा है? सैम बहुत अच्छा लड़का है। उसकी गैरहाजिरी मुझे खलती है। वह यहां होता तो मुझे काफी मदद मिलती, लेकिन उसे ड्राफ्ट किया गया और उसे जाना ही पड़ा।''

हैरी ने शराब की चुस्की लगाई।

''हां।'' वह खड़ा हो गया-''खैर, अकेला वही तो नहीं है।''

''सच है।'' सोलो ने गहरी सांस खींची। ''यह अच्छी बात नहीं है- बेवकूफाना तरीके से मरना-मारना।'' सिर झटकाते हुए वह खड़ा हो गया। ''डिनर का वक्त सात बजे है। अगर तुम्हें कोई चीज चाहिए-ड्रिंक, कॉफी या कुछ और, तो यहां आकर मांग लेना। जोए तुम्हारा ख्याल रखेगा।'' उसने एक भारी-भरकम, हंसमुख नीग्रो की तरफ इशारा किया, जो सामने की टेबल पर नकदानों में नमक भर रहा था।

''इस बीच किसी रात मैं एक नजर सिटी का जायजा लेना चाहता हूं, हैरी ने कहा- ''यातायात की कैसी व्यवस्था है? क्या मुझे बस मिल जाएगी?''

''बिल्कुल -हर आधे घंटे में बसे चलती रहती है। उधार से आखिरी बस दो बजे लौटती हैं।''

''मुझे इतनी देर नहीं होगी।'' हैरी ने नोट किया कि वह अपनी कार देने की बात नहीं कर रहा था।''ठीक है, मैं चला जाऊंगा।

हैरी ने दोपहर के बाद का बाकी वक्त और शाम बीच पर बिताई। काफी काम पड़ा था ओर वह उन दो छोकरों से जल्दी ही घुल-मिल गया था, जिनके नाम चार्ली और माइक थे। तीनों ने मिलकर पैडल बोटों को पेंट किया, यन्त्रों में तेल डाला और धूप की छतरियां खड़ी की जो कि काफी कठिन काम था और हैरी पसीने से भीग गया था, लेकिन वह बहुत उत्साह के साथ कम करता रहा।

सात बजने से कुछ पहले वह एक राफ्ट खींचते हुए तैरने चला गया। दस मिनट तक कुछ दिलचस्प डाइविंग करते तैरता रहा और मन में इच्छा करने लगा कि अगर यहां एक ऊंचा डाइविंग बोर्ड होता तो वह कुछ और करतब दिखा सकता था। उसने इस बातें में सोलो से बातचीत करने का फैसला किया। यह काफी आकर्षक चीज साबित हो सकता था।

कपड़े पहनने के बाद वह किचन की ओर चल दिया। हालांकि वह सिर्फ पांच ही मिनट देर से पहुंचा था, लेकिन तक तब नीना डिनर खत्म कर चुकी थी और जाने लगी थी। वह हैरी की ओर देखे बिना उसकी बगल से निकल गई। मैनुअल भी खत्म कर चुका था ओर रेस्ट्रां की ओर जा रहा था।

सोलो बड़े-से चूल्हें में सॉस तौर कर रहा था। उसने एक सफेद कवर आल और टोप पहन रखा था और निहायत पेशेवर दिख रहा था। उसने हैरी को बताया कि आठ बजे डिनर की एक पाटी होने वाली है।।

जोए ने मुस्कराते हुए हैरी के सामने फ्रैंच फ्राई की बोटियों की प्लेट रख दी।

''बीयर चाहिए, बॉस?''

''ढेर सारी, प्लीज।'' हैरी ने कहा, फिर सोलो से बोला- ''रैंडी नहीं खा रहा है?''

''रात को वह बार में ही खा लेता है।'' सोलों ने सॉस सूंघा और तसल्ली से सिर हिलाते हुए बोला- ''दिन अच्छी तरह गुजरा, क्यों? धूप और हवा का भरपूर लुत्फ उठाया?''

''बहुत।'' हैरी बोला, फिर ऊंचे डाइव बोर्ड के बारे में बताने लगा।

सॉस को हिलाते हुए सोलो ध्यानपूर्वक उसकी बातों को सुनता रहा।

''क्या तुम यह बना सकते हो, हैरी?''

''जरूर। मैंने सही जगह भी देख ली है। कुछ लकड़ी, नारियल की चटाई, स्टी की पटरिया और सीमेंट की जरूरत पड़ेगी। अगर तुम्हें आइडिया पसंद है, तो मैं रात को प्रदर्शन दे सकता हूं। कुछ स्पॉट लाइटों की सहायता से हम ग्राहकों को बढ़िया शो दे सकते हैं।''

सोलो ने सॉस को चखा, फिर सन्तुष्ट होकर उसने जाए को प्लेंटे सजाने का इशारा किया। वह हैरी के पास आकार बैठ गया।

''प्रदर्शन...क्या मतलब?''

''डाइविंग के दिलचस्प करतब। मेरी प्रैक्टिस तो छूटी है, लेकिन कोई मुश्किल नहीं होगी।''

सोलो का चेहरा खिल उठा।

''यह आइडिया तो गजब का है! ओ.के. हैरी! कल तुम मेरे साथ बाजार चलोगे। मैं अपनी खरीददारी करने के बाद तुम्हें हैमरसन के टिम्बर यार्ड में छोड़ दूंगा। तुम उसे जरूरत की लड़कियों का आर्डर देना, वह भिजवा देगा। फिर तुम बस द्वारा वापस लौट सकते हो। ठीक?''

''ओ.के.!''

डिनर के बाद हैरी कागज, पैंसिल और रूलर लेकर अपने केबिन में लौटो। उसने डाइव बोर्ड का एक नक्शा तैयार किया। जब तक उसने नक्शे को अंतिम रूप देकर यह हिसाब लगाया कि कितनी लड़कियों की जरूरत पड़ेगी तक तक दस बच चुके थे।

सोने से पहले उसने एक बार फिर तैरने का फैसला किया। गुनगुने गर्म व शांत जल से वह रोशनी से जगमगा रहे रेस्ट्रां का सुन्दर दृश्य देख रहा था। दर्जन भर लोग डिनर ले रहे थे और चार-पांच लोग बार में थे। वह सफेद कोट पहने रैंडी को देख रहा था, जो कि ड्रिंक सर्व करने करने में काफी व्यस्त दिखाई दे रहा था।

लेकिन हैरी को उनमें कोई दिलचस्पी नहीं थी। उसकी निगाहें तो नीना को ढूंढ रही थी और उकसे कमर में एक गोल्ड लिंग चेन बंधी हुई थी। उसके चमकीले काले बाल ढीले बंधे हुए थे और जब वह बालों को पीछे हटाने के लिए सर झटकती तो उसके कानों की बालियां बत्ती के प्रकाश में झिलमिलां उठती थीं।

वह बरामदे में खड़ी उसी की दिशा में देख रही थी। लेकिन हैरी को यकीन नहीं था कि वह उसे देख पा रही होगी। वह उसे तब तक देखता रहा, जब तक वह अचानक मुड़कर बार की ओर न चली गई, जहां वह एक सफेद टकसेडो पहने आदमी से बातें करने लगी, जो हाथ में गिलास थामें खड़ा था।

हैरी ने लम्बी सांस छोड़ी और तेजी से किनारे की ओर तैरने लगा।

जब मार्किट के टावर की घड़ी में दस बजे की घण्टी बजी तो सोलो ने अपनी आखिरी खरीददारी निबटाई।

हैरी ने पनीर का बड़ा-सा कार्टन अपने कंधे पर डाला, तो सोलो ने कहा-''अब, अब हो गया। अब चलकर एक-एक कप कॉफी पी लें। फिर मैं तुम्हें लकड़ियों के लिए हैमरसन के यहां छोड़ दूंगा।

हैरी ने सिर हिलाया और भीड़ के बीच में चलकर कार के पास आया। उसने कार्टन कार के अंदर रख दिया और दरवाजा लॉक कर सोलो के पास पहुंचा जो एक कैफे-बार की ओर बढ़ रहा था।

कैफे का कमरा भीड़ से भरा हुआ था। सभी लोग सोलो से अच्छी तर परिचित थे। उसने कई मिनट टेबल-दर-टेबल चलते हुए और लोगों को हैरी का परिचय देते हुए गुजारे, फिर वे काउंटर तक पहुंचे और सोलो ने दो कप काफी का आर्डर दिया।

हैरी को सोलो के साथ कम करने में मजा आ रहा था।। पन्द्रह मील की ड्राइविंग के दौरान उन्होंने वियतनाम के बारे में खूब बातचीत की थी ओर सोलो के हर सवाल का उसने जवाब दिया। जब वे बाजार में पहुंचे तो सोलो के खरीददारी के ढंग को देख व सुनकर हैरी का पता चला कि सोलों किस खूबी के साथ अपना काम निकालता था।

अभी वे कॉफी पीते हुए वियतनाम की उन तराईयों के बारे में बातचीत कर रहे थे, जहां हैरी ने जंग लड़ी थी कि एक ऊंचे कद का ताकतवर आदमी काउंटर में प्रकट हुआ जिसका चेहरा धूप में तपा हुआ और आंखें बर्फ-सी ठंडी थी।

''हेय! सोलो! वे लोग कैसे हैं? हाथ बढ़ाते हुए उसने कहा।

सोलो का चेहरा खिलखिला उठा और उसने बड़ी गर्मजोशी के साथ हाथ मिला।

''आप यहां क्या कर रहे हो, मिस्टर लेपस्की? इस बाजार में आपको कोई मुजरिम नहीं मिलेगा।''

''तुम क्यों परेशान होते हो? मेरी तरह तुम भी जानते हो, हर कोई खुद को बगुला भगत जाहिर करता है, लेकिन दस पैसे के लिए अपनी मां का गला काटने से नहीं कतराता।'' उसकी सर्द निगाहें हैरी पर फिरने लगीं और उन आंखों को देखते ही हैरी समझ गया कि ये पुलिस की आंखें हैं।

''हैरी सिटी स्कवॉड के जासूस टाम लेपस्की से मिलो, बहुत स्मार्ट आदमी है।'' सोलो ने कहा-''मिस्टर लेपस्की यह है हैरी मिचेल, मेरा नया लाइफ गार्ड।''

''अच्छा?'' लेपस्की ने हेरी की ओर देखा। ''तुम्हें तैरना आता है? सोलो ने जिस आदमी को पिछली बार लाइफ गोड के तौर पर रखा था, उसे तो तैरने के नाम पर कुछ भी आता था।''

'मेरे रहते समुद्र में आपको फिक्र करने जरूरत नहीं।'' हैरी संयत स्वर में बोला-''अगर जरूरत पड़ी तो मैं आपको बचा सकता हूं।''

अपनी जांघों पर हाथ मारते हुए सोलो ने ठहाका लगाया।

''बहुत खूब! जरूर मिस्टर लेपस्की किसी दिन आकर मेरी जग का लुत्फ उठाओ-हर चीज आपके लिए मुफ्त, लेकिन हर चीज उम्दा से उम्दा। अप तैरने का आनन्द उठाओ, हैरी आपको बचा लगा। क्यों?''

लेपस्की ने एक सर्द मुस्कराहट बिखेरी।

''आ सकता हूं किसी दिन।'' लेपस्की ने कहा और मांस का एक टुकड़ा उठाकर मुंह में डालता। ''बाल्डी रिकार्ड को आखिरी बार कब देखा था, सोलो?''

सोलो की छोटी-छोटी आंखें चौड़ी फैल गई।

''रिकार्ड? मैं बरसों से उससे नहीं मिला हूं। कोई खास बात है उससे?''

''मुझे पता चला है कि बाल्डी मंगलवार को यहां था और वह तुमसे मिला था।''

सोलो ने जोरदार ढंग से सिर हिलाया।

''गलत, बिल्कुल गलत बात है मिस्टर लेपस्की। यह तो दो साल पहले की बात है।''

लेपस्की ने गहरी नजरों से उसे देखा, मुस्कराया और कंधे उचका दिए।

''वैल, ओ.के.। अगर तुम यही कहते हो तो, लेकिन वह तीन दिन के लिए यहां आया था। वह तुमसे मिलने नहीं आया, ऐसा क्यों''

''मुझे क्या मालूम?'' सोलो घबरा उठा। ''उसके साथ मेरा लगाव इतना गहरा तो था ही नहीं उसे यह मालूम भी कैसे होगा कि मैं पैराडाइज सिटी में हूं?''

''लेकिन मैंने तो उलटी बात सुन रखी थी। मैंने तो सुना कि तुम दोनों की आपस में खूब बनती थी? जब इस देश का हर कोई जानता है कि तुम कहां रहते हो, तो बाल्डी क्यों नहीं?''

''मेरे बारे में आप काफी चतुर हैं, मिस्टर लेपस्की।'' सिर हिलाते हुए सोलो ने कहा-''यह सच है कि बाल्डी और मेरे बीच किसी जमाने में थोड़ी बहुत दोस्ती थी, लेकिन मैंने उसे पिछले दो साल से नहीं देखा है।''

लेपस्की ने फिर कंधे उचकाए।

''ठीक है ठीक है। जब से उससे अलग हुए हो, उसके बाद उसके बारे में कभी कोई नहीं बात सुनी हो?''

''वैल, मिस्टर लेपस्की, गाहे-बगाहे कुछ न कुछ तो सुनता ही रहता हूं जैसा कि आप जानते हैं, छोकरे अब भी मुझे पुराने धंधे में लौटने के लिए जारे देते रहते हैं, लेकिन मैं हमेशा इन्कार कर देता हूं। अब मुझे वह काम करने की जरूरत नहीं है।'' सोलो ने एक मांस का टुकड़ा उठाया और मिर्च के सॉस में चुपड़ने लगा। ''मैंने सुना था कि वीरो बीच पर रिकार्ड ने कॉफी तगड़ा हाथ मारा था लेकिन फिसील के साथ नहीं बता सकता। मुझे अब दिलचस्पी नहीं है, अतः मैं सुनना भी नहीं चाहता था।''

''झूठ तो नहीं बोल रहे हो?''' लेपस्की उसे घूरकर बोला, क्या किया था उसने?''

''मैं नहीं जानता। दरअसल, मिस्टर लेपस्की, मुझे यकीन भी नहीं हुआ था। वीरो बीच जैसी जग में ऐसे बड़ काम की गुंजाइश ही नहीं है।''

''सिवाय इसके कि वह तस्करी का काफी बड़ा अड्डा है।'' लेपस्की ने कहा।

''जरूर, लेकिन जब मैं रिकार्ड को जानता था, तब वह सेफ तोड़ने वाले के रूप में मशहूर था।''

''इसका मतलब यह तो नहीं कि वह बाद में तस्कर न बन गया हो। यह बात कितने दिन पहले की है?''

''मैंने दो महीने पहले सुना था।''

हैरी यह बातचीत बड़ी दिलचस्पी के साथ सुन रहा था।

वह लेपस्की की ओर पीठ किए खड़ा था और मांस चबा रहा था।

''देखो सोलो, मैं मदद चाहता हूं।'' लेपस्की बोला-''यह मेरे लिए अच्छा ब्रेक साबित हो सकता है। अगर मेरी फौरन तरक्की नहीं हुई, तो मेरी बीवी मुझे धमकी देना शुरू कर देगी, यहां यह अफवाह गर्म है कि रिकार्ड मर चुका है। मैं जानता हूं वह गायब होकर बैठा है। मंगलवार को वह इस सिटी में था। मेरे एक आदमी ने उसे एयरपोर्ट से निकलते वक्त देखकर पहचान लिया था। मेरे तहत काम करने वाले कई ऐसे जासूस हैं जिनके पास दिमाग नाम की

चीज नहीं और उस बेवकूफ ने रिपोर्ट नहीं दी कि रिकार्ड आ पहुंचा है। उसने बगैर पीछा किए और हैडक्वार्टस को खबर किए रिकार्ड को टैक्सी में बैठकर चले जाने दिया। जब रिकार्ड जैसा शख्स इस सिटी में आ धमकता है तो लाल बत्ती अपने आप जल उठती है, लेकिन दूसरे दिन जब मेरे उस आदमी ने यह नहीं बताया कि रिाकर्ड सिटी में मौजूद है, तब मुझे इस बारे में कुछ पता नहीं था। मैंने फ़ौरन सभी एजेंजियों को चैक किया जो किराये पर कार देती हैं। मुझे यकीन था,चूंकि वह बगैर कार के आया था, लिहाजा वह जरूर कोई कार किराए पर लेगा। वीरो बीच स्थित हर्ट्ज एजेंसी ने खबर दी कि क्लीवलैंड के किसी जोएल ब्लाच नाकाम आदमी ने एक मस्टांग उनसे किराये पर ली थी, जिसका हुलिया रिकार्ड से मिलता-जुलता था। हमने क्लीवलैंड में चैक किया, लेकिन उस पते पर कोई जोएल ब्लाच नहीं मिला। फिर मैं बाल्डी की तस्वीर हर्ट्ज वालों को दिखाई, तो उन्हें फौरन उसे जोएल ब्लाच के रूप में पहचान लिया। फिलहाल रिकार्ड और मस्टांग दोनों गायब है।''

''मुझे अफसोस है मिस्टर लेपस्की, कि मैं आपकी कोई मदद नहीं कर सकता। मैं रिकार्ड के बारे में दो साल कसे कुछ नहीं जानता। वह मेरे पास नहीं आया था। मैंने जो कुछ सुना था, वह आपको बता दिया। वैरी सॉरी।''

''ठीक है लेकिन एक बात का ख्याल रखना, सोलो। पांच सालों से तुम खुद को किसी भी झमेले से अलग रखे हुए हो। आगे भी ऐसा ही रखना।'' फिर लेपस्की भीड़ में से रास्ता बनाते हुए बाहर निकल गया।

सोलो ने कॉफी खत्म की ओर हैरी को बाहर निकलने का इशारा किया।

जब वे कार हाईवे पर दौड़ा रहे थे, तो सोलो बोला-''यह लेपस्की बहुत महत्वाकांक्षी है। मैं उसे ज्यादा मदद नहीं दिया करता। रैंडी ने मेरे बारे में बताया होगा तुम्हें?''

''हां। कुछ-कुछ बताया था।'' हैरी सावधानीपूर्वक बोला।

''पुराना चोर जो साधु बन गया है... यही कहा होगा क्यों?

''हां।''

सोला मुस्कराया।

''और यह सच है। मुझे अपनी मर्जी के मुताबिक रहना पसन्द है। ये पुलिस वाले हर वक्त मेरी गतिविधियों पर नजर रखते हैं। हो सकता है मैं फिर से कोई ऐसा हाथ मारूं जिससे बाकी की जिन्दगी आराम से गुजार सकूं, लेकिन मैं ऐसा नहीं चाहता और न ही जेल में सड़ना मुझे पसन्द है-यह सब मैं तुम्हें इसलिए बता रहा हूं, क्योंकि तुम मेरे बेटे के समान हो। यह बात मेरे लिए अफसोस की है कि मेरा बेटा फौज में है। नीना बहुत अच्छी लड़की है, लेकिन वह नहीं समझ सकती, सैम समझता था।

''समझता..क्या?'' हैरी ने पूछा।

''महत्वकांक्षा। लड़कियां नहीं समझ सकती कि महत्वकांक्षी पुरुष को अपने आप पर कितना भरोसा होता है, उसकी कैसी चाहत होती है? वैसी चाहत, जब तुम किसी खूबसूरत लड़की की ओर देखते हो तो तुम्हारे दिल में मचलती है। खैर, कभी-कभी मेरी महत्वकांक्षा

भी जोर पकड़ती है, जब कोई कंजूस दिमाग मेरे पास कोई योजना लेकर आता है, लेकिन उसे मालूम नहीं होता कि उसे किस तरीके से संभालना है। कभी-कभी बहुत ललचा जाता हूं, लेकिन अपने बिजनैस और नीना ख्याल आड़े आ जाता है। अगर मुझें कुछ हो गया तो वह बिजनेस नहीं संभाल सकेगी फिर क्या होगा उसका?''

''हां।'' हैरी रुका, फिर उसने पूछा-''बाल्डी रिकार्ड कौन है?''

''दूसरा सबसे अच्छा सेफ तोड़ने वाला। पहला मैं था।'' सोलो ने खुद का सीना ठोंकते हुए कहा। ''एक बार हमे दोनों ने मिलकर काम किया था और मैं पकड़ा गया। इससे मुझे सबक मिला हैरी, कि किसी के साथ मिलकर काम मत करो, खासकर किसी गैरकानूनी काम के किसी पर भरोसा मत रखो, इन सब धन्धों के लिए बाल्डी अब बूढ़ा हो चुका है। अब वक्त है वह मेरी तरह अवकाश ले ले। मैं उसके निर्णय पर कभी भरोसा नहीं करता और यह खास बात है।''

''क्या वह तुमसे कोई काम करवाना चाहता था?'' हैरी ने अपना स्वर सामान्य रखा ओर बेरुखी के साथ विंडशील्ड के बाहर झांका।

''नहीं, काम नहीं। वह काफी उत्तेजित वह रहस्यमय लग रहा था। वह...'' सोलो अचानक चुप हो गया और तेजी से पलटकर उसने हैरी की ओर देखा। ''मैं ज्यादा बोल गया। तुम क्यों पूछ रहे हो?''

''तुमने कहा था कि तुम लेपस्की की मदद नहीं किया करते। इस बात से मुझे लगा कि रिकार्ड मंगलवार को तुम्हारे पास आया था।''

सोलो थोड़ी कुटिलता के साथ मुस्कराया।

''काफी चालाक हो, अच्छे पुलिसमैन बन सकते हो। हां, तुम्हारा अन्दाजा सही है, लेकिन यह बात लेपस्की को बताने की नहीं है। रिकार्ड मेरे पास आया था। वह मेरी नाव उधार मांग रहा था, लेकिन मैंने नहीं दी। मैंने उसे दूसरी कोई बोट किराये पर लेने की सलाह दी। उसने कहा, उसके पास पैसे नहीं है और अगर मैं उसे अपना बोट देता हूं तो महीने के आखिर में वह मुझे पांच हजार डॉलर देगा। मैं उसकी बात पर हंस दिया था। वह बेहद घबराहट में था। मैं ऐसे आदमी को भला क्यों अपना बोट देने लगा, उसे नुकसान पहुंचाया लौटने से ही मुकर गया तो!'' सोलो अपनी मूछों पर हाथ फेरने लगा। ''फिलहाल रिकार्ड गायब है। अगर मैंने उसे नाव दी होती, तो वह भी गायब हो जाती।'' उसने हैरी के घुटने पर हाथ रखा। ''इस बार में किसी से कुछ मत कहना , ठीक है?

''श्योर।'' हैरी ने कहा।

एक मील तक सोलो चुपचाप ड्राइव करता रहा, फिर जैसे दिल की बातों को होठों में लाकर बोल उठा-''मैं सोचता हूं बाल्डी कर चुका होगा। कोई उसके पीछे बुरी तरह पड़ा हुआ था। तुम किसी के चेहरे पर छाई दहशत को नहीं सूंघ सकते, लेकिन मैं सूंघ सकता हूं और मैंने बाल्डी में सूंघी थी।''

हैरी को झुलसकर काला पड़ गया पांव और उन बेजान आंखों में छाई दहशत याद आई। उसने बेचैनी से पहलू बदला।

''रिकार्ड दिलचस्प आदमी था-खूब दिखावा पसन्द।'' सोलो कहता गया। ''विग के लिए वह काफी पैसे खर्च करता था। बाल्डी कहा जाना उसे बिल्कुल पसन्द नहीं था।'' उसने सिर झटकाया। ''मुझे उसकी बेवकूफी पर बहुत अफसोस है। जब हम तिजोरी खोल रहे थे, उसने अपना विग ठीक करने के लिए दस्ताना खोल दिया था और उंगलिया के निशान तिजोरी में छोड़ बैठा था। इस प्रकार हम पकड़े गए थे।'' उसने कार की गति धीमी की। ''हम हैमरसन के यहां पहुंच गए हैं.. वह रहा मेरा अच्छा दोस्त है। मैं तुम्हें यहां छोड़ जाता हूं तुम जरूरत की लकड़ियों का आर्डर दे दो, हैरी। मुझे तुम्हारा हाइडाईव का आइडिया पसन्द है... स्मार्ट आइडिया है।''

उसने कार रोक दी और हरी नीचे उतर गया।

''आधा घण्टे बाद एक बज जाती है।'' सोलो ने कार की खिड़की से झांककर कहा, ''लंच के लिए वक्त पर आ जाना और हैरी, बाल्डी के बारे में अब कोई बातचीत नहीं-ठीक? तुम्हें मालूम नहीं, पुलिस बहुत चौकस रहती है और लेपस्की से सावधान रहना? अगर तुमसे उसकी मुलाकात हो जाती है तो। बहुत चालाक व महत्वाकांक्षी आदमी है। ओ.के.!''

हैरी उसकी कार को जाते हुए देखता रहा, फिर से सोचपूर्ण मुद्रा लिए टिम्बर यार्ड की ओर चल दिया।

4

दोपहर का आराम करने का वक्त था।

डोमिनिको रेस्ट्रां के सामने बीच पर धूप की छतरियां के नीचे लगभग तीस औरतें तथा मर्द लंच के बाद लेटे सो रहे थे।

सोलो रेस्ट्रा के पिछवाडें कहीं खर्राटे भरते हुए सो रहा था। चारों तरफ गहरा सन्नाटा छाया हुआ था।

हैरी एक पेड़ की छांव में बैठा रेत से खेलते हुए बोल रहा था। उसकी बगल में पीठ के बल लेटा रैंडी ध्यान से उसकी बातें सुन रहा था। उसने आंखें पर धूप का चश्मा पहन रखा था।

लेपस्की के साथ सोलों की बातचीत और फिर सोलो ने बाल्डी रिकार्ड के बारे में जो कुछ बताया था, उसे सुनने के बाद उसे काफी सोच-विचार किया था। थोड़ी झिझक के बाद उसने रैंडी को सब-कुछ बता देने का फैंसला किया था। उसने यह फैसला इसलिए किया था, क्योंकि बाल्डी की हत्या के मामले में वे दोनों उलझे हुए थे। उसने रैंडी को सब-कुछ बताया दिया।

'वैल यह बात है।'' उसने अपनी बात खत्म की-''जिसने भी उसकी हत्या की थी-वह जरूरर इसी चाबी के पीछे पड़ हुआ था। यह मेरे हाथ लग गई है।''

''तो फैरन उसे फेंक दो कहीं।'' रैंडी तपाक से बोला। ''जो हुआ सो हुआ। फिलहाल हम झंझट से दूर हैं- ऐसे हील रहने की कोशिश करो।''

''यह इतना आसान नहीं है।'' हैरी घुटनो के बल थोड़ा आगे बढ़कर बोला।

''लाश को जान-बूझकर हमारे मत्थे मंढ दिया गया था। अगर किसी दिन वह बरामद हुई तो खून के मामले की तहकीकात शुरू हो जाएगी। फिलहाल पुलिस का ख्याल है कि बाल्डी मर चुका है। उन्हें बेशक यकीन नहीं है, लेकिन उनकाख्याल है, लिहाजा पुलिस चौकन्नी है। लेपस्की बहुत ही चालाक पुलिस ऑफिसर है। अगर उसने मस्टांग को बरामद कर लिया तो वह इस मामले में हाथ धोकर पीछे पड़ जाएगा। और हम तक पहुंच सकता है। हम आफत से दूर नहीं है। मैं जानना चाहता हूं कि इस लगेज लॉकर में क्या है।''

''मैं अब भी कह रहा हूं चाबी फेंक दो।''

''यह अफवाह गर्म है कि बाल्डी ने काफी तगड़ा हाथ मारा था।'' हैरी रैंडी की बातों पर ध्यान न देते हुए बोला- ''वह अव्वल दर्जे की तिजोरी तोड़ने वाला आदमी था। इन सारी घटनाओं से मुझे लगता है कि उसे तिजोरी खोलने के लिए किराये पर लिया गया था। जब माल उसके हाथ लगा तो उसने डबलक्रांस किया और माल इस लॉकर में छिपा दिया। जिनके लिए उसने काम किया था, उन्होंने उसे पकड़ा और जुबान खुलवाने के लिए यातनाएं दी। इसी दौरान उसका दम निकल गया। इस लॉकर के अन्दर दौलत का अम्बार रखा हो सकता है रैंडी ओर अगर ऐसा है, तो हम मालामाल हो सकते हैं।''

रैंडी अचानक उठ बैठा।

''मेरी समझ में नहीं आ रहा है कि तुम क्या कर रहे हो?''

''पुलिस का विचार है कि बाल्डी ने किसी बड़े काम में हाथ मारा था। लेकिन वह नहीं जानती कि वह काम क्या था, अगर यह कोई जायज चीज की चोरी होती, तो उसकी रिपोर्ट की जाती। वाल्डी के काम की कोई रिपोर्ट नहीं की गई है-इसका सीधा मतलब यह निकलता है कि जो चीज चोरी की गई, पैसा या कोई दूसरी कीमती चीज, वह गैरकानूनी चीज है। जिसके लिए कोई पुलिस में रिपोर्ट नहीं करना चाहता। ऐसी दौलत का मालिक हर कोई बन सकता है।''

रैंडी का चेहरा दिलचस्पी के भाव से चमकने लगा।

''तुम्हारा मतलब, अगर लॉकर के अन्दर दौलत है तो वह हमारी हो सकती है?''

''क्यों नहीं?'' हैरी रे रैंडी को घूरकर कहा-''क्या तुम अब भी चाहते हो कि मैं चाबी फेंक दूं?''

''अगर इसके जरिये पैसे हासिल होते हैं तो नहीं। क्या तुम्हें पक्का यकीन है?''

''कह सकता, लेकिन कोई कीमती चीज है जरूर जिस ढंग से बाल्डी का पैर जलाया गया है, इससे साबित होता है कि अगर पैसे नहीं है तो कोई ऐसी चीज है जिसकी कीमत नहीं आंकी जा सकती।''

''यह तो ठीक है।'' रैंडी के चेहरे पर उलझन के भाव उभरे, ''लेकिन हैरी, मैं नहीं समझ पा रहा हूं कि तुम मुझे क्यों इस मामले में घुस रहे हो। मुझे चाबी के बारे में बताए बगैर जाकर के अन्दर जो कुछ है, तुम खुद उसे हासिल कर सकते थे, ऐसा क्यों?''

हैरी ने गौर से उसकी ओर देखा।

''अगर हमें पुलिस ने पकड़ लिया, तो दोनों का फांसी हो सकती है। मुझे लगता है, चूंकि इस मामले में हम दोनों उलझे हुए हैं। लिहाजा जा माल हाथ लगता है उसके हम दोनों बराबर के हिस्सेदार हैं।''

रैंडी हैरानी के साथ सिर हिलाने लगा।

''तुम भी अजीब आदमी हो, हैरी..लेकिन शुक्रिया।'' वह कुछ देर सोचता रहा, फिर उसका चेहरा चमक उठा। ''क्या तुम्हें पूरा यकीन है कि हम अमीर बन जाएंगे, हैरी?

हैरी ने कंधे उचका दिए।

''इतने भरोसे में मत रहो।'' वह बोला। अचानक नीना को रेस्ट्रां से निकलते हुए देखकर उसकी आंखें सतर्क हो उठीं। वह लाल बिनी पहने व तौलिया लिए हुए थी। उसे रेत पर दौड़ते हुए देखकर हैरी को झटका-सा लगा। नीना के पुष्ट उरोजों की थिरकन व कूल्हों के मटकने का अन्दाज देखकर जिके जिस्म में तीव्र कामेच्छा की लहर दौड़ने लगी।

''निगह फेर लो हैरी।'' उसकी ओर देखते हुए रैंडी बोला, ''मैं तुम्हें पहले ही बता चुका हूं यह हाथ नहीं आने वाली, अगर तुम सोलो से मुसीबत मोल लेना चाहते हो तो बात दूसरी है।''

हैरी उठ खड़ा हो गया। उसने नीना की ओर पीठ फेर ली।

''उसने कहा, मैं उसकी ब्यूक ले जा रहाहूं।'' वह बोला। ''मुझे डाइविंग बोर्ड के लिए स्टील की पटरियों का आर्डर देना है।''

फिर वह लौटकर अपने केबिन में आया, कपड़े बदले और कार पार्क की ओर लपका, वह ऐस्टे कार के अन्दर घुसने ही वाला था कि अचानक ठिठककर रुक गया।

सामने की कतार में एक सफेद मर्सिडीज एस.एल 180 खड़ी थी। वैसी कार नहीं जो आए दिन दिखाई देती है- हैरी ने सोचा, फिर हिचकिचाया। उसे उस सफेद मर्सिडीज का ख्याल न आया जिसने मस्टांग कार का पीछा किया था और जिसके बारे में हैरी को पक्का यकीन था कि उस रहस्यमय और को इसी मर्सिडीज ने पिकअप किया होगा।

उसने आगे-पीछे उस लम्बी कतार के चारो ओर देखा? लेकिन कोई दिखाई नहीं दे रहा था, फिर व मर्सिडीज की ओर बढ़ने लगा। खिड़की के शीशे नीचे गिराए हुए थे, अंतः उसे झुककर लाइसेंस टैग को पढ़ने में कोई दिक्कत नहीं हुई उसे न पढ़ा-

इमैंनुअल कार्लोस

1279, पाइन ट्री बोलवर्ड,

पैराडाइज सिटी।

हैरी को समझ में कुछ भी न आया। वह मर्सिडीज से अलग हटकर फिर चारो तरफ देखने लगा, चेहरे पर उलझन के भाव थे।

कार को देखकर वह उलझन में पड़ गया था, लेकिन चौकन्ना हो गया था। उसने खुद से कहा-यह ठीक है कि जिले भर में ऐसी मर्सिडीज एस.एल. 180 कई संख्या में होंगी, पर न जाने क्यों इस कार को नजरों से ओझल नहीं होने देना चाहता था।

वह तेजी से चलकर बार रूम की ओर लपका।

जोए गुनगुनाता हुआ गिलास धो रहा था। हैरी को देखते ही उसका काला चेहरा खिल उठा।

''ड्रिंक चाहिए, बॉस?'' उसने पूछा।

''शुक्रिया, मैं कोक लूंगा।'' हैरी ने कहा और वह काउंटर पर कोहनियां टिकाकर स्टूल पर बैठ गया। बार इस वक्त खाली था। बड़ी-सी खिड़की से वह बीच का दृश्य और धूप छतरियों के नीचे पसरे लोगों के जिस्मों को देख सकता था।

जोए ने कोक गिलास में उड़ेला और बर्फ डालकर हैरी की ओर बढ़ा दिया।

एक लम्बी घूंट लेने के बाद हैरी ने पूछा -''क्या तुम इमैनुअल कार्लोस को जानते हो?''

''मिस्टर कार्लोस? श्योर, बॉस!'' जोए बोला-''हमारे सबसे अच्छे ग्राहकों में से एक हैं। वे हफ्ते में तीन-चार बार यहां आते हैं। काफी अमीर हैं, लेकिन बहुत भले आदमी। इस वक्त वो बाहर मिसेज कार्लोस के साथ है।''

हैरी को सन्देह बैठने लगा।

''वह क्या करता है जोए?''

''करता?'' जोए खाली निगाहों से घूरने लगा-''मैं नहीं समझता कि उन्हें कुछ करने की जरूरत भी है। उनके पिताजी ने उनके लिए दौलत का अम्बार छोड़ रेखा है।''

''उसका बाप क्या करता था?''

जोए ने काउंटर के नीचे से एक सिगार की डिबिया निकाली और हैरी के सामने रख दी।

''यह थे उनके फादर। कार्लोस हवना सिगार्स।''

हैरी ने डिबिया के ऊपर लगे सुन्दर लेबल की ओर देखा ओर दाढ़ी युक्त तथा फ्रॉक कोट पहने एक व्यक्ति के रंगीन फोटोग्राफ का निरीक्षण करने लगा।

''मेरा ख्याली है, आजकल हवाना सिगार का आयात बन्द है-नहीं?''

?''सच है इसकी बिक्रकी आजकल चोरी-छुपे होती है। मिस्टर डोमिननिको के पास काफी बड़ स्टॉक है। हम यह सिगार सिफ उसकी आदमी को बचेते हैं जिसे हम अच्छी तरह जानते हैं?'

''तुमने बताया था कि मिस्टर कार्लोस इस वक्त यहीं है?''

''हां। अभी चन्द मिनट पहले फोन का इस्तेमाल करने लिए यहां आए थे। इस वक्त मिसेज कार्लोस के

हैरी खिड़की के पास चला आया, बाहर बीच की ओर देखने लगा।

उसने देखा चौथी छतरी के नीचे एक मर्द और एक औरत लेते हुए थे। मर्द, जो भरी कद-काठी का तथा स्वीमिंग सूट में था, करवट के बद लेटा हुआ था। उसकी पीठ हैरी की ओर थी। औरत, जो शार्क-स्किन का सफ़ेद वेदिंग सूट पहने हुई थी, मर्द की पठी की ओर लेटी थी, उसके चेहरे का ज्यादातर हिस्सा बड़े सन गॉगल्स के पीछे छिप गया था। उसके बाल ईंट जैसे लाल थे, रंगत गेहुंए रंगी की।

काफी देर तक उनकी ओर ताकते रहने के बाद उसने कंधे उचका दिए।

''अच्छा?, जोए।'' उसने कहा और बार से निकल गया।

जब हैरी ऊंचे डाइव बोर्ड के लिए जरूरी क्रोमिस हैड पटिरियों कार्डर दे चुका,? तब तक चार बज चुके थे। वह जल्दी-जल्दी कार में सवार हो एयरपोर्ट की ओर ड्राइव करने लगा। कार को पार्किंग प्लेस में छोड़कर वह कोलाहल भरी लॉबी में दाखिल हुआ। कुछ मिनट बाद उसने लगेज लॉक सैक्सन का पता लगाया। एक लम्बे गलियारे से चलते हुए लाकर नम्बर 388 ढूंढने लगा।

जब उसने लॉकर ढूंढ निकाला तो उसने दाईं-बाईं तरफ निगाह फिराई-अधेड़ उम्र के एक मर्द और एक औरत के सिवा गलियारे में कोई नहीं था। दोनों हैरी की तरफ कतई ध्यान नहीं दे रहे थे। हैरी ने जेब से चाबी निकाली और ताले में डालकर लॉकर का दरवाजा खोला।

लॉकर के अन्दर प्लास्टिक का एक पुराना-सा सूटकेस रखा हुआ था। इसके किनारे पर लाख के पेन्ट से एक चौड़ी धारी बनाई गई थी, जिसे लोग अपने सूटकेस को जल्दी व आसानी से पहचान लेने के लिए बनाते हैं।

हैरी ने सूटकेस को खींचकर बाहर निकाला और नीचे फर्श पर रख दिया। इसका वजन आमतौर पर सप्ताहन्त के लिए पैक किए जाने वाले सूटकेस से ज्यादा नहीं था। इससे हैरी को थोड़ी निराशा हुई-इसका मतलब इसके अन्दर कोई भारी दौलत होने की उम्मीद नहीं थी।

उसने लॉकर का दरवाजा बन्द कर दिया, फिर सूटकेस उठाकर धीरे-धीरे रिसेप्शन लॉबी की ओर चलने लगा।

मुसाफिरों के हो-हल्ले से लॉबी में कोलाहल मची हुई थी। एक लड़की की तीखी आवाज के नीचे लोगों का शोरागुल दब गया, जो न्यूयार्क के लिए फ्लाइट नम्बर 507 की घोषणा कर रही थी।

अपने केबिन में लौटकर सूटकेस की जांच करने के लिए अभिप्राय से हैरी भीड़ को नजरअन्दाज करते हुए आगे बढ़ रहा था।

''हेय तुम!''

इस आवाज में रौब का पुट था। हैरी ने चलते-चलते अपनी बायीं तरफ देखा, लेकिन डिटेक्टिव लेपस्की को अपनी ओर इशारा करते देख ठिठककर रुक गया।

हैरी को लगा, यह सूटकेस सहसा उसके लिए खतरे का सामान बन गया था। वह इन्तजार में खड़ा रहा, जब तक कि लेपस्की भीड़ में रास्ता बनाते हुए उसके पास तक न आ पहुंचा।

''याद है मेरी?'' लेपस्की नने पुलिसिया रौबदार स्वर में पूछा, उसकी बर्फ-सी ठंडी आंखें काफी खोजपूर्ण लग रही थी।

''श्यौर।'' हैरी ने कहा-''डिकटेक्टिव लेपस्की..वही ऑफीसर जिसे भरोसा नहीं कि मैं तैर सकता हूं।''

''हां, वहीं'' लेपस्की बोला- ''यहां क्या कर रहे हो?''

''अगर इस बात से आपको कोई मतलब निकलता है, तो मैं अपना बैग कलैक्ट कर रहा था।''

''यह तुम्हारा है?'' हैरी के हाथ में लटक रहे सूटकेस की ओर ध्यानपूर्वक देखते हुए लेपस्की ने पूछा।

''हां इसे मैं पिछली रात छोड़ गया था। मैं अब सोलो के यहां काम कर रहा हूं, इसलिए मुझे अपनी चीजों की जरूरत है और कोई सवा?''

लेपस्की का गुस्सा भड़क उठा-''ज्यादा स्मार्ट बनने की कोशिश मत करो, मिचेल। इस सिटी में मैं स्मार्ट लोगों को पसन्द नहीं करता।''

''अच्छा? तो फिर किसे पसन्द करते हो, बेवकूफो को?''

लेपस्की का चेहरा तमतमा उठा।

''मैंने कहा स्मार्ट मत बनो! कहां से आए हो तुम?''

हैरी ने जेब से प्लास्टिक का फोल्डर निकाला जिसमें उसके कागजात रखें थे और लेपस्की की ओर बढ़ा दिया।

''अगर इतनी दिलचस्पी है, मिस्टर लेपस्की, तो खुद देख लो।''

लेपस्की ने फोल्डर से कागजात निकालकर उनका निरीक्षण किया, फिर कुछ देर बाद वापस फोल्डर में रखकर हैरी को लौटा दिया।

''पैराटूपर?'' उसने अब हैरी को सम्माननीय भाव से देखा। 'ओ.के. सार्जेंट।' माफ करना। यहां तुम्हारा स्वागत है। इस शर में अपराध प्रवति वाले कई किस्म के लोग आते रहते हैं, मेरी ड्यूटी में उन पर कड़ी नजर रखना भी शामिल है। बुरा मान गए क्या?'' उसने हाथ आगे बढ़ाया।

हैरी ने हाथ मिलाया।

''नहीं।''

''ज्यादा दिन रुकने का विचार है, सार्जेंट?''

''एकाध महीने। न्यूयार्क में मेरे लिए एक नौकरी तैयार है। मैं तो यहां सिर्फ मौज-मस्ती के लिए आया हूं।''

''तब तो बिल्कुल सही जगह पर आए हो तुम।'' लेपस्की ने नाक खुजाते हुए पूछा-''क्या सोलो ने तुम्हें यह बताया था कि बाल्डी रिकार्ड उससे मिलने आया था?''?

हैरी को चेहरा भावशून्य रहा।

''नहीं तो।''

''क्या मरे जाने के बाद दसने मेरे बारे में कुछ नहीं बताया?''

''ओह हां! उसने कहा था कि आप बहुत स्मार्ट तथा महत्वाकांक्षी पुलिस अधिकारी है।''

लेपस्की खुश नजर आने लगा।

''बुड्ढा काफी स्मार्ट है। किसी दिन अपनी बीवी के साथ मैं उसके यहां आऊंगा।''

''वह खुश हो जाएगा।''

''ऐसा सोचते हो?'' लेपस्की ने ठहाका लगाया, फिर हैरी ने विदा लेकर भीड़ की ओर चल दिया।

हैरी ने गहरी सांस छोड़ी। उसे पसीना छूट रहा था। वह जल्दी-जल्दी लॉबी से निकला और कार में सवार होकर वापस लौटने लगा।

ज्यों ही उसने कार को मोड़कर एयरपोर्ट के प्रवेशद्वार की ओर बढ़ाया, उसने देखा कि सफेद हरे रंग की धूल अभी शेवर्ले उसके पीछे लग गई थी। उसने अपने ड्राइविंग मिरर में देखा, ड्राईवर एक सांवले रंग का आदमी था जिसके कंधे आगे की ओर झुक हुए थे। उसने एक पनामा हैट पहन रखा था जिसे आगे की ओर यूं सरका रखा था ताकि उसकी आधी आकृति ढक जाए।

और वक्त होता तो हैरी इस कार को नजरअन्दाज कर देता, लेकिन सतर्कता की मौजूदा स्थिति में इससे चिंतित हो उठा।

सारे रास्ते भर व शेवर्ले उसकी कार के पीछे लगी रही। हैरी चिंतित होकर सोचने लगा कि क्या वह उसका पीछा कर रही थी। वह कार दो कारों के पीछे इस स्थिति में थी कि उसका लाइसेंस प्लेट दिखाई नहीं देता था। जब वह डोमिनिको रेस्ट्रां की ओर मुड़ा, तो उसने कार की रफ्तार कम कर दी और शेवर्ले को हाईवे पर आगे बढ़ जाने दिया। उसने देखा, शेवर्ले का ड्राईवर मुड़-मुड़कर एस्टे कार के पिछले हिस्से को घूर रहा था।

उसने कार को रेस्ट्रा पार्किंग लाट पर रोक दिया, फिर कार को वहीं छोड़कर सूटकेस को साथ लिए केबिन की ओर बढ़ने लगा, सोलो किचन के दरवाजे पर प्रकट हुआ।

उसकी भौंहे सिकुड़ी हुई थी और चेहरा गुस्से से तन गया था।

''तुम्हें मेरी कार बगैर मुझसे पूछ नहीं ले जानी चाहिए थी।'' वह रूखी आवाज से बोला-''मैंने तुम्हें इसलिए नहीं रखा था कि तुम मेरी कार में घूमते फिरो।''

हैरी ने रुककर सतर्क आंखों से उसकी ओर देखा।

''मैंने रैंडी को बताया था कि वह तुम्हें खबर कर दें कि मैं कार किसलिए ले गया था।'' उसने कहा-''मैं हाई डाइव-बोर्ड के लिए पटरियों का आर्डर देने गया था।''

सोलो गुर्राया।

''मुझे किसी का संदेश सुनने में दिलचस्पी नहीं है। तुम्हारा काम है बीच की देखभाल करना। अगर तुम्हें पटरियां चाहिए थीं, तो मुझसे कह देते।''

हैरी कुछ कदम चलकर सोलो के सामने आ खड़ा हुआ और उसकी छोटी-छोटी क्रोधित आंखों को सीधे घूरने लगा।

''ठीक है, अब मैं बीच की देखभाल करूंगा और तुम डाइव-बोर्ड का ख्याल रखेंगे, अगर अब भी इसे चाहते हो तो।''

वह काफी देर तक सोलो को घूरता रहा और फिर मुड़कर केबिन की ओर चल दिया।

''हेय! हैरी!''

हैरी रुक गया।

''वे पटरियां कब तक डिलीवर हो रही हैं?''

''एक हफ्ते में।''

सोलो ने खंखारकर गला साफ किया, फिर अपनी गर्दन हिलाने गला।

''फिर तो तुम्हीं इसका ख्याल रखो। मेरी बात का बुरा मत मानना, ठीक है?'' हैर फिर वापस चलकर उसके पास आया।

''अगर तुम ऐसा चाहते हो, तो यह तुम्हारा मानना है, बोलो! तुम्हारी मर्जी।''

''तुम अपनी मर्जी से करो।''

''अगर यही तुम्हारी मर्जी है।'' हैरी थोड़ा हिचकिचाया, फिर बोला-''मैं तुम्हें बता चुका हूं-मैं उन लोगों के सामने धैर्य खो बैठता हूं जो बेवजह झमेला पैदा करने के आदी हैं। माफ करना।''

सोलो कुटिलता से मुस्कराया, फिर हैरी का कन्धा थपथपाने लगा।

''तुम ठीक कह रहे हो। ओ.के. हैरी ! कमबख्त कार को तुम जब चाहे जहां भी ले जा सकते हो। इसे भूल जाओ, ठीक है,?''

हैरी उसे वहीं छोड़कर केबिन की ओर चल दिया। केबिन के दरवाजे को खोलते समय उसे एहसास हुआ कि यह कितनका कमजोर है। केबिन के अन्दर दाखिल होकर उसने कपड़े बदलकर तैराकी के कपड़े पहने, फिर सूटकेस खोलना चाहा, लेकिन व लॉक्ड था। अभी सूटकेस खोलने का समय नहीं था। उसे जल्द-से-जल्द बीच पर पहुंचना था। उसने सोचा, सूटकेस को केबिन में छोड़ना उचित नहीं था।

वह सूटकेस को लेकर बाहर निकला। इस बात से निश्चिंत होकर कि कोई उसे नहीं देख रहा है, वह केबिन के पिछवाड़े चला आया जहां डैक चेयरों का ढेर लगा हुआ था। उसने सूटकेस को चेयरों का ढेर में छिपा दिया फिर अपने कदमों के निशान मिटाकर केबिन में लौट आया। रकसैक बैग से उसने काले धागे की चर्खी निकाली, धागे का एक लम्बा टुकड़ा तोड़कर वह बाहर निकल आया। दरवाजे को बन्दर कर उसके निचले हिस्से में धागा इस ढंग से बांधा दिया कि अगर कोई केबिन के अन्दर घुसे तो धागा टूट जाए।

फिर वह बीच की ओर चला आया।

उसने देखा, उसके हैल्पर छोकरे चार्ली और माइक छतरियों के नीचे सुस्ता रहे लोगों को ड्रिंक सर्व कर रहे थे। उसने रुककर चौथी छतरी की ओर देखा, इस समय कार्लोस वहां नहीं था, सिर्फ उसकी बीवी मैगजीन पढ़ रही थी।

वह उसे नजदीक से देखने की उत्सुकता को नहीं दबा सका। वह चलकर उसके करीब पहुंचा और रुक गया।

''क्यों मैं आपको ड्रिंक दे सकता हूं, मिसेज कार्लोस? उसने पूछा।

उस औरत ने मैगजीन नीचे रखकर उसकी ओर देखा। सन गॉगल्स से उसका चेहरा आंशिक रूप से छिपा हुआ था, लेकिन हैरी ने देखा, उसकी नाक छोटी-सी थी, मुंह भी छोटा-सा तथा होंठ पतले थे। उसने अन्दाजा लगाया कि यह और तीस के बजाय चालीस

साल की उम्र के अधिक नजदीक थी। ऐसी औरत जो विभिन्न कृत्रिम उपायों से खुद का बड़ा ख्याल रखती है, ताकि अपनी असली उम्र से कम की दिखाई दे।

उसे एहसास हुआ कि गॉगल्स के पीछे छिपी आंखें उसे टटोल रही हैं।

''नहीं शुक्रिया!'' उसे औरत की आवाज सुनकर हैरी को हल्का सा आभास हुआ, जैसे वह उसे पहचानता है। उसे अब लगभग यकीन होने लगा कि मस्टांग को ड्राइव करने वाली औरत यही है। ''कौन हो तुम?''

''हैरी मिचेल, यहां का नया लाइफ गार्ड।''

''हैलो, हैरी।'' वह मुस्कराई -''सोलो तुम्हें बता देगा कि मैं और मेरे पति अक्सर यहां आते रहते हैं। क्या तुम्हें तैरना आता है? पिछला लाइफ गार्ड तो...''

उसने हाथ लहराया और कहकहे लगाने लगी।

''क्या आपको भी तैरना आता है, मिसेज कार्लोस?''

उसने उसकी ओर देखा।

''शायद तुमसे भी बेहतर।''

''अच्छा? मैं अभी जा रहा हूं क्या आप बाजी लगा सकेंगी?''

''अनाड़ियों के साथ तो नहीं।''

''अगर आप इतनी अच्छी तैराक है, तो उस राफ्ट तक पचास गज की दूरी के बारे में क्या ख्याल है और जीतने वाले को दस डालर?''

''अरे, अरे! क्या तुम दस डॉलर गंवाना चाहते हो?''

''यह तो मेरा पेशा ही है। नहीं, मिसेज कार्लोस?''

''माफ करना।'' उसने हैरी की ओर देखकर सिर हिला। ''नहीं मैं बेहतर तैर लेती हूं, लेकिन मैं समझ रहीं कि तुम मुझसे बेहतर तैराक हो, बल्कि मैं जिन और टॉनिक पीना पसन्द करूंगी इसके बदल।''

''हां मिसेज कार्लोस।'' हैरी संक्षेप में बोला-तो वह उसके साथ बाजी लगाना नहीं चाहती। वह अचानक मुड़ा और चार्ली की ओर लपका। उसे उसे मिसेज कार्लो को जिन और टॉनिक देने के लिए कहा, फिर चलकर एक पैडल बोट के करीब पहुंचा। वह उस पर सवार हो गया, अभी तक गुस्से में जल-भुन रहा था।

उसने सोचा, जिस तरह उसने उसे पहचान लिया था, क्या वह भी उसे पहचान गई? लेकिन ऐसा कोई संकेत तो उसने नहीं दिया था। हो सकता है छलावा कर रही है। ऐसी औरतों को आसानी से समझा नहीं जा सकता। उसने फिर सोचा, कहीं वह गलती तो नहीं करना है? उसने मस्टांग वाली औरत को याद किया-एक-सी बनावट, एक-सी आवाज, लेकिन फिर भी हो सकता है उसे गलतफहमी हो रही हो। कार्लोस जहैसे अमीर आदमी की बीवी को किसी की लाश लिए फिरने की क्या तुक हो सकती है? यह समझ में नहीं आ रहा था।

हैरी ने मुड़कर उस ओर देखा जहां वह औरत लेटी हुई थी। मैगजीन उठाकर वह फिर से पढ़ने लगी थी।

इस मसले से वह चिढ़ उठा, जिसे पैडल बोट से उतरा और समुद्र की ओर चल दिया। किनारे पर खड़ा होकर वह तैरने वालों को देखने लगा। दिमाग में वही और और प्लास्टिक का सफेद सूटकेस घूम रहा था।

डिनर के वक्त से ऐन पहले ही हैरी अपने केबिन में लौट सका। एक मोटी सी ब्लोंड किशोरी चहकते हुए उसके पास आ धमकी थी और तैराकी के पाठ सीखना चाहती थी। आधे खंटे बाद एक और किशोरी इन्तजार कर रही थी। उनकी गतिविधियों को देखकर हैरी को लगा कि वे दोनों तैरना तो बखूबी जानती थी, लेकिन सिर्फ उसे बेवकूफ बनाने के चक्कर में थी। यह नौकरी का एक हिस्सा था, लिहाजा हैरी इसके लिए तैयार था।

फिर उसके बाद ड्रिंक की मांग का जोरदार सिलसिला जारी हो गया था और भीड़ को संभालने के लिए हैरी को चार्ली और माईक की मदद करनी पड़ी थी। सात बजे से पहले जब तक सभी तैरने वाले डिनर के लिए कपड़ बदलने से पहले स्नान करने नहीं चले गए, हैरी को केबिन में लौटने की फुर्सत नहीं मिली।

वह धागे को चेक करने के लिए दरवाजे पर रुका। यह देखकर उसकी आंखें सिकुड़ गई कि धागा टूटा हुआ था। वह दरवाजा खोलकर अन्दर दाखिल हुआ उसे चारों ओर निगाह डाली। स्पष्ट रूप से किसी चीज को छेड़ा नहीं गया था, लेकिन उसे मालूम था कि कोई अन्दर जरूर आया था।

वह सावधानीपूर्वक बाहर निकला और दायीं-बायीं ओर देखा, फिर केबिन के पिछवाड़े चला आया। उसने चैक किया, सूटकेस यथास्थान पड़ हुआ था। सन्तुष्ट होकर उसने स्नान किया, कपड़े बदले और डिनर के लिए किचन की ओर चला आया।

टेबल में बैठने वाला सिर्फ हैरी ही था। नीना और मैनुअल दोनों वहां नहीं थे और सोलो चूल्हें में व्यस्त था। सोलो उसे देखकर मुस्कराया।

''तुम तो पाठ दे रहे थे ना? आगे बढ़ते जाओ।'' सोलो ने कहा-''सभी खुश हैं हैरी, मैं भी खुश हूं।''

जोए ने हैरी के सामने चिकन मेरीलैंड और तले हुए केलों की प्लेट रख दी।

''तुम मेरा मोटापा बढ़ाओगे।'' हैरी बाला

सोलो ने ठहाका लगाया।

''तुम्हारे जैसे आदमी के लिए तगड़े भोजन की जरूरत होती है-मेरे जैसा।'' उसने ओवन में झांककर देखा-मिसेज कार्लोस तुम्हारे बारे में पूछ रही थी। वह तुममें काफी दिलचस्पी ले रही थी।'' उसे ओवल का ढक्कन बन्द कर हैरी की ओर देखा। ''वह मेरी सबसे खस व सबसे अमीर ग्राहक है।''

हैरी चिकन काटने लगा।

''वह क्या जानना चाहती थी?''

''तुम कौन हो... कहां से आए हो..यहां किस तरीके से पहुंचे...वगैरह।''

''हैरी अपने कांटे से फंसे चिकन के टुकड़े को घूरने लगा।

‘‘मैं किस तरीके से यहां पहुंचा? इसका क्या मायने हुआ?’’

सोलों रोस्टर ग्रिल में भुन रहे पांच चिकनों को उलटते हुए बोला-‘‘औरतें अजीब से सवाल पूछा करती हैं। वह जानना चाहती थी कि क्या तुम बार्ड रोड आए थे।’’

हैरी ने कांटा नीचे रख दिया।

‘‘तो तुमने क्या बताया?’’

‘‘मैंने बता दिया कि तुम और रैंडी हाइकिंग के जरिये आए थे। क्या मैंने गलत कह दिया?’’

हैरी ने नकारात्मक सिर हिलाया।

‘‘हम लोग इसी तरीके से ही तो आए थे। क्या वह डिनर के लिए रुकी है?’’

‘‘वह यहां कभी डिनर नहीं लेती... सिर्फ लंच। वह घर चली गई।’’

सोलो सीटी बजाते हुए चिकन के टुकड़े करने लगा, तो हैरी ने खाना शुरू किया। इसका मतलब..हैरी ने सोचा..वह जानती है कि वह कौन है और उसके सवालों से तो यह साफ जाहिर होता था कि मस्टांग वाली औरत वही है।

उसने बड़े बेमन से खाना खत्म किया, फिर उठ खड़ा हो गया।

‘‘मैं बार की तरफ जा रहा हूं। रैंडी को शायद मदद की जरूरत हो।’’

श्योर सोलो अपने काम में व्यस्त था।

हैरी ने रेस्ट्रा को पार किया। कोई चालीस आदमी खाना खा रहे थे। मैनुअल टेबल-दर-टेबल भाग रहा था और नीना एक टेबल के किनारे खड़ी गप्पे मार रही थी।

हैरी ने सुनसान बार के अन्दर कदम रखा। रैंडी गिलास साफ कर रहा था। उसने प्रश्नसूचक दृष्टि से हैरी की ओर देखा।

हैरी ने उसे जल्दी-जल्दी बताया कि उसने सूटकेस कलैक्ट कर लिया है, फिर कैसे उसकी मुलाकात अचानक लेपस्की से हो गई थी और यह कि मस्टांग ड्राइव करने वाली औरत मिसेज कार्लोस ही थी।

रैंडी ने सुना तो एक गिलास उसके हाथ से छूटते-छूटते बचा, आंखें आश्चर्य से फैल गई।

‘‘पागर हो गए हो क्या? मिसेज कार्लोस नहीं हो सकती।’’ हैरी रुका तो वह बोल उठा-‘‘मैं यह मान नहीं सकता।’’

‘‘फिर क्यों उसने पूछा कि हम सड़क द्वारा आए थे?’’ हैरी एक स्टूल पर बैठ गया-‘‘एक-सी बनावट, एक सी आवाज... और अब यह वाला। इसमें शक नहीं कि यही वह औरत है।’’

रैंडी ने गिलास नीचे रख दिया।

‘‘लेकिन वह तो बेहिसाब दौलत की मालिक है। ऐसा कैसे हो सकता है?’’

हैरी ने सिगरेट सुलगाई।

‘‘मैं नहीं जानता। शायद हमें उसे सूटकेस में कोई सुराग मिल जाए। तुम कब तक फ्री हो सकोगे?’’

‘‘साढें ग्यारह से पहले नहीं।’’

''ठीक है। मै तुम्हारा इन्तजार करूंगा।'' सिर हिलाकर हैरी बाहर निकल गया। वह किचन की बगल से जाने वाले रास्ते से अपनी केबिन की ओर लपका। अभी वह झाड़ियों की ओट में पहुंचा था कि अचानक उसे आगे किसी हरकत का एहसास हुआ। वह झट से रुक गया और अंधेरे में झांकने लगा। उसे पूरा यकीन था कि कोई उसके आगे केबिन की ओर अंधेरे में लपका था। वह तेजी से व सावधानी से रास्ते से हट गया और एक पेड़ के तने की ओट में दुबक गया। वह इन्तजार करने लगा। उसकी आंखें अंधेरे में टटोल रही थी।

उसने माचिस की तीली घिसने की आवाज सुनी और एक छोटी-सी लौ जल उठी। लौ की रोशनी में उसे नीना का चेहरा दिखाई दिया। उसने एक सिगरेट सुलगाई, फिर तीली फेंक दी।

हैरी हिचकिचाया, फिर रास्ते से निकलकर जलती सिगरेट की आग की ओर बढ़ने लगा।

ज्योंही वह नीना के करीब पहुंचा, उसे इत्र की महक महसूस हुई। अन्धेरा काफी घना था, इसलिए वह उसको अच्छी तरह नहीं देख सकता था, लेकिन वह उसकी आकृति का अन्दाजा लगा सकता था। उसकी तीव्र कामेच्छा फिर से भड़कने लगी, उसने उम्मीद की कि उसे ज्यादा तड़पना नहीं पड़ेगा।

''मैं तुमसे कुछ बातें करना चाहती हूं।'' अन्धेरे में नीना की आवाज आई।

''मैं बातें अच्दी तरह सुनता हूं।'' हैरी की आवाज फुसफुसाहट से ज्यादा ऊंची नहीं थी। ''बोलो।''

नीना ने सिगरेट नीचे गिरा दी।

''हम यहां बात नहीं कर सकते।'' उसकी आवाज नीरस तथा हांफती सी थी। ''मेरे साथ आओ.. मुझे अपना हाथ पकड़ाओ।''

हैरी को थोड़ी निराशा हुई। नीना का गुस्सा और उसकी उपेक्षा का व्यवहार उसके लिए महत्वपूर्ण था। उसने उसे ''कायर उचक्के'' कहा था। यह बात उसके लिए सर्वथा नया अनुभव था-कम से कम औरतों की तरफ से।

उसने अपना हाथ आगे बढ़ाया। अन्धेरे में टटोलते हुए नीना की सूखी व जलती उंगलियां उसकी कलाई में लिपट गई।

हैरी को खींचते हुए वह अन्धेरे में चलने लगी। वह बिना किसी उत्साह को, लेकिन बेझिझक उसके साथ चलता रहा। उसके हृदय की धड़कन इतनी-धीमी हो रही मालूम पड़ती थी, जैसे उसका खून जमने लगा हो।

आखिरकार वे रेत के टीलों से घिरे पाम के पेड़ो के झुरमुट तले पहुंच गए, जहां से समुद्र का पानी चांदनी के प्रतिबिम्बित प्रकार में काला आईना जैसा दिख रहा था।

नीना ने उसका हाथ छोड़ दिया और घुटनों के बल नीचे बैठ गई। यहां प्रकाश पर्याप्त था, अतः हैरी उसे स्पष्ट रूप से देख सकता था। उसका गहरे लाल रंग का पायजामा सूट बिल्कुल काला दिखाई दे रहा था और उसकी गोरी रंगत और भी साफ, उजली लग रही थी।

हैरी उसकी बगल में खड़ा उसके नीचे की ओर निहार रहा था। नीना ने उसका हाथ पकड़कर नीचे खींचा तो वह भी घुटनो के बल रेत पर बैठ गया।

''मेरी जिंदगी में पहली बार वह खूबसूरत वाकया हुआ था।'' वह क्रूर स्वर में बोली-''जब तुमने उसे मोटे बूढ़े सूअर को चित्त कर दिया था।''

हैरी को अपने अन्दर ऐसा झटका महसूस हुआ, जैसे उसके अन्दर हल्का-सा विस्फोट हो गया हो। नीना की जुबान से इस बात की वह कल्पना तक नहीं कर सकता था। उसका चेहरा तन गया और अपनी जांघों के ऊपर मुट्ठियां जोरो से भिंच गई।

''तुम्हें नहीं मालूम, मैं ऐसे ही मौके की उम्मीद में प्रार्थना करती रही थी।'' वह कहती चली-''अगर तुम्हें मालूम होता कि मैं इस बात को साबित करने के लिए कितनी बेताब रहती थी कि वह इतना देवता समान स्वभाव का और सम्पूर्ण रूप से अजेय नहीं है-कतई नहीं जैसा कि वह मेरी मां को बताया करता था, मेरे भाई को बताया करता था और मुझ बताया करता था। मैंने तुम्हें उसे साथ लड़ते हुए देखा। तुमने उसे तीन बार मारने का मौका दिया था। फिर...! वह मेरे लिए सबसे खूबसूरत व तसल्ली देने वाली घटना थी।''

हैरी फिर भी कुछ न बोला, सिर्फ उसकी ओर ताकता रहा।

''मुझे उससे सख्त नफरत है!'' नीना की आवाज में छिपी क्रोध की प्रचण्डता से हैरी ठमक उठा। ''वह मेरी जिंदगी को अपने अधीन रखकर तबहा कर रहा है, जैसे मेरी मां की जिंदगी अपने अधीन रखकर तबाह कर दी और सैम की करने की कोशिश की थी। लेकिन सैम में उससे अलग होने की हिम्मत थी, इसलिए वह फौज में चला गया। वह मुझे मेरी मां की तरह अपनी एक सम्पत्ति समझता है-एक ऐसी निरीह पुश, जिसकी कोई चाहत नहीं, भावनाएं नहीं, कोई उमंग नहीं और जो पति की इच्छा नहीं कर सकती, प्रेमी नहीं रख सकती। अगर मैं उससे तुम्हें यहां से भगा देने को न कहती, तो जब तक तुम यहां हो, वह मुझे कभी अपनी नजरों से ओझल नहीं होने देता, लेकिन मैंने उसे उल्लू बना दिया! उसे सचमुच यकीन है कि मैं तुमसे घृणा करती हूं, क्योंकि तुमने उसे हरा दिया था। सैम के बाद तुम्हीं वह पले सच्चे मर्द हो, जो यहां आया है। बाकी कितने आए और चले गए-लेकिन किसी में इतनी हिम्मत न थी कि मेरी ओर आंख उठाकर देखें।''

''यह सब तुम मुझे क्यों बता रही हो?'' हैरी ने पूछा।

''क्योंकि तुम सही मायने में मर्द हो और मुझे मर्द की जरूरत है।'' वह बोली।

फिर वह तेजी से अपना पायजामा टाप और ट्राउजर्स उतारने गयी। जब वह हैरी की कमीज के बटन खोलने के लिए आगे की ओर झुकी, तो हैरी को उसकी धौंकनी की तरह चल रही सांसों की आवाज साफ सुनाई दे रही थी। पहले तो हैरी हिचकिचाया और उसे उसका हाथ झट दिया, लेकिन दूसरे ही क्षण उसके जिस्म में कामावेग की तीव्र लहर दौड़ गई और सतर्कता की सारी दीवारे ढह गई। उसने अपने कपड़े उतार डाले और उसे जकड़ लिया।

कामीन्माद के जिस उतावलेपन से नीना काम होने लगी थी, उससे हैरी का लगा कि सब चौपट हो जाएगा। उसने उसको कसकर दबोचा, ताकि वह हिल न सके और धीरे-से उसे

बताया कि इतनी जल्दबाजी ठीक नहीं, यह सब धीरे-धीरे होना चाहिए। कुछ मिनट बाद, जैसे उसे हैरी की बत समझ में आ गई हो, वह उसकी ओर झुक आई और शिथिल पड़ गई। कुछ देर बाद जब उसकी सांस फिर तेजी से चलने लगी और कमर को मोड़ने लगी तो हैरी को पता चल गया कि वह तूफान उमड़ने का तैयार है।

उसने उसके कानों में फुसफुसाहकर कहा-''हां ...अब... एक साथ''

उसे बाद फिर वह उफान उमड़ने लगी, जैसे खालीपन भरने लगा और वे हमेशा के लिए एक-दूसरे में समा जाने को उतावले होने लगे।

जैसे ही रैंडी हैरी के केबिन में पहुंचा, उसे देखा पर्दे के पीछे से रोशनी आ रही थी। उसे दरवाजे पास खड़ा होकर खटखटाया। उसे हैरी के कदमों की आहट सुनाई दी, फिर दरवाजा खुल गया।

''अन्दर चले आओ।''

''धीरे बोलो!'' रैंडी धीमें स्वर में बोला-''मैनुअल अभी-अभी बिस्तर पर गया है।''

''फिर तो हमें सूटकेस लेकर तुम्हारे केबिन में चलना चाहिए।'' हैरी ने बिस्तर के पास जाकर सूटकेस उठाया।

''क्या है इसके अंदर?''

''यह लॉक्ड है.... मैंने अभी देखा नहीं है। तुम्हारे पास पेचकस है?''

रैंडी ने लॉक की ओर झांका?

''मेरे पास एक चाकू है.. इससे काम चल जाएगा।''

दोनों बाहर निकल आए, कुछ कदम चलकर रैंडी के केबिन में घुस गए।

रैंडी ने बत्ती जलाई, दरवाजे को बदलकर सांकल चढ़ा दिया।

''इतनी देर तक तुम क्या करते रहे थे?'' उसने पूछा, ''मैंने सोचा था कि तुमने जरूर सूटकेस खोलकर देख लिया होगा।''

''मैं तुम्हारा इंतजार करता रहा था। अगर इसके अन्दर पैसे हैं तो कोई खास ज्यादा नहीं होगे।''

रैंडी ने चेस्ट के ड्राअर से एक चाकू निकालकर हैरी को दिया। सूटकेस के लॉ को जबरन खोलने में हैरी का ज्यादा वक्त नहीं लगा, फिर उसने ढक्कन खेला।

रैंडी गहरी सांस लेते हुए उसके पास आया और देखने लगा।

हैरी सावधानीपूर्वक अंदर की चीजों को निकालकर बिस्तर पर रखने लगा। फिर सूटकेस को बिस्तर से हटाकर उन चीज़ों को देखन लगा, जिन्हें दो कतारों में रख दिया था।

उनमें एक भूरे रंगा का पुराना सा हल्का सूट, तीन सफेद शर्ट चार जोड़ काले रंग के मौजे, एक घिसा हुआ प्लास्टिक का होल्ड-आल जिसमें रखे थे-रेजर, टूथब्रुश, स्पंज, साबुन और टूथपेस्ट, एक जोड़ा नीले रंग कापायजामा, पुरान स्लीपर का एक जोड़ा और छः सफेद रूमाल-यही सामान रखा था। दूसरीकतार में और भी दिलचस्प चीजे थी। वहां 7.69 मि.मी

का लूगर ऑटोमेटिक पिस्तौल और सौ गोलियों का एक बक्शा, एक-सौ चेस्टरफील्ड सिगरेट, व्हाइट हॉर्स व्हिस्की की आधी बोतल, पांच डॉलर की एक छोटी-सी गड्ढी और घिसा हुआ पुराना चमड़े का बटुआ रखा हुआ था।

हैरी ने नोटों की गड्डी उठाई और रबर बैंड को हटाकर नोट गिनने लगा।

''यह रही हमारी किस्मत, रैंडी। दो सौ दर डॉलर।''

''कुछ तो मिला।'' रैंडी की आवाज में निराश की झलक थी।

हैरी बिस्तर पर बैठ गया और उसने चमड़े का बटुआ उठाया। उसने उसे खोलकर अंदर की चीजों को निकाला। उसे अंदर नामों के साथ कई विजिटिंग कार्ड थे, जिनका उसके लिए कोई मतलब नहीं निकलता था- थामस लॉवेरी के नाम एक अमेरिकन एक्सप्रैस क्रेडिट कार्ड था, सौ डालर का एक नोट और एक ड्राइविंग लाइसेंस था, जो लास एंजलिस के पते वाले किसी विलियम रिकार्ड के नाम में था।

हैरी ने वह लासेन्स रैंडी को दिखाया।

''कम से कम इसमें इतना तो निश्चित रूप से मालूम हो गया कि करने वाला बाल्डी रिकार्ड ही था।'' हैरी बोला, फिर बिस्तर पर पड़े सामानों को घूरने लगा। ''इनमें से कोई चीज ऐसी नहीं है, जिसकी खातिर बाल्डी को इतनी कठोर यातना सहनी पड़ी थी, फिर भी मेरा दावा है कि वह यह नहीं चाहता था कि यह सूटकेस किसी के हाथ में पड़े।'' उसने खाली सूटकेस को उठाया और रैंडी के चाकू की मदद से उसके भीतरी भाग की क्लॉथ लाइनिंग को उधेड़ने लगा। उसे ढक्कन के भीतरी भाग में एडहेसिव टेप से चिपका हुए एक प्लास्टिक का विजिटिंग कार्ड होल्डर मिला। उसने उसे नोंचकर निकाला, फिर उसमें से कार्ड निकालकर पढ़ने लगा। छोटे-छोटे सुन्दर हस्ताक्षरों में लिखा हुआ था।

''दी फनेल शेल्डन। एल.टी. 07-45, मई 27।''

''यही वह चीज हो सकती है...लेकिन इसका क्या मतलब हुआ?'' हैरी ने कार्ड रैंडी के हाथ मिं रख दिया।

रैंडी ने उसे पढ़ा, फिर सिर हिलाने लगा।

''मैं सिर्फ शेल्डन शब्द को समझ रहा हूं, जो शेल्डन आइलैंड है, जो तट से दस मील दूर समुद्र में है। इसका संबन्ध उनसे हो सकता है, नहीं भी।

''वहां क्या होता है?''

''कुछ नहीं। वहां तो सिर्फ चट्टानें और समुद्री चिड़ियां है। नीना जब एकांत में तैरना चाहती है, तो वहां जाया करती है।''

''फने शब्द से कुछ मतलब निकलता है?''

''मुझसे नहीं... शायद नीना जानती हो। क्या मैं उससे पूछूं?''

''नहीं।'' हेरी ने वह कार्ड ले लिया। वह काफी देर तक उसे घूरता रहा, फिर उसने कंधे उचका दिए और कार्ड को जेब में रख दिया। ''अब हमें सो जाना चाहिए। बहुत देर हो चुकी है।'' उसने पांच डॉलर के नोटो की गद्दी उठाई और उसमें से आधे रैंडी को दे दिए। ''यह तुम्हारा हिस्सा।''

''वाह! शुक्रिया, इन्हें मैं खर्च कर सकता हूं।'' रैंडी ने बिस्तर की ओर इशारा किया। ''इस कबाड़ का क्या होगा?''

''इसे कहीं ठिकाने लगा दो।'' हैरी फिर से सूटकेस में सामान भरने लगा।

''तो हम खुशकिस्मत नहीं थी...क्यों? कितना खूबसूरत धोखा था।'' रैंडी बोला।

''हमें अभी तक कुछ नहीं मालूम.... शायद यह कार्ड ही कोई सूत्र हो।'' हैरी ने ढक्कन बन्द कर दिया।

उसकी आंखों में गहरे भाव देखकर रेंडी को उलझन हो रही थी कि वह मन में क्या विचार कर रहा है? ''कल मिलेंगे।'' हैरी ने कहा। उसने सूटकेस उठाया और केबिन से बाहर निकल गया।

5

पैराडाइज सिटी पुलिस हैडक्वार्ट्स के डिटेक्टिव रूम में छाए सन्नाटे को चीरने वाली एकमात्र आवाज थी एक बड़ी सी मक्खी की, जो उड़ते हुए बार-बार गंदी सी सीलिंग से टकरा रही थी।

डिटेक्टिव थर्ड ग्रेड मैक्स जैकोबी अपनी डैस्क पर बैठा एसीमिल की ''फ्रैंच विद आउट टायल'' नामक पुस्तक का अध्ययन कर रहा था। ऊंचे कद और गहरी रंगत, वाला, जवान जैकाबी एक सौर चौदहवें अध्याय तक पहुंच चुका था। कोर्स खत्म करने के लिए अभी उसे छब्बीस अध्यायों का अध्ययन और करना था। इस पूर्व अध्ययन के द्वारा उसने निर्णय कर लिया था कि अगली बार गर्मी की छुट्टियों में जब व पेरिस जाएगा, पेरिसवासियों को उनकी अपनी भाषा में बात करके अचम्भे में डाल देगा।

उसके विपरीत दिशा में, सार्जेंट जोए विगलर होंठो में सिगरेट दबाए तथा हाथ में गुनगुने कॉफी का कार्टन थामे, अपनी डैस्क पर बैठा आंखें सिकोड़कर सोच रहा था कि तीन बजे वाली घुड़दौड़ में वह कौन से घोड़े पर दांव लगाए।

भारी-भरकम, मजबूत कद-काठी का यह आदमी, जिसकी उम्र चालीस को छू रही थी, पुलिस चीफ कैप्टन फ्रैंक टेरेल का दाहिना हाथ था। अपराह्न के इस समय, आमतौर से हटकर सिटी में कोई अपराध नहीं हो रहा था। इतनी शांति छाई थी कि उसे डैस्क पर छोड़कर टैरेल अपनी लॉन की घास काटने घर चला गया। बिगलर की ऐसी बातों से कभी कोई कोफ्त नहीं होती थी, वह इसका इतना अभ्यस्त हो चुका था कि अगर उसे काफी और सिगरेट लगातार मुहैया होती रहे, तो वह जब तक डैस्क पर बैठा रह सकता था, जब तक कि उसका जनाजा न निकल जाये।

''क्या आप बंदर को एक धूर्त जानवर समझते हैं, सार्जेंट?'' जैकोबी ने पूछा, जो काफी समय सो अपने पाठ में एक जगह उलझा हुआ था।

अधसुने ढंग से बिगलर ने सिर उठाया और सिगरेट के धुएं की लकीरों के बीच से तिरछी नहर से जैकोबी की ओर देखा।

''क्या कहा?''

''इल एस्ट मेलिन कोम अन सिंजे।'' जैकोबी कठिनाई के साथ उच्चारण करते हुए पढ़ने लगा। ''मेलिन.... यानी धूर्त्त, सिजे.. बंदर। इसमें ऐसा ही लिखा है। आपका क्या ख्याल है?''

बिगलर ने एक लम्बी गहरी सांस ली। उसका गेरा चेहरा टमाटर की तरह लाल हो गया।

''क्या तुम मुझे बंदर कह रहे हो कमबख्त?'' आक्रामक ढंग से आगे की ओर झुकते हुए वह गुर्राया।

जैकोबी ने आह भरी। उसने सोच लेना चाहिए था कि बिगलर से कोई मदद व प्रोत्साहन नहीं मिल सकता, जिसे वह वास्तव में निरा बुद्धू समझता है।

''ओ.के., सार्जेन्ट, इसे भूल जाइए। मुझे अफसोस है।''

तभी भड़ाक से दरवाजा खुला और डिटेक्टिव सैकिंड ग्रेड टॉम लेपस्की गन की नली से निकली गोली की तरह कमरे में घुस आया। वह सीधे बिगलर की डैस्क के सामने जाकर ठिठक कर रुक गया।

''चीफ अंदर है, जोए?'' उसने ऊंची व हाफती आवाज में पूछा।

बिगलर पीछे को झुका और लेपस्की के उत्तेजित चेहरे को नापसंदगी के अंदाज से देखने लगा।

''नहीं। तुम्हें मालूम होना चाहिए, वे घर में लॉन की घास की कटिंग कर रहे हैं।''

''लौन की कटिंग?'' लेपस्की बोला-''खैर छोड़ो। मेरे पास कुछ गर्मागर्म खबर है, जिसे मैंने खोज निकाला है यह मेरे लिए बहुत बड़ा ब्रेक साबित हो सकती है, जोए... ऐसा ब्रेक जिसकी मैं अपनी तरक्की के लिए प्रतीक्षा कर था। तुम लोग जिस समय यहां बैठे मस्ती मार रहे थे, उधर मैंने रिकार्ड की कार को ढूंढ निकाला।''

बिगलर ने भौंहे सिकोड़कर उसे देखा।

''गाना मत सुनाओ। रिपोर्ट लिखो।''

''अगर चीफ घर में है तो बेहतर है, मैं वहीं जाकर उनसे मिलूं।'' लेपस्की बोला। उसे रिपोर्ट लिखने से चिढ़ थी। ''वे इस खबर को सुनने के लिए व्यग्र होंगे।''

बिगलर का ध्यान दोबारा घुडदौड़ की ओर चला गया था, उसने दीवार घड़ी की ओर निगाह डाली। अभी आधा घन्टा और बाकी था, इसलिए उसने फिर से पुलिस वर्क की ओर ध्यान खींचा।

''बेहूदगी छोड़ो। कार तुम्हें कहां मिली?'' उसने पूछा।

''देखा जोए, हम समय नष्ट कर रहे हैं। चीफ को बताना ही बेहतर होगा।''

''मैं ही चीफ हूं।'' बिगलीर अजीब स्वर में बोला-''ठीक इस वक्त इस बेहूदा फोस का इन्चार्ज मैं हूं, समझे, कार कहां मिली?''

''सुनो जोए,? यह मेरे लिए बहुत जरूरी बात...''

''तुमने कार को कहां पाया?'' डैस्क पर जोरदार मुक्का मारकर बिगलर चिंघाड़ उठा।

लेपस्की दे देखा प्रयत्न बेकार था।

''मैं रिपोर्ट लिखता हूं।'' वह अपनी डैस्क की ओर लपका।

''यहां आओ! रिपोर्ट बाद में लिखना। पहले बताओ, कार तुम्हें कहां मिली?''

''यह मियर के सैल्फ सर्विस स्टोर के पीछे वाले कार पार्क में खड़ी मिली थी।'' इसका मतलब तुमने बरामद नहीं की थसी?''

''एक पैट्रोलमैन ने पहले देखी थी।'' लेपस्की चिड़चिड़े स्वर में बोला - मियामी को काल करने का फर्स्टक्लास आइडिया मुझे सूझ गया था... लिहाजा कार को असल में बरामद करने वाला मैं कहलाऊंगा।''

''जाओ रिपोर्ट लिखा।'' बिगलर ने कहा। जब लेपस्की झल्लाते हुए, अपनी टाइपराइटर पर उंगलिया चलाने लगा, तो बिगलर टेलीफोन पर मियामी हैडक्वाटर्स से बात करने लगा।

कई क्षणों तक वह फोन पर सवाल करता रहा, सिर हिलाता रहा, फिर बोला- ओ.के. जैक! हम कवरेज चाहते हैं मैं हैस को तुम्हारे पास भेजता हूं यही ऐसी अफवाह है। कि बाल्डी को किसी ने मार दिया है....हां...ओ...के..!''

बिगलर ने फिर टैरेल के घर का नम्बर मिलाया। कुछ देरी के बाद टैरेल लाइन पर आ गया।

''रिकार्ड की कार मिल गई है, चीफ।'' बिगलर बोला।

टाइपराइटर पर लेपस्की की उंगलियां रुक गई और वह बिगलर की ओर देखते हुए अपनी तरर्प इशारा करने लगा, लेकिन बिगलर ने उसे अनदेखा कर दिया।

''उंगलियों के निशानों के लिए मियामी पुलिस इसकी जांच कर रही है। मैं हैस को वहां भेज रहा हूं। ओ.के. चीफ, मैं सम्पर्क बनाए रखूंगा।'' फिर उसने रिसीवर लटका दिया।

''तुमने मेरा जिक्र तो किया ही नहीं।'' लेपस्की कड़वाहट के साथ बोला।

''हां मैंने नहीं किया।'' बिगलर ने जवाब दिया। ''रिपोर्ट तैयार करो।'' फिर वह जैकोबी की ओर मुड़ा, जो अभी तक बुदबुदाते हुए, पाठ रट रहा था।

" कार लेकर फोरन पक्रैंड के घर पहुंचो और उसे लेकर मियर के सैल्फ सर्विस स्टोर को रवाना हो जाओ।''

''ओ.के. जोए!'' जैकोबी ने जल्दी से किताब नीचे रख दी और झटपट कमरे से निकल गया।

''क्या हैस भी घर में लौन की कटिंग कर रहा है?'' लेपस्की ने मुंह बिचकाकर पूछा।

''उसका लड़का बीमार है। उसने दोपहर के बाद की छुट्टी ले रखी है।'-'

''वह दो सिर वाला शैतान और बीमार? सुनकर हंसी आती है। वह मनहूस तो तभी बीमार पड़ेगा जब उसकी इच्छा होगी। मैं दावे के साथ कह सकता हूं, हैस मजे से खर्राटे ले रहा होगा।''

बिगलर मुस्करा दिया।

''शायद तुम ठीक कह रहे...जब काम में ध्यान हो।''

इस मिनट लेपस्की ने टाइपराइटर से कागज का शीट खींच निकाला और सरसरी तोर पर पढ़ने लगा, फिर नीचे दस्तखत करके उसे बिगलीर की डैस्क पर रख दिया।

''एक आइडिया सूझ रहा है।'' उसने कहा, ''पांच साल पहले डैनी ओ ब्रायन, बाल्डी और डोमिनिको के साथ काम करता था। गिर उसके पास जाकर उसकी कलाई थोड़ी मरोड़ दूं तो तो कैसा रहे? शायद उसे मालूम हो कि जब बाल्डी तीन दिन के लिए यहां था तो क्या करता रहा था।''

बिगलर ने रिपोर्ट पढ़ी, फिर लेपस्की की ओर देखा।

''तुम्हारा विचार में सोलो झूठ बोल रहा है।?''?

''बेशक वह झूठ बोल रहा है लेकिन वह काफी चालाक व होशियार है, इसलिए मैं उसकी कलाई नहीं मरोड़ सकता। मुझे पक्का यकीन है कि बाल्डी उससे मिला था और मैं जानना चाहता हूं कि क्यों? अगर यह बात कोई बता सकता है, तो वह है सिर्फ डैनी।''

बिगलर अपनी बड़ी-सी नाक मसलने लगा।

''तो ठीक है। जाकर उससे पूछो।''

लेपस्की ने उसकी ओर देखा।

''अगर मैं सार्जेन्ट होता और यह रिपोर्ट पढ़ता, तो जानते हो मैं क्या सोचता?''

'श्योरा।'' बिगलर तुरन्त बोला-''तुम यही सोचते कि यह रिपोर्ट एक ऐसे बुद्धू डिटेक्तिटव द्वारा तैयार की गई है जो अपने रिश्तेदार की बदौलत सैकिंड ग्रेड पर पहुंच सका है।''

बिगलर यह बात कहते हुए बेपरवाह इसलिए था, क्योंकि लेपस्की बी बीवी संयोग से कैप्टेन टैरेल की बीवी, कैरी की चचेरी बहन थी। बिगलर गाहे-ब-गाहे लेपस्की की टांग खींचने से पीछे नहीं हटता था, क्योंकि ऐसी बातों से लेपस्की बिलबिला कर रह जाता था।

''जब मैं इस सिटी का पुलिस चीफ बनूंगा,'' लेपस्की नफरते से भरकार बोला-''तो मैं बगैर एक पल खोए तुम्हें रिटायर करवा दिया। इसे मत भूलना!''

''जब तक तुम पुलिस चीफ बनोगे लेपस्की, तब तक मैं चांद पर पहुंचने वाला दसवां यात्री होऊंगा! अब यहां से दफा हो जाओ और काम करो!''

लेपस्की ड्राइव करता हुआ सीकॉम्ब पहुंचा, जो पैराडाज सिटी का उपनगरीय क्षेत्र था जहां मजदूर वर्ग के लागे छोट-छोटे पुरा-मैले मकानों और एकाध बहुमंजिली बिल्डिंगो में रहते थे। इस इलाके की वजह से करोड़पतियों के प्ले-ग्राउंड पैराडाइज सिटी की तनिक-सी छवि बिगड़ती थी।

डैनी ओ. ब्रायन समुद्र तट के नजदीक स्थित एक पुरानी गंदी-सी बहुमंजिली इमारत की छठी मंजिल पर दो कमरो के अपार्टमेंट में रहता था। एक जमाने में वह मशहूर तथा समृद्ध सिक्के बनाने वाला माना जाता था, खासकर ख्रीष्टपूर्व के रोमन युग के सिक्कों का वह विशेषज्ञ था। आर्ट संग्रहकर्ताओ को ये जाली सिक्के बेचकर उसे बेइन्तहा पैसा कमाया था।

उसकी जालसाजी की खूबी की तरह बिक्री भी अत्यन्त विश्वसनीय भी प्रभावशाली होती थी। लेकिन बुढ़ापे के समय वह अति महत्वाकांक्षी बन गया था और वाशिंगटन संग्रहालय जूलियस सीजर को सोने के सिक्के बेचने की हिमाकत कर बैठा, जिन्होंने उसे पुलिस के हवाले कर दिया था। फिलहाल डैनी शीशे से सिपाहियों की छोटी-छोटी मूर्तियां बनाता था जिन्हें व उत्कृष्ट रंगों में रंगकर एक खिलौने की दुकान को बेचता था, जो उन वृद्ध ग्राहकों को ये मूर्तियां मुहैया कराती थी जिन्हें पिछली शताब्दियों के बड़े-बड़े युद्धों की यादें ताजा करनी पसंद थी।

डैनी ओ ब्रायन की उम्र तिहत्तर वर्ष की थी। उसकी एक फिजूलखर्ची थी इतवार की रात का आमोद-प्रमोद, जब वह दो लड़कियों को भाड़े पर ले आता और उन्हें यौन-क्रीड़ाओं में रत होने लिए कहता। इस दौरान वह खुद हाथ में बीयर का गिलास थामें देखता रहता ओर अपने बीते दिनों को याद करता जब वह इन क्रीड़ाओं का दर्शक नहीं हिस्सेदार हुआ करता था।

लेपस्की की वह अपनी टेबल पर काम करता हुआ मिली। आंखों में घड़ीसाज वाला शीश लगाए वह एक अश्वारोही सैनिक को रंग रहा था।

लेपस्की ने पैर की ठोकर से दरवाजा खोला ओर पुलिसिये ढंग से चेहरा रौबदार बनाते हुए अंदर दाखिल हुआ।

डैनी ने चेहरा उठाकर देखा, फिर आंख से घड़ीसाज वाली ऐनक उतारी। उसका चेहरा दुर्बल दिखाई देता था। ऊंचा मस्तक और खोपड़ी पूरी गंजी थी। उसकी नीले आंखें धूमिल पड़ गई थी और चेहरे पर मुस्कान बिल्कुल खाली-खली लग रही थी। वह बहुत सीधा-सादा, बच्चों जैसा मासूम दिखाई देता था, लेकिन उसके बारे में लेपस्की का विचार कुछ अलग था। वह जानता था, उसकी गंजी खोपड़ी के अन्दर सुई की नोक जैसा पैना, धूर्त दिमाग है जो ढलती उम्र के साथ-साथ थोड़ा पैनापन खोता जा रहा है।

''मिस्टर लेपस्की!'' उसने सैनिकल को मूर्ति नीचे रखी थी, और मुस्कराने गला-''क्या खूब! कैसे हैं आप, मिस्टर लेपस्की ओर मिसेट लेपस्की कैसी है? क्या में अब भी आपको पदोन्नति के लिए मुबारकबाद दे सकता हूं?''-

लेपस्की ने एक कुर्सी खींची और टांगे फेलाकर उस पर बैठ गया।

''सुनो डैनी।'' वह पुलिसिया आवाज में बोला-''चापलूसी छोड़ो। बाल्डभ् रिकार्ड पिछले मंगलसार को शहर में था। वह तीन दिन तक यहां रुका था। मैं जानना चाहता हूं इस दौरान वह क्या करता रहा था.. इसलिए फटाफट बताओ।''

''बाल्डी रिकार्ड!'' डैनी पीछे को झुका, उसकी बूढ़ी आंखें आश्चर्य से चौड़ी फैल गई-''क्या यह सच है? खैर!'' वह सिर हिलाते हुए बोला- मिस्टर लेपस्की, मैं इससे इन्कार नहीं करूंगा कि मेरे दिल में ठेस लगी है कि वह मुझे मिलन नहीं आया। कुछ भी हो एक जमाने में हम गहरे दोस्त थे।'' उसने एक लम्बी आह भरी और ठोकर मारकर तीनक मूर्तियों को गिरा दिया। ''ऐसा ही होता है पुराने अपराधी किसी के दोस्त नहीं रह जाते। वे अकेलेपन की

जिंदगी जीना पसन्द करते हैं। लेकिन इस बात को नहीं समझ सकते और नहीं पसंद करेंगे कि अकेलेपन की जिंदगी जीने का क्या मतलब हो तो?''

लेपस्की मुस्कराया -धूर्त पुलिसिये की नापसंदगी भरी मुस्कान।

''डैनी, तुम नहीं जानते, तुम कितनी बड़ मुसीबत मोल लेने जा जा रहे हो।'' वह बोला- ''या तो तुम बाल्डी के बारे में बोलोगे, या फिर...''

डैनी ऐसी कोरी धमकियों पर प्रतिक्रिया व्यक्त करने के लिहाज से बहुत बूढ़ा हो चला था।

''आपको मुझसे कुछ भी हासिल नहीं हो सकेगा, मिस्टर लेपस्की। मैं बता चुका हूं बाल्डी मुझसे नहीं मिला...''

''मैं बहरा नहीं हूं। वे दो रंडियां जो हर रविवार को यहां आती हैं....मैं उन्हें हवालात में डाल रहा हूं। उन्होंने तुम्हारे घृणित क्रियाकलापों के बारे में नहीं बताया तो भी कोई फर्क नहीं पड़ता, वे दुकानों के सामान उठाने की आदी हैं। लिहाजा वे दो-तीन साल के लिए अंदर हो जाएंगी और में उन्हें बताऊंगा कि उन्हें जेल भिजवाने वाले तुम थे, कहो, कैसा लगा?''

डैनी मुंह बिचकाते हुए पलके झपकाने लगा, जाहिर था कि उसे यह बात पसंद नहीं आई थी।

''मेरी समझ में नहीं आ रहा कि आप कया कर रहे हैं मिस्टर लेपस्की...''

''तुम मेरा वक्त जाया कर रहे। जब मैंने उन दो चुड़ैलों को कैद कर लूंगा, तब तुम्हारे पास जाऊंगा। अगले पांच साल तक जेल की ठंडी कोठरी में रहना कैसा लगेगा तुम्हें डैनी?''

डैनी ठमक उठा।

''मैंने तो कुछ नहीं किया है....''

''बेशक नहीं किया है, लेकिन मान लो, तुम्हारी इस झोपड़ी में मुझे चरस के दो-चार पैकेट मिल जाते हैं, उस सूरत में कुछ बोल सकोगे?''

''एक बूढ़े आदमी के साथ आपको ऐसा सलूक नहीं करना चाहिए, मिस्टर लेपस्की।'' डैनी की आवाज में अब पीड़ा झलकती थी।

लेपस्की कुटिलता के साथ मुस्कराया।

''तुम अपनी सड़ियल जिंदगी बाजी पर लगा सकते हो कि मुझे ऐसा करना चाहिए और करूंगा। अब, तुम बता रहे हो या मैं काम में लग जाऊं?''

डैनी जानता था, उसे कब हथियार डाल देने हैं। वह पीछे को झुका, आंखें पराजित-सी दिख रही थी।

''आप मुझसे क्या जानना चाहते हैं?''

लेपस्की प्रसन्नता के साथ सिर हिलाने लगा।

''यह हुई ने बात? मैं जानता था तुम काफी समझदार हो। बाल्डी तुमसे मिलने आया था, या नहीं?''

‘‘अगर मैं बता दूं, तो क्या आप उन दो लड़कियों का छोड़ दोगे?’’

‘‘जरूर...उन्हें लेकर मैं भला क्यों मुसीबत झेलने लगा? मैं तुम्हें भी छोड़ दूंगा? डैनी...अब तो तसल्ली हुई?’’

‘‘हां वह यहां आया था। पहले वह सोलो से मिला था। लेकिन सोलो उसकी मदद करने के लिए तैयार नहीं हुआ, तो वह मेरे पास आया था। वह पांच सौ डालर उधार चाहता था।’’

‘‘किसलिए?’’

‘‘ उसने कहा था कि वह एक बोट किराए पर लेना चाहता है। मेरे पास पांच सौ डालर नहीं थी, इसलिए उसे बोट के बगैर काम चलाना पड़ा।’’

‘‘उसे बोट की जरूरत किसलिए थी?’’

डैनी हिचकिचाया, फिर लेपस्की की बेसब्री देखकर बोल उठा, उसने मुझे बताया था कि वह क्यूबा जाना चाहता है।’’

लेपस्की ने उसे घूरकर देखा।

‘‘क्यूबा, फिर क्यों उसने कोई प्लेन हाईजैक नहीं किया। आजकल तो हर किसी का यहीं धंधा है और वह क्यूबा किस मकसद से जाना चाहता था?’’

‘‘वह अपने साथ कोई चीज ले जाना चाहता था। वह कास्त्रो का प्रशंसक है।’’

‘‘चीज....क्या मतलब ...कैसी चीज?’’

‘‘मैं नहीं जानता, लेकिन इसके लिए उसे बोट की जरूरत थी, अतः मैंने अनुमान लगाया कि वह कोई भारी चीज होगी।’’ वह रुका, फिर आगे कहने लगा...‘‘वह घबराया हुआ था, मिस्टर लेपस्की, बेहद घबराया हुआ। उसकी ओर देखकर मैं भी डर गया था।’’

‘‘क्या कहा...वह कास्त्रो का प्रशंसक था?’’

‘‘आपके मालूम नहीं?’’ वह दीवानगी की हद तक का कम्युनिस्ट था। उसके विचार अनुसार कास्त्रो विश्व का महान व्यक्ति है।’’

लेपस्की की नाम से घर्र-घर्र की आवाज निकली।

‘‘वह कौन-सा काम था जिसे उसने वीरो बीच में किया था, डैनी?’’

‘‘मुझे नहीं मालूम। मैंने सुना था, लेकिन इससे कोई मतलब नहीं निकलता। इतना ही जानता हूं कि वह काफी बड़ काम था।’’

‘‘तुमने क्या सुना था?’’

‘‘अफवाहे। लोगों का कहना था कि वह बाल्डी का जिन्दगी का सबसे बड़ा काम था।’’

‘‘कौन लोग?’’

डैनी अस्थिरता से हाथ हिलाने गला।

‘‘आप जानते हैं, मिस्टर लेपस्की। किसी बार में खड़े हो जाइए, आपको हर तरह की बातें सुनाई देंगी। नीचे दर्ज के लोगों कीच जाइए, वच अनेक बातें सुनाएंगे।’’

''और उन लोगों का कहना है कि बाल्डी मर चुका है-क्यों?''

डैनी ने स्वीकतिसूचक सिर हिलाया। ''हां लेकिन इससे कुछ फर्क नहीं पड़ता। हो सकता है बाल्डी जीवित हो।''

''नहीं वह मर चुका है।'' लेपस्की दृढ़ता के साथ बोला-''उसको किसने मारा, डैनी?''

''मैं नहीं जानता। मुझे तो इस बात पर यकीन भी नहीं है कि वह मर चुका है।''

लेपस्की को इस बात पर यकीन हो गया।

''बाल्डी एक दिखावापसंद आदमी था।'' वह बोला'-''वह अपने गंजेपन को ढंकने के लिए हमेशा विग का प्रयोग करता था। इससे लगता है वह लड़कियों का रसिया था। उसकी वर्तमान गुड़िया कौन थी, डैनी?''

''मैं उसके साथ इतना घनिष्ठ तो नहीं था कि लड़कियों के बारे में बातें कर सकूं, मिस्टर लेपस्की।'' डैनी बोला, लेकिन जिस ढंग से वह पलकें झपका रहा था, उससे लेपस्की ताड़ गया कि वह झूठ बोल रहा है।

''मैं यह सवाल एक बार फिर दोहराता हूं, फिर तुम्हारी वह रंडियां दोपहर तक हवालात में होंगी। उसकी गर्लफ्रैंड कौन थी?''

डैनी सूख होंठो पर जुबान फेरने लगा, उसकी आंखों में फिर से पराजय के भाव उभरे।

''मैंने सुना था, उसका नाम मेई लेंग्ले है।''

''कौन है वह और रहती कहां है?''

''मुझे मालूम।''

लेपस्की को लगा, इस बार वह झूठ नहीं बोल रहा है।

''मुझे टेलीफोन बुक दो।''

डैनी उठकर अपनी डैस्क पास गया। उसे एक खस्ता हाल टेलीफोन बुक उठाई और लेपस्की के हाथ में थमा दी।

मेई लैंग्ले का नाम ढूंढ निकालने में लेपस्की को सिर्फ चंद सैंकिड नलगे उसका पता था, 1556 बी, सी व्यू बोलेवर्ड, सीकॉम्ब।

''आ.के. डैनी! अपनी जुबान बंद रखना और तुम्हारी जगह मैं होता, तो यह रविवार की रात वाली कूद-फांद बंद रखता। यह तुम्हारे लिए किसी दिन मुसीबत न की जड़ बन सकती है।''

लेपस्की अपाटमेंट से बाहर निकला और दो-दो सीढ़ियां फलांगते हुए नीचे उतरा।

डैनी कुछ देर बैठा रहा, फिर धीरे से दरवाजे तक आया और झांककर लेपस्की को सीढ़ियां उतरते हुए देखता रहा। वह कमरे अंदर आया। धीरे से दरवाजा बंद कर मेई लेंग्ले का टेलीफोन नम्बर ढूंढने लगा। उसने नम्बर डायल किया, यह सोचकर कि उसे वह गुमनाम सूचना देना ईमानदारी की बात होगी।

कई मिनट तक दूसरे छोर पर फोन की घंटी बजती रही, फिर उसने सोचा, शायद वह घर में नहीं होगी।

‘‘पुलिस चीफ कैप्टन फ्रैंच टेरेल, जो भारी शरीर ओर मजबूत जबड़ों वाला व्यक्ति था ओर जिसके बालों में हल्की सफेदी आने लगा थी, डिटेक्टिव रूम में दाखिल हुआ और चारों ओर निगाह घुमाने लगा।

बिगलर टेलीफोन पर बाते कर रहा था। जैकोबी अपने टाइपराईटर में व्यस्त था। होमीसाइड विभाग का इन्चार्ज, ठिगना-सा मोटा व चतुर फ्रैंड हैस रिपोर्ट की जांच कर रहा था, जो उसने अभी-अभी तैयार की थी।

बिगलर फोन पर बोला-‘‘चीफ अभी-अभी आ पहुंचे है। हां मैं उन्हें बता दूंगा। वे अगले घंटे तक यहीं रहेंगे।’’

अपने छोटे से दफ्तर की ओर बढ़ते हुए टैरेल ने कहा-‘‘जोए और जोए फ्रैंड अंदर आओ। मैकस, तुम डैस्क संभालो। लेपस्की कहां है?’’

‘‘डैनी ओ. ब्रायन से पूछताछ के लिए गया है।’’ फ्रैंड हैस के पीछे-पीछे टैरेल के दफ्तर की ओर चलते हुए बिगलर ने कहा-‘‘अभी किसी भी वक्त आ पहुंच सकता है।’’

टैरेल अपनी कुर्सी पर बैठ गया।

‘‘चार्ली कॉफी ला रहा है?’’

बिगलर की तरह टैरेल भी काफी के बगैर जटिल विषयों पर सोच-विचार करने में कठिनाई महसूस करता था।

‘‘वह आ रहा है।’’ ज्योंही चार्ज रूम का डैस्क सार्जेन्ट चाली टैनर दरवाजा खोलकर कमरे के अन्दर दाखिल हुआ, बिगलर ने कहा। चार्ली ने कॉफी के तीन कार्टन डैस्क पर रख दिए।

‘‘थेंक्स चार्ली।’’ टैरेल ने कहा और जब चार्ली वापस चला गया, तो वह फ्रैंड की ओर मुखातिब हुआ-‘‘वैल, फ्रैड?’’

‘‘यहीं वहीं कार हे जो बाल्डी ने किराये पर ली थी।’’ हैस बोला। ‘‘मियामी पुलिस ने इसकी शिनाख्त के लिए हर्ट्ज के आदमी को बुला लिया था अब इस पर लैबेरेटरी वाले लगे हुए हैं।’’

‘‘चीफ! फ्रकलिए ने कहा कि वे किसी भी क्षण फोन द्वारा रिपोर्ट दे देंगे।’’ बिगलर ने कहा।

टैरेल ने स्वीकृतिसूचक सिर हिलाया।

‘‘लेपस्की?’’

‘‘उसका विचार है कि शायद डैनी ने कोई सुराग मिल सके।’’ बिगलर बोला ओर मुस्कराने लगा।

‘‘बाल्डी के तगड़ा हाथ मारने के बारे में यह सब बातें।’’ हैस की ओर देखकर वह बोला-‘‘क्यों इसके कोई मतलब निकालता है?’’

‘‘हां... इतनी बातें हो रही है कि मतलब न निकलने का सवाल ही नहीं उठता। मेरा ख्याल है शायद उसे कोई अपहरण किया...इसीलिए कोई अभियोग दर्ज नहीं हुआ है।’’

तभी बाहर से उन्हें एक उत्तेजित आवाज सुनाई दी- ''चीफ अन्दर है?''

''लेपस्की।'' मुस्कराते हुए बिगलर ने कहा और उठकर दरवाजा खोल दिया। ''आओ, आओ शर्लाक होम्ज।''

लेपस्की, बिगलर को धकेलते हुए डैस्क की ओर लपका।

''चीफ, मैं कुछ गर्मागर्म समाचार ले आया हूं। उसे डैनी के साथ हुई बातचीत के बारे में तीनों को संक्षेप में बता दिया, इस बात को सावधानीपूर्वक छिपाते हुए कि उसे डैनी से किस प्रकार ये सूचनाएं उगलवाई थी। उसे डर था, उसके तरीके जानकर हैरेल क्रोधित न हो जाए। ''इस प्रकार मैंने तेजी से सोच ओर इस नतीजे पर पहुंचा कि ''चरचेज फेम'' (आमतौर पर आफत की जड़ औरतें ही हुआ करती हैं।) वह भी जैकोबी के फ्रैंच सीखने के प्रयास से प्रभावित हुआ था।

''ले फेम नहीं बेवकूफ, ला फेम।'' हैस बोला।

''कौन सा फर्क पड़ता है?'' लेपस्की के अधीरता के साथ बीच में ही कहा। ''बाल्डी के पीछे किसी लड़की का होना असम्भव था, उसकी विग पहनने की आदत इस बात की पुष्टि करती है। इसलिए मैंने गहराई से खोजबीन की और उस लड़की का नाम-पता मालूम कर लिया। मैं उसके ठिकाने पर पहुंचा, मगर वह वहां नहीं मिली। उस अपार्टमेंट की बूढ़ी मालकिन ने मुझे बताया कि वह मंगलवार को दोपहर के बाद बाल्ड के साथ अपनी ही बॉक्स वैगन में कहीं चली गई थी और बड़ जल्दबाज में थी।''

टेरेल ने इस बात पर संजीदगी के साथ सोचा, फिर वह बिगलर की ओर मुड़ गया। ''इस लड़की को पकड़ लो, जोए। हमारे पास उसकी जानकारी है, नहीं?''

श्यौर। मेई लेंग्ले। एक समय टैक्सी डांसर थी। मल्लहों के पकड़ चुराने के जुर्म में तीन बार पकड़ी गई थी फिलहाल एक स्पेनिश नाइट क्नलब में होस्टेस के तौर पर काम करती है।''

लेपस्की उसे घूरने लगा।

''तुम्हें कैसे मालूम?''

''वह बाल्डी गर्लफ्रैंड के रूप में मशहूर है। ऐसी लड़कियों पर मैं हमेशा निगाह रखता हूं।'' बिगलर अत्यन्त शिष्ट दिख रहा था। ''और इसी वजह से मैं यहां सार्जेन्ट हूं, लेपस्की।''

लेपस्की कुछ बोलने ही जा रहा था। कि टेलीफोन की घंटी घनघना उठी।

टैरेल ने रिसीवर उठाया।

''फ्रैंक?'' उसे मियामी के पुलिस चीफ की आवाज पहचान ली थी। ''मैंने सोचा था अब तुम्हें इस सिरदर्द से दूर रखूं। लैबोरेटरी की रोर्ट अभी-अभी आ पहुंची है।''

टैरेल कई मिनट तक फोन सुनता रहा।

फिर वह बोला-''अच्छा...थैंक्स, मैं अपने आदमियों को भेज दूंगा, नहीं...थैंक्स.... मैं संभाल लूंगा। अपने लड़कों को मेरी तरफ से कह देना, उन्होंने बहुत अच्छा काम किया है और मैं बेहद खुश हूं।'' उसने रिसीवर रख दिया। ''यह फ्रैंकलिन था। मस्टसांग में उंगलियों

के कोई निशान नहीं थे। उसमें से निशान बड़ी सफाई से मिटा दिए गए थे, लेकिन लैबोरेटरी वालों ने टायर में फंसी रेत को पहचान लिया है यह रेत हैटरलिंग कोव में पाई जाती है-यह मियामी से बाहर समुद्र तट का सड़ से अलग इलाका है।''

''मैं इस इलाके को अच्छी तरह जानता हूं।'' बिगलीर उठते हुए बोला- ''यह लाश दफनाने के लिए सुविधाजनक जगह है।''

''हां जोए, एक दर्जन आदमी बेलचा फावड़े के साथ तैयार करो, हमें उसे जग को एक नजर देखना है।''

बिगर दफ्तर से निकला और अपनी डैस्क पवर जाकर उसने टेलीफोन का रिसीवर उठाया।

''फ्रैड, जब टोली तैयार हो जाएगी, तुम उसका चार्ज लोगे।'' टैरेल बोला। वह लेपस्की ओर मुड़ा। ''मुझे मेई लेंग्ले चाहिए। उसकी कार का नम्बर पता करो ओर सभी जगह सूचना भेज दो।''

लेपस्की तेजी से बाहर निकलकर अपनी डैस्क की ओर चला गया।

शाम के पांच बजे तक रेत के टीले से बाल्डभ् रिकार्ड की टार्चर की हुई लाश निकाली जा चुकी थी।

पुलिसमैन का झुण्ड, जिसने तेज धूप में पसीने से तर होकर काफी कड़ी मेहनत की थी, इस समय कुछ अगले हटकर बैठा हुआ था, उनमें से कुछ नाक पर रुमाल रखे हुए थे। मेडिकल ऑफिसर डॉक्टर लेविस बगैर घिनाए अपने दो सहयोगियों के साथ आधी सड़ चुकी तथा सूजी हुई लाश की जांच कर रहा था।

दस बजे टैरेल मैडिकल ऑफिसर की रिपोर्ट पढ़ रहा था। बिगलर हाथ में कॉफी का कार्टन लिए उसके समाने बैठा हुआ था और हैस खिड़की से बाहर झांक रहा था।

अन्त में टैरेल पीछे की ओर झुका और उसने रिपोर्ट नीचे रख दी।

''लगता है तुम्हारा ख्याल सही है, फ्रैड।'' वह बोला- इसमें से हाईजैक की बू आती है। उसका बायां पैर तक तब आग में रखा गया था, जब उसका दम निकल गया। उसके जिस्म में तीन जख्म के निशान हैं, लेकिन वे ऐसे नहीं कि जिनसे उसकी मौत हो। लेकिन उनमें से काफी रक्तस्राव हुआ था। मस्टांग में खून के कोई धब्बे नहीं है, इसका मतलब उसे कोव तक मस्टांग में नहीं बल्कि किसी दूसरी गाड़ी में लाया गया था।'' कुछ सोचने के लिए वह रुका, फिर बोला-''प्रैड, हाईव नं. 1 की चैकिंग करो। इस बात का पता लगाओ किसी ने मस्टांग को देखा था या नहीं प्रत्येक कैफे, बार, पैट्रोल पम्प को चैक करो... जाओ।''

हैसे ने हुकार भरी, फिर वह अपने ठिगने व भरी शरीर के बावजूद आश्चर्यजनक चुस्ती के साथ बाहर निकला।

टैरेल ने कुर्सी की पुश्त से पीठ टिका दी और पाइप उठाई।

''कोई आइडिया सूझ रहा जोए?''

''कुछ-कुछ'' बिगलर ने काफी की चुस्की ली। ''यह कम्युनिस्ट वाला ऐंगिल...क्यूबन एंगिल... और यह तथ्य कि बाल्डभ् को बोट की जरूरत थी। इन दिनों अगर आप क्यूबा

जाना चाहें तो एक प्लेन हाईजैक करना बिल्कुल आसान होता है.. फिर उसने ऐसा क्यों नहीं किया? डैनी के मुताबिक उसके पास कोई चीज थी.. इतनी भारी चीज जिसे हवाई जहाज पर नहीं ले लाया जा सकता। इसलिए मैं खुद से पूछ रहा हूं कि उसने ऐसी कौन-सी चीज चुराई थी जो इतनी भारी व बड़ी थी कि हवाई जहाज पर नहीं लादी जा सकती और जिसकी कास्त्रो की जरूरत थी?''

''क्या तुम सोचते हो कि वह कास्त्रो के लिए काम कर रहा था?''

''इन बातों से जाहिर तो यही होता है, नहीं?

''हां।'' टैरैल चिंतित दिखाई पड़ने लगा। ''हम दो-चार दिन और कोशिश करके देखेंगे, फिर भी अगर कोई नतीजा नहीं निकला, तो हमें यह केस सी.आई ए. को सौंप देना पड़ेगा।''

बिगलर के मुंह बिचकाया।

''तब तो हम दो-चार दिन के अन्दर ही नतीजा निकाल लेंगे, चीफ।''

गाइड बुक के मुताबिक वीरो बीच एक शिपिंग पोर्ट था जो इंडियर रिवर से लेकर खुले समुद्र तक फैला हुआ था। यह एक छोटा-व्यस्त रहने वाला कस्बा था जो नारियल और पाम के पेड़ों और फूलों से भरी झाड़ियों से घिरा था।

लेपस्की छः बजे वाटरफ्रान्ट पहुंचा। वह काफी तेज रफ्तार से ड्राइव करता आया था, ट्रैफिक की भीड़ हटकार अपने लिए रास्ता बनाने के लिए वह सायरन की चीख लाल बत्ती ऑन करता आया था।पुलिस ऑफिसर की हैसियत से उसने यह नियम बना रखा था कि पैराडाइज सिटी के चारों ओर दो सौ मील के घेरे में जितने भी शहर, कस्बे आदि थे, उन सभी में अपना एक-एक सम्पर्क-सूत्र रखा जाए। वीरो बीच में उसका सम्पर्क-सूत्र् थी डो-डो हैमरस्टाहन, जो ''दी लॉबस्टर एण्ड दी क्रैब'' नामक रेस्ट्रां चलाती थी, जो छोटे-बड़े हर तरह के अपराधियों, नशीली दवाओं के तस्करों का मिलन-स्थल था।

दी लॉबस्टर एण्ड दी क्रैब पुरानी-सी एक तिमंजिली लकड़ी की इमारत थी, जो बोटल्ड गैस सप्लायर्स और डीप सी फिशिंग टैकल एमेरियम के बीच में बनी हुई थी। ज्योंही लेपस्की नजदीक पहुंचा, उसे लावस्टर भूनने और लहुसन की गंध महसूस हुई। उसकी अंतड़ियां कुलबुलाने लगी, हालांकि उसे मालूम था कि उसे पास मुफ्त का खाना खाने का जो डो-डो के नियमित ग्राहक थे।

कमरे के अन्दर कदम रखकर ज्योंही लेपस्की बार की ओर लपका, सारे कमरे में एकाएक चुप्पी छा गई। चार व्यक्ति जो दरवाजे के पास बैठे थे, अचानक वहां से उठकर चुपचाप बाहर खिसक गए। बाकी, जिनके चेहरे का रंग उड़ चुका था, चुपचाप लाबस्टर चबाते रहे। यहां तक कि औरतें जिनका चुप रहना लगभग असंभव होता है, ने अभी अपनी आवाज इतनी धीमी कर दी थी, जैसे ट्रांजिस्टर का स्वर कम कर दिया गया हो।

जब लेपस्की चलकर बार के करीब पहुंचा, तो डो-डो ने उसे अप्रसन्न निगाहों से यूं देखा, जैसे पूछ रही हो-तुम यहां क्यों आ टपके? वह भारी डील-डौली वाली, भारी वक्ष, डाई किए लाल बाल और सदा प्रसन्न चेहरे वाली औरत थी। उसके समूचे थुल-थुल चेहरे

पर सिर्फ आंखें ही सागौन की लकड़ी-सी सख्त और तेल चुपड़े खम्भे जैसी अनिर्भर-योग्य थी।

''स्कॉच।'' काउंटर कोहरी टिकाते हुए लेपस्की ने कहा। ''कैसा चल रहा है?''

डो-डो ने व्हिस्की दे दी।

''क्या तुम्हें सीधे अन्दर आना जरूरी था?'' आवाज को धीमी बनाते हुए वह बोली-''क्या तुम्हारे भेजे में इतना भी दिमाग नहीं कि समझ सको कि तुम मेरा धन्धा चौपट किए दे रहे हो?''

''मुझे तुमसे जरूरी बात करनी है। अभी थोड़ी देर बाद में पीछे की तरफ आती हूं। वहां चलो।''

डो-डो ने उसकी ओर देखकर भौहें सिकोड़ी, फिर चली गई।

लेपस्की ने ड्रिंक खत्म करने में थोड़ा ही वक्त लिया, फिर काउंटर पर एक डालर रखकर दरवाजे की तरफ लपका। ज्यों ही उसके पीछे दरवाजा बंद हुआ, कमरे में फिर से शोर-गुल शुरू हो गया।

पांच मिनट बाद वह डो-डो के प्राइवेट लिविंग रूम में बैठा दूसरा स्कॉच ले रहा था और डो-डो खिड़की के पास खड़ी बंदरगाह की ओर देख रही थी।

''आखिर यहां आने का मकसद क्या है तुम्हारा?''

उसकी ओर अपनी पीठ करके डो-डो बोली-'तुम्हारे डर से मेरे चार अच्छे ग्राहक भाग गए। तुम करे धंधे को तबाह कर रहे हो।'' वह तेजी से उसकी ओर मुड़ी। ''आईन्दा ऐसी हरकत की, तो मैं तुम्हारे लिए काम नहीं करूंगी।''

लेपस्की ने स्कॉच की चुस्की ली।

''कुर्सी पर बैठ जाओ, डो-डो।'' वह बोला-मैं जब तक चाहूंगा, तुम तब तक मेरे लिए काम करती रहोगी।'' उसे कड़ी निगाहों से उसे घूरा, फिर मुस्करा दिया। ''बैठ जाओ, मोटी बेबी, मुझसे कड़ी बात मत करो।''

''मेरी हार्दिक इच्छा है कि कोई किसी दिन तुम्हारे सीने में गोली मार दे।'' डो-डो बोली और कुर्सी पर बैठ गई। ''मैं फूल तो जरूर भेजूंगी, मगर रोउंगी नहीं। क्या बात है?''

''मैं मेई लेंग्ले की तलाश में हूं।'' लेपस्की बोला।

डो-डो ने लम्बी सांस छोड़ी और ईर्ष्यापूर्ण प्रशंसा में सिर हिलाने लगी।

''तुम वाकई चतुर हो, हरामजादे। मेरी समझ में नहीं आ रहा है, तुम्हारी तरक्की क्यों नहीं होती?''

''ईर्ष्या।'' लेपस्की कड़वाहट के साथ बोला। ''तुम्हारा मतलब वह यहां है?''

''हां। वह यहीं है। क्या कोई गड़बड़ी है?''

''मैं उससे बात करना चाहता हूं....अभी तक तो कोई गड़बड़ी नहीं है, लेकिन हो सकती है। वह कब आई थी?''

'' दिन पहले।''

''अकेली?''

''बेशक। यह इज्जतदार घर है।''

''मैंने तो कुछ और ही सुन रखा था।'' लेपस्की मुस्कराते हुए बोला-''क्या वह अभी अन्दर मौजूद है?''

''अन्दर? वह दो दिनों से कमरे से बाहर निकली ही नहीं। वह तो ऐसे बर्ताव कर रही है, जैसे हिचकाक की फिल्म का कोई फरार चरित्र हो।''

लेपस्की ने ड्रिंक खत्म किया और उठ खड़ा हो गया।

''कौन-सा कमरा?''

डो-डो ने अपना हाथ फैला दिया। झल्लाहट के भाव से सिर हिलाते हुए लेपस्की ने अपना बटुआ निकाला और उसमें से दर डालर का नेट निकालकर उसके हाथ में रख दिया। ''कौन-सा कमरा है?''

''नम्बर तेईस।'' जब लेपस्की दरवाजे की ओर बढ़, तो डो-डो पीछे से बोली ''आईन्दा हमेशा पीछे की तरफ से आना।''

''श्यौर। सौ लांग, डो-डो।''

वह सीढ़ियां चढ़कर दूसरी मंजिल पर पहुंचा। तेईस नम्बर कमरे के दरवाजे के समाने खड़े होकर अन्दर की आहट लेने की कोशिश की। अन्दर से हल्के सुरों में रेडियो की आवाज आ रही थी। उसने अपना एक हाथ गन के दस्ते पर रखा और दूसरे से दरवाजे की घुंडी घुमाई और अन्दर कदम रखा।

ब्रा और पैंटीज पहने हुई जो लड़की दीवान पर लेटी थी, लेपस्की को देखकर उसकी आंखें चौड़ी फैल गई, चेरा भय से सफेद पड़ गया और दीवार के साथ चिपक गई। वह करीब पच्चीस साल की ब्लोंड बालों वाली बड़ी खूबसूरत लड़की थी।

लेपस्की ने देखा, दूसरे ही पल वह चीखने वाली थी।

तीखे स्वर में उसने कहा-''पुलिस घबराओ मत। इसे देखा।'' उसने अपना बैज उसकी ओर फेंक दिया और दरवाजा भिड़ा दिया।

उस लड़की ने बैज की ओर घूरकर देखा, फिर एक चादर खींचकर अपने शरीर पर लपेट ली। भयभीत आंखों से लेपस्की की ओर घूर रही थी।

लेपस्की एक कुर्सी खींचकर उस पर टांगे फैलाकर बैठ गया, हैट पीछे की तरफ खिसकाया ओर सिगरेट का पैकेट निकाला। एक सिगरेट होंठों में दबाकर उसे बड़े फिल्मी अंदाज से जलाया और उस लड़की की ओर देखकर सहसा मुस्करा दिया।

''हां! मेई किसलिए डर रही हे,''

''क्या चाहते?'' वह रूखे स्वर में बोली-''तुम इस तरह बेधड़क अन्दर नहीं आ सकते... चले जाओ!''

''मैं रिकार्ड की तलाश में हूं।'' लेपस्की बोला, ''तुम दोनों ने तीन पहले पैराडाइज सिटी छोड़ा था। कहां है वह?''

''मुझे नहीं मालूम।''

''बेहतर ढंग से पेश आने की कोशिश करो, बेबी। वह कौन है जिससे वह भागा फिर रहा है?''

''मुझे मालूम नहीं।''

लेपस्की ने उसकी ओर उंगली से इशारा किया।

''अगर यहीं तुम्हें कहना है तो मैं तुम्हें हैडक्वार्ट्स ले जाने पर मजबूर हो जाऊंगा, जहां तुम्हें काल कोठरी में डाल दिया जाएगा ओर तुम कभी निकल नहीं पाओगी। तुम्हें यह सब पसंद नहीं, है क्या?''

उस लड़की की आंखें नफरत से अचानक जल उठी।

''मैं कहती हूं मुझे कुछ नहीं मालूम।'' वह तीखी आवाज में बोली, ''तुम मुझे कैद नहीं कर सकते! मैंने कुछ नहीं किया। चले जाओ यहां से!''

लेपस्की ने दुःख के साथ सिर हिलाया।

''जब मैं किसी सिरफिरे से मिलता हूं, जो मेरे साथ सहयोग करने को सहज तैयार नहीं होता, तो मैं हमेशा अपने पास नशीली दवाओं की दो-चार पुड़िया रखता हूं। इस प्रकार मैं चीफ को बता सकता हूं कि ये पुड़िया मुझे तुम्हारे पर्स में मिली थी। बिना किसी सवाल के वह मेरी बात पर यकीन कर लेगा और तुम्हें हवालात में डाल देगा। यह है हमारा तरीका, बेबी। और तरीके से जीना दूभर हो जाता है, लेकिन क्या करें, हमें अपना काम भी तो करना है। बाल्डी कहां है?''

''मुझे नहीं मालूम।'' वह किचकिचाई, फिर यह देखकर कि लेपस्की के चेहरे से मुस्कराहट गायब हो रही है, जल्दी-जल्दी बोलने लगी, ''कोई उसके पीछे पड़ा हुआ था। वह मेरे पास आया था और ड्राइव कर यहां तक पहुंचा देने के लिए कहा। मैंने उसे पहुंचा दिया। वह एक बोट किराये पर लेने की कोशिश कर रहा था। लेकिन पहले की तरह किसी ने उसे बोट नहीं दिया। वह बड़ी दर्दनाक स्थिति में था। उसने मुझे डो-डो के साथ रहने के लिए कहा ओर खुद एक कार किराये पर लेकर वापस पैराडाइज से लौट गया। उसने मुझे बताया था कि वह ऐयरपोर्ट में अपना बैग छोड़ने जा रहा है। उसने बताया कि पैराडाइज़ सिटी में उसके कई दोस्त हैं वह उनसे कुछ पैसे उधार लेगा। वह मुझे यहां छोड़ गया, तब से मैंने उसे नहीं देखा।''

लेपस्की ने सारी बातें अपने दिमाग में बिठाई। उसे मालूम था ज्यादातर बातें सच थी, लेकिन सभी नहीं।

''पहले की तरह उसे किसी ने बोट नहीं दिया... इससे क्या मतलब?''

''कुछ महीने पहले भी वह यहां आया था एक वोट किराये पर लिया था, लेकिन मुसीबत में पड़ गया था। वह बोट डूब गया था।''

लेपस्की ने कनखियों से उसकी ओर देखा।।

''डूब गया? कैसे?,

''किसी ने गोली मारकर उसमें छेद कर दिया था। मुझसे मत पूछो। मैं कुछ नहीं जानती। उसने मुझे नहीं बताया था मैं तो इतना ही जानती हूं कि वह बोट डूब गया था।''

''किसने उसे बोट किराये पर दिया था?''

''मैं नहीं जानती।''

''पैराडाइज सिटी में उसके दोस्त कौन थे?''

मेई हिचकिचाई, फिर उदासीन स्वर में बोली, ''सोलो डोमिनिको और डैनी ओ' ब्रायन।''

लेपस्की ने सोचा? चलो ठीक है। कम-से कम वह सच तो बोल रही है।

''तो वह तुम्हें यहां छोड़ अपना बैग लेकर वापस पैराडाइज सिटी एयरपोर्ट चला गया? क्यों?

''वह बैग को किसी सुरक्षित जगह पर रखना चाहता था।''

''किसलिए।''

मेई ने मुट्ठियां भींची।

''मुझे नहीं मालूम। तुम मुझे अकेली क्यों नहीं छोड़ देते?''

''क्या उसने कहा था कि वह बैग के अन्दर की चीज की सुरक्षा करना चाहता था?''

''हां।''

''लेकिन यह नहीं कहा कि वह क्या चीज थी?''

''नहीं''

''और तुमने भी नहीं पूछा?''

''नहीं।''

''वह बैग कितना बड़ा था, मेई?''

''एक साधारण सूटकेस....प्लास्टिक का बना हुआ ओर किनारे पर लाल पेण्ट से धारी बनाई गई थी...बिल्कुल साधारण-सा।''

लेपस्की कठोर पड़ गया। उसे यूं लगा जैसे वह किसी की कब्र के ऊपर बैठा हो।

''जरा फिर से बताना।''

मेई उसे घूरने लगी। उसकी जीभ की नोक होंठों पर फिर रही थी।

''यह एक मामूली सूटकेस था।''

''विस्तार से बताओ...चलो।''

''ओह! एक मामूली-पुरा-सा सफेद प्लास्टिक का सूटकेस, जिसके किनारे पर चारों ओर लाल रंग की पट्टी पेण्ट की गई थी।''

लेपस्की को लगा कि पदोन्नति के लिए उसकी किस्मत साथ दे ही थी। वह बड़ कठिनाई से अपने मनोभावों को छिपा रख पा रहा था।

''अब बताओ, वह किससे भयभीत था?''

मेई दीवान में और दुबक गई, आंखों में आतंक के भाव तैर रहे थे।

''मैं बता चुकी हूं...मैं नहीं जानती।''?

लेपस्की खड़ा हो गया। उसने अपना बैज उठाया और बटुवे में डाला। उसे अब यकीन हो गया था कि मेई यह नहीं जानती कि बाल्डी के पीछे कौन पड़ा हुआ था। और आफीशियन तोर पर पूछताछ करने पर ही यह बोलेगी।

''ओ. के. मेई! कपड़े पहन लो। हम हैडक्वार्ट्स जा रहे हैं।''

''मैं बता चुकी हूं, मैं कुछ नहीं जानती। तुम मुझे वापस नहीं ले जा सकते....।''

''ताव मत खाओ।'' लेपस्की बोला, तुम्हें मेरे साथ चलना ही पड़ेगा, बेबी। तुम अब तक बहुत बोल चुकी हो। अपने कपड़े पहन लो। मेरी मौजूदगी की फिक्र मत करो-मैं शादीशुदा आदमी हूं।''

तभी एक साथ दो घटनाएं हुई। भड़ाक से दरवाजा खुला और मेई दीवार पर औंधे मुंह गिर पड़ी तथा कवर में चेहरा छिपाते हुई चीख पड़ी।

लेपस्की फिरकी की तरह घूम गया।

एक ठिगना-सा भद्दा आदमी, जो मुंह पर रुमाल बांधे हुए था, अपनी गन से फायर कर चुका था। लेपस्की ने गन की नोक से आग निकलती देखी, मेई को दीवान पर उछलते देखा, ज्यों ही गोली उसे सिर से टकराई, खून के छींटे दीवार पर छिटक गए। वह अपनी गन संभालकर ज्योंही नीचे फर्श पर फैल गया। तभी दरवाजा बंद हो गया।

वह तेजी से उठ खड़ा हो गया ओर दरवाजे की ओर भागा। सीढ़ियों पर किसी के भागते कदमों की आहट सुनाई दे रही थी।

उसने डो-डो की चींखे सुनी, फिर कानों को सुन्न करती हुई दूसरी गोली के धमाके की आवाज। वह सीढ़ियों के ऊपरी सिरे पर पहुंचा जहां डो-डो का विशालकाय शरीर गलियारे को अवरुद्ध पड़ा था। वह डो-डो के शरीर के ऊपर से नीचे लैंडिंग पर कूद गया। उसकी हड्डियां तक हिल गई और वह लड़खड़ा गया। जब तक वह खुद को संभाल पाता, उसे बाहर एक शक्तिशाली कार के इंजन का शोर सुनाई दिया जो वहां से चली जा रही थी।

लेपस्की वाटफ्रान्ट पर निकला, तो उत्तेजित विशाल भीड़ ने उसके किसी भी प्रयास को विफल कर दिया।

6

जब रात के आसमान में लालिमा छाने लगी, तो हैरी मिचेल अपने केबिन से सावधानीपूर्वक बाहर निकला। वह तैराकी का सूट पहने हुए था और उसके हाथ में बाल्डी रिकार्ड का सूटकेस था। उसने सूटकेस में सिर्फ दो ही चीजें अपने पास रख ली थीं-लूगर ऑटोमेटिक और गोलियों का बक्सा जिन्हें उसने अपने बिस्तर के नीचे छिपा दिया था।

वह काफी देर तक दरवाजें पर खड़ा रहा। इस समय चार बजकर पचपन मिनट हो रहे थे। उजाला नहीं हुआ था। पाम के पत्तों के हिलने की आवाज के अलावा चारों ओर सन्नाटा छाया हुआ था।

जब उसे तसल्ली हुई, वह तेजी से बीच की ओर लपका और समुद्र में घुस गया। पानी में चित्त होकर सूटकेस को उसने अपनी छाती पर रख लिया और पैरों की शक्तिशाली हरकतों से तैरते हुए समुद्र की गहराई कमी ओर बढ़ने लगा। जब वह गहरे पानी में पहुंचा, तो उसने पलटकर सूटकेस छोड़ दिया, फिर डुबकी लगाकर सूटकेस के साथ नीचे उतरने लगा, जब तक सूटकेस समुद्र की तह में नहीं जा गिरा। वह फिर सतह पर उभरा और इधर-उधर देखने। सूटकेस का नामोनिशान नहीं था, वहां सिर्फ पानी के चंद बुलबुले उठ रहे थे।

वह वापस तट की ओर तैरने लगा और जब वह रेत पर चलते हुए अपने केबिन को लौट रहा था, उसे सालो डोमिनिको के कमरे में रोशनी दिखाई दी।

केबिन के अन्दर घुसकर उसने दरवाजा बंद किया, शरीर पोंछकर कपड़े बदले और क्रोप सोल के जूते पहन लिए।

सोलों के पास जाने के लिए अभी बीच-बाई मिनट बाकी हैं वह बिस्तर पर बैठकर सिगरेट सुलगाने लगा। सिगरेट के कश खींचते हुए वह पिछली रात के बारे में सोचने लगा। नीना के साथ हुए विस्फोटक यौन अनुभव का दृश्य याद किया, तो उसे लगा जैसे उसकी रंगों दौड़ने वाला खून धीरे-धीरे तपने लगा हो। यौन अनुभव के तौर पर वह केवल अपूर्व अनुभव था। उसने अपनी मृत पत्नी जोन को याद किया, जो यौन क्रियाओं से हमेशा डरी रहा करती थी और जिसके साथ अन्ततः वह रह नहीं सका था। जब उसने लगभग यह फैसला कर लिया था, उसे फौज में जाने का ड्राफ्ट आर्ड इसके लिए समुचित बहाना बन गया था। जब उसे उसकी आत्महत्या की खबर मिली तो वह उसे छुटकारा पाने की उत्सुकता को छपा नहीं सका था। वह अपनी पत्नी का दिल जान-बूझकर दुखाना नहीं चाहता था लेकिन क्योंकि उसके साथ बजाए दो सालों में उसका दम घुटता-सा महसूस होने लगा था, अतः उसे अपनी पत्नी की भावनाओं से कोई मतलब नहीं रह गया था। उसने सोचा-अगर वह धैर्य से काम लेता, समझदारी से काम लेता और उसकी मदद करने की कोशिश करता, तो उससे उनकी जिन्दगी में और ज्यादा कड़वाहट भर जाती। उसके लिए सैक्स एक प्रकृति आवश्यकता थी, बच्चे जनने के लिए नहीं, मनोरंजन के लिए। जीवन की दूसरी चीजों से अधिक उसने इसे कभी महत्व नहीं दिया। था। सैक्स तभी होना चाहिए, जब इसका आवेग पैदा हो, वरना प्रतीक्षा करनी चाहिए। उसकी पत्नी की उलझनों और डर से वह निराश होने लगा था और अन्ततः उकता गया था।

जब वह सायगोन से जहाज में सवार हुआ, तो वहां एक चिट्ठी उसकी प्रतीक्षा कर रही थी।

जोन ने खुद ही एक गंदगी कहते हुए लिखा था कि वह शारी नहीं करती तो अच्छा होता और वह दुःखित थी। उसने लिखा था-

मैं जानती हूं, सिर्फ मैं ही वह अकेली औरत नहीं हूं जो मेरे जैसा व्यवहार करती है, हैरी। यह बात नहीं कि मैं मर्द से प्यार नहीं कर सकती, लेकिन यह सब करना मुझे कई पसंद नहीं। मैं तुम्हें प्यार करती हूं.... इतना कि तुम्हें तुम्हारी आजादी दे सकती हूं। खुश रहो, हैरी।

कोई दूसरी लड़की तलाश करो, जो मेरे जैसी गंदगी का ढेर न हो। मैं तो हूं ही गंदगी। लोग कहते हैं तुम वापस लौट जाओगे। किस्मत से, शायद मुझे दूसरा मौका मिल जाए। अगर बरसो.... बरसों बाद हमारी मुलाकात हुई तो यह मेरे कम अचरज की बात नहीं होगी और मैं गंदी तो नहीं थी, हूं....नहीं?

गुड बॉय।

जो।

हैरी को अपने बाप से एक तार मिला था, जिसमें लिखा था, जोन बाथरूम में पड़ी पाई गई थी। उसकी कलाई की नसें कटी हुई थी और बेहतर है वह छुट्टी की अर्जी दे और घर आ जाए।

लेकिन लड़ाई शुरू होने वाली थी, अतः उसने अर्जी नहीं दी थी। वह लड़ाई में चला गया था। लड़ाई में जब खत्म हुई, इस दौरान वह जिस माहौल से गुजरा, घायलों और मृतकों को देखा, जिस तरह मशीनगनों की गालियों की बौछार के बीच खुद को घिरा पाया और जिस तरह चार पीले आदमियों को उसे गोली मार दी- उसके बाद जोन की मौत का उसके पास कोई महत्त्व नहीं रह गया था।

उससे ज्यादा महत्व तो उसके लिए वियतनामी लड़की होना था, जो सड़क के कौन पर महकता ओर जायकेदार सूप बेचा करती थी। उसकी रसोई की गंध से वह ठिठककर रुक गया था ओर उसकी बगल में पालती मारकर बैठ गया था। सूप पीते हुए उससे बातें की थी।

न्हान सिर्फ अंग्रेजी बोलती थी। उसने अपने लम्बे बाल पीछे की तरफ पूंछ की भांति बांध रखे थे-जिसका मतलब वह कुंवारी थी। सिर्फ विवाहित वियतनामी महिलाएं ही बाल ऊपर की ओर बांधती हैं।

हैरी दो हफ्ते की छुट्टी पर था। हर रोज ग्यारह बजे के लगभग वह न्हान का सूप पीने के लिए उस नुक्कड़ पहुंच जाता था, फिर एक दिन उसे पता चला कि वह न्हान को चाहने लगा। बाद में न्हान ने उसे बताया कि वह उसी रोज से उस पर फिदा हो गई थी, जिस दिन उसने पहली बार उसे देखा था।

फिर उन दोनों मिलन हैरी के सपने को साकार करने का अवसर बन गया था-बिना किसी उलझन के प्यार करो।

हैरी ने बेचैनी के साथ सिगरेट का टुकड़ा फेंक दिया, उसने याद किया, जंग के मैदान से चार हफ्ते बाद जब वह सायगोन लौट आया था, तो उसे खबर मिली कि न्हान मर चुकी थी। बाजार के बीच एक बम के गिरने से न्हान के साथ दस वियतनामियों की मौत हो गई थी।

हैरी अपनी कनपटियां मसलने लगा। अब कल रात से एक नई शुरूआत हो गई थी। इस बार पहली दफा उसका और से पाला पड़ा था, जो सैक्स के बारे में ठीक वैसे ही विचार रखती थी जैसे वह खुद रखता था। अपनी सैक्स की मांगो को पूरी करने लिए उसे इस्तेमाल करने में किंचित दुविधा बोधन न करने वाली। औरों की तुलना में हैरी नानी से पूर्णतया संतुष्ट था।

उसे रैंडी की चेतावनी आई-यह लड़की हाथ नहीं आने वाली, अगरचे , तुम सोलो के साथ मुसीबत मोल लेना चाहते हो तो...।

हैरी सोलो से नहीं डरता था। उसे यकीन था, अगर उन दोनों में सचमुच झगड़ा छिड़ गया तो वह सोलो से सहज ही निपट सकता है, लेकिन समस्या यह नहीं थी सोलो नीना का बाप था।

वह चिन्तित मुद्रा में कनपटी सहलाता रहा। नीना खुद उसके पास आई थी। उसी ने उसके सामने खुद को समर्पित कर दिया था। उसने कहा था, सोलो उसे एक निजी सम्पत्ति के बराबर समझता है। आखिर किसी बाप को अपनी बेटी के प्रति ऐसा व्यवहार करने का क्या अधिकार है?

उलझने-समस्याएं....उलझने....समस्याएं।

हैरी बेचैनी के साथ खड़ा हो गया ओर केबिन से निकला, यह सीधें किचन की ओर चला गया, जहां सोलो उंगलियों में सिगरेट दबाए गर्म कॉफी पी रहा था। वह एक टेबल पर जाकर बैठ गया।

''हाय! हैरी!'' सोलो मुस्कराया। मैं तुम्हें कल रात ही बताना चाहता था। कि मुझे तुम्हारी जरूरत नहीं पड़ेगी। मैं चाहता हूं तुम हाई डाइव के काम में लग जाओ। मैंने हैमरसन से बात की थी। वह आज सुबह ही लकड़ियां भिजवा रहा है।'' उसने आंखें सिकोड़कर हैरी की ओर देखा।''मैं तुम्हें बताने के लिए रात को तुम्हारे केबिन में गया था, लेकिन तुम वहां नहीं थे।'' वह आगे की ओर झुका। ''क्या रेत में लेटने के लिए तुम्हें कोई छोकरी मिल गई थी?''

हैरी बोला-''यह तो निजी मामला है, सोलो।''

सोलो ने एक ही सांस में कॉफी खत्म की।

''मुझ इस बात की फिक्र नहीं हैरी, लेकिन कोई बच्चा-बच्चा नहीं होना चाहिए। मैं अपने इस खूसूरत रेस्ट्रा में कोई झमेला नहीं चाहता।''

''मैं व्यस्क हूं।'' हैरी बेचैनी से बोला-''तुम्हारे भाड़े के टट्टुओ में से नहीं....घबराओ मत।''

''ओ....हां। मैं भूल गया था।'' सोलो ने किचन को पार किया तथा चार बड़ी-बड़ी टोकरियां उठाकर दरवाजे की ओर बढ़ा-''मैं दस बजे तक लौट आऊंगा तुम डाइविंग बोर्ड के काम में लगे रहोगे ना?'' वह दरवाजा खोलकर बाहर धुंधलके में निकल गया और हैरी कुछ मिनट तक निश्चल खड़ा इंतजार करता रहा जब उसे ब्यूक के स्टार्ट होने और वहां से चले जाने की आवाज सुनाई दी, तो उसने बदन को ढीला छोड़ दिया। उसे अपनी घड़ी की ओर निगाह डाली। पांच बजकर चालीस मिनट हो रहे थे। उसने चूल्हे से कॉफी का बरतन उठाया और अपने लिए कप में काफी डालने लगा।

उसने सोचा-कहीं गड़बड़ी हो गई है। क्या सोलो को शक हो गया है? उसने बेचैनी के साथ कॉफी की चुस्की ली।

''हैरी?''

इस कोमल फुसफुसाहट को सुनकर वह एकबारगी घूम गया? थोड़ी सी काफी छलक गई नीना दरवाजे पर खड़ी थी। वह एक झीना नाइट ड्रेस पहने हुई थी, उसके रेशमी बाल अस्त-व्यस्त थे-सीधे बिस्तर से उठकर आ रही हो।

उसे देखकर हैरी की रंगों में खून तेजी से दौड़ने लगा।

उसने कदम नीचे रखा और उसके करीब चला आया। नीना उसे अपने पीछे आने का इशारा कर वापस लौट गई। हैरी उसके पीछे-पीछे गलियारे से चलकर उसके कमरे में पहुंचा। कमरा काफी बड़ा, साफ-सुथरा तथा सुरुचिपूर्ण ढंग से सजा हुआ था।

हैरी दरवाजे के पास खड़ा रहा, जिसे उसने बन्द कर दिया था और उसे नाइट ड्रेस उतारते हुए देखता रहा। फिर नीना बिलकुल नंगी होकर उसकी ओर ताकने लगी, उसके दोनों हाथ फैले हुए थे, होंठ कामातुरता से खुले हुए थे और स्तन उत्तेजना के कठोर पड़ गए थे।

हैरी को फिर खतरे का एहसास हुआ।।

मैं एक वयस्क आदमी हूं- उसने सोला से ऐसा कहा था, क्या उसने सच कहा था? क्या यह उत्कट काम समर्पण उस जैसे समझदार वयस्क के लिए स्वीकार करे योग्य था? क्या वह रैंडी जैसे नवयुवक की तरह हरकत नहीं कर रहा हे?

नीना उसकी ओर देखते हुए बिस्तर पर लेट गई।

''मेरे पास आओ।''

हैरी की इच्छा जो पकड़ने लगी कि वह अपने कपड़े उतारकर उससे लिपट जाए, लेकिन उसके दिमाग में खतरे की घंटिया बजने लगी थी। उसे किसी औरत को खुद पर शासन करने का अवसर नहीं देना चाहिए, चाहे व बदले में उससे स्पष्ट रूप से कुछ भी मांग रही हो।

वह दरवाजे पर ही खड़ा रहा।

''अपना स्विम सूट पहन लो नीना।'' वह अवस्थित स्वर में बोला-''हम तैरने चलेंगे।''

''बाद में ....पहले यहां तो आओ।''

वह कोहनियों के बचल उचकर बैठी, घुटने तनिक-से फैल गए ओर उसकी आंखों में कामेच्छा के ऐसे नंगे भाव तैर रहे थे कि हैरी का निश्चय डगमगाने लगा।

''मैं इन्तजार करूंगा।'' उसने कहा फिर वह कमरे से निकल गया। वह धीरे-धीरे वापस किचन में लौट आया और दोबारा कप में कॉफी उड़ेलने लगा। उसने देखा, उसका हाथ कांप रहा था।

खिड़की से बाहर आसमान की ओर ताकते हुए वह कॉफी पीने लगा। उसने गलियारे में नीना के कदमों की आहटें सुनी और वह धड़कता दिल लिए पीछे मुड़ा।

नीने गहरे लाल रंग की विकनी पहने हुए थी, हाथ में एक तौलिया था। वह हैरी की ओर देखकर मुस्कराई।

''तो तैरने चलें?''

हैरी अपना स्वीमिंग सूट पहनने के लिए केबिन की ओर चला गया और नीना रेत पर धीरे-धीरे चलते हुए तट की ओर बढ़ने लगी। जब हैरी बच पर पहुंचा तो व बड़ी मुस्तैदी से तैर रही थी। जब वह उसके निकट पहुंचा, तो नीना उसकी ओर पानी की बौछारें फेंकते हुए चहकने लगी। खिलखिलाकर हंसने गली।

''कैसे अजीब हो तुम भी हैरी! क्या तुम मुझे थोड़ा-सा आनन्द भी नहीं दे सकते?'' वह हैरी के चेहरे पर पानी के छींटे मारते हुए बोली।

''मैं सोलो से बातें करता रहा था।'' हैरी बोला, ''वह बहुत करीब था। हमें यह नहीं भूलना चाहिए कि वह तुम्हारा बाप है।''

''फिश्श! अगले एक घंटे में सभी लोग जाग जाएंगे। चलो वापस चलें। तुम इतने बेवकूफ तो नहीं होंगे। मैं चाहती हूं, तुम मुझसे प्यार करो।''

''इसमें खतरा है। यहां तक कि इस तरह तैरने में भी खतरा है। क्या तुम चाहती हो कि तुम्हारा बाप मेरे लिए मुसीबत खड़ी करें?''

''क्या तुम उससे डरते हो?''

''नहीं लेकिन नतीजे से डरता हूं। मैं उसे खत्म भी कर सकता हूं.....शायद उसकी जान लेनी पड़ जाए। क्या तुम यह पसंद करोगी?''

वह मुंह बिचकाते हुए बोल-''तुम इतने संजीदगी से बोल रहे हो। क्या इन झमेलों को छोड़कर तुम वह स्वीकार नहीं कर सकते जो मैं तुम्हें दे रही हूं?''

हैरी वापस तैरने लगा। नीना भी उसके पीछे-पीछे बगैर कुछ बोले तट की ओर तैरने लगी। जब वे किनारे की ढलाल पर से सूखी रेत की ओर चलने लगी, तो नीना बोली-''तो हम फिर कब आपस में प्यार कर रहे हैं?''

''रविवार को मेरे साथ शेल्डन आइलैंड चलने का कोई चांस है?''

वह अचानक ठिठककर रुक गई।

''किसने बताया तुम्हें शेलडन आइलैंड के बारे में?''

''रैंडी ने...वह कह रहा था तुम अकेलेपन के लिए वहां जाती हो''

वह मुस्कराई।

''यह तो बड़ा खूबसूरत आइडिया है, वहां हमें घन्टों एकांत मिल सकते हैं। मेरा बाप रविवार को दिन भर सोता रहता है। रेस्ट्रां बन्द रहता है। मैं उस दिन उसका बोट कहीं भी ले जा सकती हूं। हां.. तो फिर रविवार को।''

''ओ.के.। परसों। तब तक मुझसे दूर ही रहना, नीना।

मैं तुमसे सुबह छः बजे बोट स्टेशन पर मिलूंगा।''

''हां, मैं खाना भी साथ ले चलूंगी।''

हैरी उसे छोड़कर फिर समुद्र में तैरते हुए उस ओर बढ़ने लगा, जहां उसने हाई डाइव बोर्ड बनाने का निश्चय किया था।

मियामी होमीसाइड स्क्वाड का लैफ्टिनेंट एलेन लैसी सपाट चेहरा ओर पतले होंठो वाला छोटा-सा व्यक्ति था, जिसकी आंखें बिल्लेरी, पत्थर-सी चमकीली और सतर्क थी। सारी फोर्स उससे नफरत करती थी, अपराधी और यहां तक कि उसकी बीवी भी उससे नफरत करती थी। नफरत किया जाना उसे अच्छा लगता था। लोगों को डराकर उसे लगता जैसे उसने कोई चीज पा ली है। दिमाग के बदले छल-कपट से काम लेता था। सतावन साल की उम्र में उसे इस बात का पूरी तरह एसहसा हो चुका था कि लेफ्टिनेंट पदी से आगे उसकी तरक्की नहीं हो सकती। इस बात से उसे बड़ी कोफ्त होती थी। अगर उसे किसी ने नफरत की थी तो वह था कोई उत्साही तथा महत्वाकंक्षी पुलिसमैन।

वह सार्जेन्ट पीट वीडमैन के साथ अपनी नाव में आ पहुंचा और लॉबस्टर एंड क्रैब में आ पहुंचा, जो उसकी बीवी के पैसों से खरीदी गई कार थी। वीडमैन, मोटा, चुस्त व आला दर्जे का बेवकूफ, सार्जेन्ट के पद पर इसलिए कायम था, क्योंकि वह लेफ्टिनेंट का चमचा था।

इन दो पुलिस ऑफिसर के साथ-साथ एम्बूलेंस भी रेस्ट्रां में आ पहुंची और दो कर्मचारी निकलकर तेजी से भीतर चले गए। वहां चार मोबाइल पुलिसमैन उकताहट भरे चेहरे लिए खड़े थे और लपेस्की उन्हीं के पास बेचैनी के साथ खड़ा था। लेपस्की को मालूम था कि उसे यहां नहीं होना चाहिए था, क्योंकि वह उसका इलाका नहीं था ओर यह भी कि उससे क्या उम्मीद हो सकती है। उसके विरुद्ध रिपोर्ट दर्ज करने के लिए लैसी को सुनहरा अवसर मिल रहा था और ऐसा हुआ, तो लेपस्की के लिए अपनी आगे की पदोन्नति की उम्मीद को त्याग देना ही बेहतर होता।

जब वह लेफ्टिनेंट लैली के पहुंचने के इंतजार में था, उसे फैसला किया कि जब लैसी उससे पूछताछ करेगा तो वह उसे कम से कम बातें बजाएगा और जहां तक संभव हो अनजान बनने की कोशिश करेगा। अगर ज्यादा गड़बड़ी शुरू हो गई तो यह चीफ टैरेल को बीच में खड़ा कर देगा, क्योंकि वह लेफ्टिनेंट लैसी से बखूबी निबट सकता है, जबकि डिटेक्टिव सैकंड ग्रेड की हैसियल से लेपस्की ऐसी उम्मीद नहीं सकता।

लेपस्की ने लैफ्टिनेन्ट लैसी और उसके पीछे-पीछे साजेन्ट वीडमैन को जगुआर से उतरते देखा। लैसी ने रेस्ट्रां के प्रवेश द्वारा पर इकट्ठी भीड़ पर सर्द व कठोर निगाह डाली। उसने उन चार मोबाइल पुलिमैनों को भीड़ से हटाने का आदेश दिया। वह लेपस्की के सामने से यूं गुजरा जैसे उसने उसे देखा ही न हो और लाशों का मुआयना करने चला गया। डो-डो की पहाड़नुमा लाश की ओर उसने घृणा भरी नजरों से देखा , फिर सीढ़ियां चढ़कर दूसरी मंजिल पर पहुंचा। मेई लेंग्ले की लाश को उसने अपेक्षाकृत थोड़ी दिलचस्पी के साथ देखा। उसे खुशी हो रही थी कि लेंग्ले के सिर का हुलिया बिगड़ा हुआ था, जिस्म का नहीं। उसकी आंखें लेंग्ले के अर्धनग्न शरीर पर फिसलने लगीं, फिर अचानक उसे एहसास हुआ कि वीडमैन भी लाश को मंत्रमुग्ध-सा घूर रहा है।

लैसी गुर्राया-''क्या देख रह हो?''

वीडमैन ने मिचमिचाते हुए आंखें लाश पर से हटाई और उसकी ओर ताकने लगा।

''सर?''

''क्या पहले कभी औरत की लाश नहीं देखी?''

''यस, सर!''

''बेवकूफों जैसी हरकत बंद करो।

''यस, सर।''

लैसी ने हैट उतारा, बालों में हाथ फेरकर फिर से हैट पहना।

''बाहर पैराडाइज सिटी हैडक्वाटर्स का कोई बेवकूफ मौजूद था?''

वीडमैन ने पलके झपकाईं, ''मैंने तो नहीं देखा, सर।''

''फिर तो तुम कभी कुछ नहीं देखोगे।'' लैसी ने चारों ओर निगाह डाली, सामने एक कुर्सी थी, वह उस पर बैठ गया। उसने अपना खूबसूरत चील के चमड़ से मंढ़ा सिगार का बक्सा निकाला, जिसे उसकी पत्नी ने उसे क्रिसमस के तोहफ के तौर पर दिया था। एक सिगार निकालकर उसने दांतों में दबाया और बोला-''उसे यहां से ले आओ!8'

वीडमैन उल्टे पांव भागा। पांच मिनट बाद व लेपस्की के साथ लौट आया। लेपस्की इस बात से आगाह हो कि वह भारी मुसीबत का सामना करने जा रहा है, तनकर खड़ा हो गया। उसकी आंखें लैसी के सिर से परे दीवार पर टिकी हुई थीं।

''यह आदमी कौन है, सार्जेंट?'' लैसी ने सिगार जलाते हुए पूछा।

''डिटेक्टिव सैकिंगड ग्रैड लेपस्की, पैराडाइज।'' वीडमैन बोला। लेपस्की के साथ सीढ़ियां चढ़ते समय उसने यह बात पूछ ली थी।

लैसी सिर हिलाने लगा।

''यकीन नहीं होता। पैराडाइज़ सिटी का कोई जासूस इजाजत के बगैर मेरे इलाके में घुसने की बात सपने में भी नहीं सोच सकता।'' उसकी सर्द निगाहे लेपस्की को घूरने लगी। ''क्या वह ऐसा कर सकता है?''

''लेफ्टिनेंट, मैं किसी का पीछा करता हुआ यहां आया था।'' लेपस्की भावहीन चेहरा लिए बोला-''यही इतनी खास बात नहीं थी, वरना मैं आपको जरूरत इत्तला कर देता।''

''खास बात नहीं थी.......सिर्फ दो लाशाओं का मामला, क्यों, किसे तुम खास बात कहोगे...जब पूरी तबाही मचेगी?''

''इसका यह नतीजा हो या। मैं इस औरत से बातचीत कर रहा था।'' लेपस्की मेई लेंग्ले की लाश की तरफ इशारा करने के लिए रुका, फिर बोला-''एक आदमी झपटकर अंदर आया ओर उसने इसे मार डाला।''

''आदमी? कहां है वह?''

''वह भाग गया।''

''मेरे इलाके में एक सैकिंड ग्रेड डिटेक्टिव लैफ्टिनेंट को हमेशा सर कहकर संबोधित करता है।''

''वह भाग गया सर।''

''भाग गया?'' लैसी की आवाज में छिपे बनावटी आश्चर्य के भाव से लेपस्की चिढ़ उठा। लैसी वीलडमैन की तरफ मुड़ा-''सुना तुमने? एक निर्मम हत्यारा यहां आया, उसने इस औरत को मार दिया, फिर दूसरी औरत को मारा और आराम से यहां से चला गया, जबकि ऐन वक्त पर पैराडाइज सिटी का एक तथाकथित पुलिस ऑफिसर यहां मौजूद था-घटनास्थल पर।''

वीडमैन ने धिक्कार जाहिर करने के लिए चेहरा ऐंठा, मगर उसका चेहरा विलायती सूअरो के जैसा दिख रहा था।

लैसी लेपस्की से मुखातिब हुआ।

''कैसे भाग या वह?''

''एक कार से, सर?''

लैसी मुस्कराया- एक ठंडी मुस्कराहट।

''चलो, ठीक है। सार्जेंट वीडमैन को कार का नम्बर बता दो, हम उसकी तलाश करेंगे। वीडमैन, नमबर लिख लो।''

लेपस्की ने शरीर का बोझ दूसरे पैर पर डाला।

''मैं नम्बर नोट नहीं कर सका, सर। उस वक्त...।''

''ओ. के, ओ. के. तस्वीर खींचने की जरूरत नहीं। अजीब बात है। एक गनमैन यहां आया, उसने दो औरतों का खून किया ओर तुमने उसे कार से भाग जाने दिया-यहां तक कि नम्बर भी नोट किए गैर? यह तो सचमुच रिकार्ड रखने लायक बात है! तुमने क्या बताया था कि तुम कौन-से ग्रेड के हो, लेपस्की?''

''सैकिंड ग्रेड, सर।''

''और भी हैरत की बात है। मैं हमेशा संदेह करता रहा था कि पैराडाइज सिटी पुलिस में सभी घटिया दर्जे के आफीसर होंगे, लेकिन अब मुझे पक्का यकीन हो गया। उसका हुलिया तो बता सकोगे ना?''

''वह पांच फुट पांच इंच लंबा, भारी शरीर वाला ताकतवर आदमी था। और उसके हाथ में एक वाल्डर 7.65 ऑटोमेटिक थी।'' लेपस्की हांफते स्वर में बोला-''उसने चेहरे पर रुमाल बांध रखा था।''

''तुम मुझे अचरज में डाल रहे हो। जब तुमने यह सब देखा तो तुम उस वक्त कहां थे....जमीन में लेटे हुए?''

''यस, सर। जब वह....''

''जब जरूरत होगी, मैं खुद तुमसे पूछ लूंगा।'' लैसी गुर्राया। उसने सिगार का गहरा कश खींचा और मेई लेंग्ले की लाख की ओर इशारा करते हुए बोला-

''इससे तुम्हारा क्या था?''

''मैं बाल्डी रिकार्ड के केस पर काम कर रहा हूं सर। यह लड़की उसकी गर्लफ्रेंड थी।''

लैसी ने सिगार की राख झाड़ी।

''बाल्डी रिकार्ड से हमें क्या मतलब?''

‘‘एसी रिपोर्ट मिली है कि उसका कत्ल हो गया है। कैपटल टैरेल ने मुझे इसकी जांच करने का आदेश दिया है।’’ लेपस्की ने पत्ता फेंका, जो कि कामयाब रहा। लैसी के चेहरे का भाव परिवर्तन तुरंत हो गया।

‘‘कैप्टर टैरेल कैसे हैं?’’ लैसी ने पूछा। उसे याद था कि टैरेल उसके अपनी चीफ का गहरा दोस्त है। उसे यह भी याद आया कि अभी चंद रोज पहने उसके चीफ ने कहा था कि लैसी जरूरत से ज्यादा टांग अड़ाने लगा है और जब चीफ ऐसी टिप्पणी करता है, तो खतरे की बत्ती जल उठती है। उसने सोचा, हो सकता है इस मामले में उसने ज्यादा कठोरता का रुख अपनाया तो कोई हंगामा खड़ा हो जाए। वह ऐसे अनपेक्षित झमेलों से अपने आपको बचाने में काफी होशियार रहता था, इसी वजह से वह अब तक होमीसाइड की लेफ्टिनेंट बना रह सका था।’’

‘‘वह ठीक है, सर।’’

‘‘मुझे हैरानी होती है कि तुम जैसे ऑफीसरों के साथ कैसे ठीक रह सकते हैं।’’

ली◌ेप्स्की इस अपमान को निगल गया ओर कुछ नबोला।

‘‘तो इस लड़की से तुम कौन-सी बात हासिल कर सके, डिटेक्टिव सैकिंड ग्रेड लेपस्की?’’ लैसी ने ढेर सारा धुओं उगलते हुए पूछा।

लेपस्की ने मन ही मन फैसला किया वह इस बारे में कुछ नहीं बताएगा। उसके साथ लैसी ठीक बर्ताव करता तो वह बता भी देता, लेकिन अब नहीं।

‘‘मैं ससे बाल्डी के बारे में सवाल पूछ ही रहा था, कि वह गनमैन आ धमका और उसने इस पर गोली दाग दी।’’

‘‘इसका मतलब तुम कुछ मालूम न कर सके?’’

लेपस्की ने कुछ नहीं कहा। वह नहीं चाहता था कि उसकी झूठी बातें पकड़ जाए।

लैसी न उसकी ओर कड़वी नजर से देखा।

‘‘चल जाओ तुम यहां से।’’ वह बोला - ‘‘अगर फिर कभी तुम्हें इजाजत के बगैर इस इलाके में देखा, तो तुम्हारी खैर नहीं। मेरी नजरों से दूर हो जाओ-भागो!’’

लेपस्की चल दिया। सीढ़ियों से उतरकर वह भीड़ के बीच से रास्ता बनाते हुए अपनी कार की ओर लपका। मन-ही-मन वह भद्दी गालियां बक रहा था। कार के अन्दर बैठकर उसने जोर से दरवाजा बंद कर दिया। गुस्से पर काबू पाने की कोशिश करता हुआ वह कई मिनट तक बैठ रहा, फिर ज्योंही उसने इंजन चालू किया, एक गन्दे-से, लम्बे काले बालों वाले लड़के ने कार की खुली खिड़की से सिर अंदर घुसाया।

‘‘तुम लेपस्की?’’ लेपस्की को घूरते हुए उस लड़ने ने पूछा।

‘‘हां मैं ही हूं! क्या बात है?’’

‘‘ उस लड़की ने कहा था कि अगर मैं उसका संदेश तुम तक पहुंचा दूं तो तुम मुझे एक डालर दोगे।’’ लड़के ने तिरछी नजरों से लेपस्की की ओर देखा, ‘‘है एक डालर?’’

गुस्से से जल-भुनकर लेपस्की ने जोर से अपना पंजा स्टेयरिंग व्हीन पर दे मारा। ‘‘किसने कहा?’’

''एक डालर है तुम्हारे पास?''

''तुम मुझे क्या भिखारी समझ रहे हो?''

''तुम पुलिस वाले हो ना?'' लड़के ने गंदे चेहरे पर मजाक के भाव उभरे, ''पुलिस वालों के पास आमतौर पर पैसा नहीं हो।''

इस कड़वी सच्चाई से लेपस्की को ऐसा धक्का लगेगा कि वह अपना बटुआ निकालकर उसके अंदर झांकने लगा। जब उसने देखा कि अंदर बीस डालर पड़े हैं, तो गुस्से से उसका सिर घूमने लगा।

''मेरे पास एक डालर है, कुतिया की औलाद! किसने कहा था ओर कैसा संदेश?''

लड़का बटुए के अंदर रखी वस्तु को देख चुका था, इसलिए वह थोड़ा संतुष्ट दिखने लगा।

''गोल्डी व्हाइट तुम्हारे साथ बात करना चाहती है। मुझे एक डालर दो फिर मैं उसका पता बता दूंगा।''

''तुमने कैसे सोच लिया कि मैं गोल्डी व्हाइट से बात करने में दिलचस्पी रखता हूं चाहे वह कोई भी क्यों न हो?''

''वह मेई लेंग्ले की सहती है।'' नथुने के अन्दर उंगली घुसेड़ कर खुजलाते हुए लड़का बोला, ''मुझे एक डालर दे रहे हो या नहीं?''

लेपस्की ने लॉबस्टर एंड क्रैब रेस्ट्रा की ओर देखा। लैसी का कोई चिन्ह नहीं देखाई दे रहा था। उसने बटुव से एक डालर का नोट निकाला और उसे हाथ में पकड़कर लड़के की ओर संदेहपूर्ण नजरों से देखा।

''कहां है वह?''

''पहले नोट दे दो।''

''तुम्हें मिल जाएगा। कहां है वह?''

लड़का दूसरा नथुना खुजलाने लगा।

''मेरे बाप का कहना है, पुलिस वालों पर कभी भरोसा नहीं करना चाहिए। मुझे नोट दे दो, वनरा सौदा खत्म।''

लेपस्की की इच्छा हुई कि इस छोकरे का गला घोंट दे लेकिन उसने स्वयं को संभाल लिया। उसने वह नोट छोकरे के हाथ में रख दिया, लेकिन ज्योंही लड़के ने नोट को पकड़ा, लेपस्की ने झट से उसकी कलाई पकड़ ली।

''बताओ, कहां है वह?'' लेपस्की गुर्राया? ''या तुम्हारी कलाई तोड़ दूं।?''

''23ए टार्टल क्रॉल! तीसरी मंजिल।'' कलाई छुड़ाते हुए लड़ ने कहा। उसने होंठो से एक अजीब-सी तीखी-सी असभ्य आवाज निकाली और एक ओर भाग या।

लेपस्की को पता नहीं था कि टार्टल क्रॉल स्ट्रीट किधर है।? सहसा उसको एहसास हुआ कि वे चारों मोबाइल पुलिसमैन संदेहपूर्ण नहरों से उसकी ओर देख रहे हैं। उसने कार आगे बढ़ा दी और भीड़ भाड़ से भरे वाटरफ्रन्ट पर पहुंचा। जब वह उन पुलिसमैन की नजरों

से ओझल हो गया, तो उसने एक औरत के समाने कार रोक दी, जो टार्टल्ज्ज बेच रही थी और उसने उस स्ट्रीअ के बारे मेंपूछा।

''बाईं तरफ, दूसरी।'' उस औरत ने बताया, ''बच्चों के लिए एक टार्टल खरीदने के बारे में क्या ख्याल है?''

''भाड़ में जाए टार्टल...और बच्चे की किसे पड़ी है?'' लनेपस्की दहाड़ा, फिर उसे कार आगे बढ़ा दी।

उसने कार को उन ट्रकों के बीच पार्क कर दिया जो एक बड़ी नौका में से लॉबस्टर ''समुद्री केंकड़ा लाद रहे थे। फिर वह एक तंग -सी सड़क पर तब तक चलता रहा जब तक वह 23ए नम्बर बिल्डिंग के सामने नहीं जा पहुंचा। उसे यकीन था कि अगर लेफ्टिनेंट लैसी को पता चल गया कि वह अभी तक यहां इन्वेस्टिगेट करता फिर रहा , तो वह भारी मुसीबत में पड़ सकता है। लेकिन इस वक्त लेपस्की ऐसे लड़ाकू मूड में था कि उसने परवाह नहीं की।

वह बिल्डिंग की तीसरी मंजिल पर पहुंच गया। उसे इत्र की खुशबू व, उम्दा रसोई की महक महसूस हुई सीढ़ियां चढ़ते वक्त उसने सोचा, इस समय वह एक ऐसे मुहल्ले में मौजूद है जहां धडल्ले से वैश्यावृत्ति की जाती है और जिसे जरूर पुलिस की सुरक्षा मिलती है।

अंततः वह एक दरवाजे के सामने पहुंचा, जिस पर एक कार्ड में लिखा था-

गोल्डी व्हाइट।

मिलने का समय -ग्यारह बजे से एक बजे तक और आठ बजे से ग्यारह बजे तक।

लेपस्की सिर हिलाते हुए सीटी बजाने लगा। उसने घंटी का बटन दबाया। थोड़ी देर के बाद दरवाजा खुल गया।

सामने एक लम्बा, दुबला-पतला आदमी खड़ा था। उसका मुंह पतला था, आंखें चंचल थी और काले बाल सलीके से पीछे की ओर संवारे गए थे। उसने क्रीम कलर का एक शानदार लाइट वेट सूट, आसमानी रंगी की कमीज तथा काली टाई पहन रखी थी।

उसने लपेस्की की ओर देखा, फिर मुस्करा दिया।

''आइए मिस्टर लेपस्की।'' एक तरफ हटते हुए उसने कहा, ''गोल्डी आपके आने की उम्मीद में बैठी है। मैं जैक थॉमस हूं, उसका बिजनेस मैनेजर।''

लेपस्की ने कमरे में अंदर कदम रखा, जहां चार लाउजिंग चेयर, एक टी. वी. सेट रखा हुआ था।

''कहां है वह?'' उसने पूछा। किसी दलाल को देखते ही उसका ब्लडप्रैशर बढ़ने लगता था ओर क्योंकि लैसी के साथ हुई मुलाकात के बाद से उसका ब्लडप्रैशर बढ़ने लग चुका था, लिहाजा इस वक्त वह फट पड़ने को तैयार था।

''वह अभी आ जाएगी।'' थॉमस लापरवाही के साथ बोला। वह लेपस्की की खौफनाक मानसिक स्थिति को नहीं भांप सका था, ''बैठ जाइए, मिस्टर लेपस्की। आप क्या पिएंगे?''

लेपस्की उंगलियां मरोड़ते हुए गहरी-गहरी सांस लेने लगा।

‘‘कहां है वह?’’

‘‘नहीं पिएंगे?’’ थॉमस एक कुर्सी पर धंस गया, ‘‘ओह...हां.... इस समय ड्यूटी पर है, मैं समझता हूं। बैठ जाइए, मिस्टर लेपस्की। वह चाहती थी कि आपसे बात करूं। मैं...’

‘‘कुर्सी पर से खड़े हो जाओ!’’ लेपस्की चिंघाड़ उठा, ‘‘जब मैं खड़ा हूं तो कोई दलाल मेरे सामने कुर्सी पर नहीं बैठ सकता!"

उसकी आवाज का तीखापन और चेहरे के भाव देखकर थॉमस उछलकर खड़ा हो गया। चेहरे की रंगत उड़ गई थी और वह लेपस्की का मुंह ताक रहा था।

‘‘उस वैश्या को बुलाओ?’’ लेपस्की गुर्राया, -‘‘और यहां से दफा हो जाओ! एक मिनट भी तुम्हें यहां देखा तो तुम्हारी खैर नहीं!’’

थॉमस भीतरी कमरे में जाने वाले दरवाजे की ओर घूमा तो दरवाजा खुल गया और एक लड़की बाहर निकल आई। वह दरवाजे की चौखट पर रुककर लेपस्की की ओर देखने लगी, फिर उसने चेहरा थॉमस की ओर घुमाया।

‘‘ओ के., जैक, छोड़ दो। मैं संभाल लूंगी।’’ उसने कहा।

गोल्डी व्हाइट काफी खूबसूरत -सी ब्लौंड युवती थी, जिसे देखकर कोई भी मर्द आकर्षित हो सकता था, जिसने झिझक दूर करने लिए पी रखी हो। वह निश्चित रूप से भ्रष्ट और थी ओर मर्दो को संभालने के मामले में उसे अपने आप पर काफी भरोसा था। वह नारंगी रंग का एक स्वेटर और एक मिनीस्कर्ट पहने हुई थी जिससे उसकी जांघे तक दिखाई दे रही थी। उसकी आंखें बड़ी दिलचस्प थीं।-वे गर्म, सर्द, फौलाद के समान कठोर, अत्यन्त लालची, फिसलने वाली तथा गूंगी-सब कुछ बन सकती थी।

थॉमस लेपस्की के करीब आकर कुछ बुदबुदाने लगा, फिर बाहर चल दिया। उसने अपने पीछे दरवाजा जोर से बंद कर दिया। लेपस्की और वह लड़की काफी देर तक चुपचाप खड़े सीढ़ियों पर से दूर होते उसके कदमों की आहट सुनते रहे।

लेपस्की चलकर दरवाजे के पास पहुंचा, फिर उसने दरवाजे के लॉक को चाबी घुमाकर बन्दर कर दिया। वह दोबारा अवांछित शूटिंग का जोखिम नहीं उठाना चाहता था।

‘‘मुझे तुम्हारा संदेश मिल गया है।’’ वह दरवाजे से हटते हुए बोला, ‘‘इसके लिए मुझे पैसा खर्च करना पड़ा। पैसा मेरे लिए बहुत अहम चीज है। इसलिए बकना शुरू करो और उसकी कीमत अदा करो।’’

गोल्डी नागिन की तरह बल खाती हुई एक कुर्सी की ओर बढ़ी।

‘‘इतनी कठोरता से पेश मत जाओ।’’ वह बोली, ‘‘तुम नहीं जानते, तुम्हारी हरकतें सन् 9145 की मूवी की तरह है?’’

लेपस्की कुटिलता के साथ मुस्कराया।

‘‘यही मेरा काम करने का तरीका है, बेबी। इसकी फिक्र मत करो। सिर्फ यह देखो, तुम्हारे दलाल पर इसका क्या प्रभाव पड़ था।’’

‘‘वह!’’ गोल्डी ने मुंह बिचकाया, ‘‘उसकी ओर तो किसी बच्ची ने भी मुक्का लहराया, तो वह फौरन बेहोश जो हो जाएगा। मुझे उसे कम्बख्त के लिए अफसोस है।

उसकी बात छोड़ो। यहां तुम हो... मैं हूं.. इसलिए आओ, हम दोनों एक-दूसरे को अच्छी तरह जान लें।'' वह बैठ गई, उसने अपने पैर फैला दिए और अत्यन्त सैक्सी निगाहों से लेपस्की को देखा, ''कम ऑन, कठोर पुलिसमैन। बिजनेस की बातों से पहले, मुझे मसल डालो।''

''यह तो बड़ी मौज-मस्ती रहेगी।'' लेपस्की ने कहा।

वह आगे बढ़कर गोल्डी के सामने खड़ा हो गया। ज्योंही गोल्डी अपना स्वेटर उतारने लगी, उसे अपना हाथ लहराया और गोल्डी के दाएं गाल पर एक झन्नाटेदार तमाचा जड़ दिया।

गोल्डी पीछे की ओर लहराई, उसका सिर कुर्सी की पुश्त से टकराया। उसे अपना सन्तुलन संभाला और उसके चेहरे पर खूंखार गुर्राहट फैलने गली।

''तुम साले सड़ियल, कमीने....'' वह चिल्लाने लगी तो लेपस्की ने दोबारा जबरदस्त तमाचा मारा ओर उसका सिर फिर से पीछे की तरफ लहराया।

लेपस्की ने उसे घूरकर देखा, फिर दूसरी तरफ चला गया।

''सुनो बेबी, मैं किसी रंडी से कभी कुछ नहीं लेता। मैं तो तुम्हें छूना भी पसंद नहीं करता। मैं जल्दी में हूं और एक डालर खर्च कर चुका हूं। इसलिए सीधी होकर बैठो और जल्दी-जल्दी बाताओ और 1945 मूवी की रंडियो की जैसी हरकते बन्द करो।'' वह अचानक मुस्कराया, ''और यह याद रखो, तुम एक ऐसे पुलिसमैन से बातें कर रही हो जो तुमसे बेहतर जानवर है, लेकिन बहुत ज्यादा नहीं।''

गोल्डी ने अपना गाल सहलाते हुए गहरी सांस छोड़ी ओर लेपस्की को घूरने लगी, फिर उसकी आंखों से क्रोध के चिन्ह धीरे-धीरे गायब होने लगे।

''ठीक है। मुझे एक सिगरेट दो।'' वह बोली।

''नहीं मिलेगा। पहले बताओ...मुझे यहां से जल्दी जाना है।''

गोल्डी ने टेबल पर रखे सिगरेट के पैकेट से एक सिगरेट निकालकर होंठो में दबाया और आग के लिए लेपस्की की ओर ताका, फिर यह देखकर कि वह आग नहीं देने वाला, खुद माचिस जलाने लगी।

''जैक अपना बोट वापस चाहता है।'' उसे कहा, ''मैंने उसे बताया कि अगर कोई बोट वापस ला सकता है तो सिर्फ तुम हो।''

लेपस्की ने अपने पैकिट से एक सिगरेट निकाली। इसे सुलगाने के बाद वह सिर झटकाने लगा।

''ऐसे बात नहीं बनेगी। जो कुछ कहना हो शुरू से कहो और जल्दी। मुझे तुम्हारे साथ यहां व्यर्थ समय नष्ट करने से ज्यादा जरूरी दूसरे काम करने हैं।''

''बाल्डी रिकार्ड ने जैक से बोट किराये पर लिया था। अब वह गायब हो गया है। जैक के पास सामानों का ढेर लग गया है। उसे बोट वापस चाहिए।''

''उसने बाल्डी को बोट कब दिया था?''

‘‘दो महीने पहले... 24 मार्च को।’’

‘‘किसलिए?’’

‘‘मतलब? उसने किराए पर लिया था। अब सुनने में आ रहा है कि बाल्डी मर चुका है। जैक को बोट वापस मिलना ही चाहिए-उसका इसमें सारा पैसा लगा हुआ है

‘‘मैं पूछता हूं-उसे बाल्डी को बोट किसलिए दिया था?’’

गोल्डी हिचकिचाई, फिर बोली, ‘‘बाल्डी ने जैक को पांच सौ डॉलर दिए थे। इतने पैसों के लिए वह कुछ भी किराये पर दे सकता है। मैंने उसे समझाने की कोशिश की थी, लेकिन उसने एक न सुनी। क्या तुम सिर्फ सवाल ही पूछते रहोगे?

लेपस्की ने होंठो पर सिगरेट इधर उधर हिलाया ओर आंखें भींचकर गोल्डी की ओर देखा।

‘‘बाल्डी की बोट की जरूरत किसलिए थी?’’

‘‘वह किसी सफर पर निकलने वाला था।’’

‘‘कैसा सफर ओर कहां का?’’

गोल्डी फिर झिझक उठी।

‘‘तुम पुलिस वाले! मैं तो तुम लोगों से विरक्त हो जाती हूं! हमेशा सिर्फ सवाल करते हो.... कोई एक्शन नहीं। जानना जरूर है.... तो, हवाना। उसने कहा था कि वह तीन हफ्ते में लौट आएगा, लेकिन अब आठ हफ्ते हो चुके हैं। हमें पता चला है कि वह पिछले मंगलवार को पैराडाइज सिटी में था ओर वह हमसे मिलने तक नहीं आया। अब सुनते हैं-वह मर चुका है।’’ कुछ देर रुककर वह फिर बोली, ‘‘जैक को सिर्फ बोट की ही फिक्र नहीं, जैसी और हान्स के लिए भी चिन्तित है।’’

लेपस्की ने उंगलियों से बाल सहलाए।

‘‘जैसी और हान्स? कौन है ये?

‘‘क्रियू, बेवकूफ! क्या तुम सोचते हो कि बाल्डी अकेलें बोट को वहाँ ले जा सकता है?"

लेपस्की ने लम्बी सांस खींची।

‘‘तुम्हारे कहने का मतलब, बोट के साथ क्रियू भी गायब हो गए है?’’

‘‘तो तुम क्या समझ रहे थे?...हां।’’ गोल्डी स्वेटर के नी ेचे पसलियां खुजलाते हुए बोली।

‘‘यदि दो आदमी आठ हफ्तों से गायब हैं और किसी ने इसकी रिपोर्ट नहीं की? यही बात है ना?’’

गोल्डी ने कंधे उचका दिए।

‘‘दोनों होमो थे। उनकी किसे पड़ी है?’’

‘‘लेकिन थॉमस तो पुलिस के पास नहीं गया? उसे अब क्यों उनकी फिक्र हो रही है?

गोल्डी स्वेटर के अन्दर ओर गहरे हाथ डालकर खुजाने लगी।

''उसे उनकी इतनी फिक्र नहीं है। वह तो अपने बोट के लिए चिंतित है।''

''उसने इन सबकी रिपोर्ट क्यों नहीं की?''?

''क्या तुम इतने अहमक हो?'' वह लेपस्की को अचरज भरी निगाहों से देखने लगी, ''मान लो, जैक ने पुलिस की रिपोर्ट की। उसने उन्हें बताया कि उसका बोट गायब है और जेसी और हान्स भी गाायब है तो पुलिस कम्बख्त क्या करेगी? क्या वह बोट की तलाश शुरू करा देगी? जेसी और हान्स को ढूंढ निकालेगी? यह तो हंसने वाली बात है वे तो जैक की बांह मरोड़कर यह जानना चाहेंगे कि उसे बोट खरीदने के लिए पैसा कहां से मिला।''

लेपस्की जानता था कि यह बात सच है।

''तो तुम मुझसे क्या उम्मीद कर रही हो...मैं भी पुलिस ऑफिसर हूं।''

''ओह श्यौर, लेकिन अपने इलाके से बाहर हो। इसलिए मैंने जैक को बताया था कि शायद तुम उसे झमेले में फंसाए बगैर उसके बोट के लिए कुढ कर सको।''

लेपस्की ने यह बात अपने दिमाग में बिठाई। उसे लगा, गोल्डी बहुत कुछ जानती है। उसने अपनी नोटबुक निकाली।

''मुझे बोट का विवरण दो।''

''यह चालीस फीट लम्बा लांच था। सफेद रंग से पेंट किया हुआ। काकपिट में लाल रंग पेंट किया था। इसका नाम ओर पोर्ट लाल रंग से लिखा गया था-ग्लोरिया सैंकिंड, स्वरो बीच।''

''यह कैसे चलता था।''?

''डबल डीजल इंजन से।''

लेपस्की की भौंहें तन गई।

''क्रियु के बारे में बताओ।''

''हान्स लार्सन-लम्बा, ब्लोंड, पच्चीस साल का डेनमार्क निवासी था। जेसी स्मिथ-छोटा-सा, दुबला-पतला, पिचकी नाक, एक नीग्रो था।''

लेपस्की ने विवरणों को पढ़ा और फिर गोल्डी की ओर देखा।

''बाल्डी किससे डरा हुआ था?''

''हरर चीज से....हर किसी से।''

लेपस्की दूसरी सिगरेट सुलगाने के लिए रुका, फिर पुलिसिया आवाज में बोला-''मेरे सामने सलीके से पेश आओ, वरना तुम्हें भेड़िए के आगे डाल दूंगा। बोलती रहो, तो हम दोनों दोस्त हैं। गड़बड़ी शुरू की, तो जेल के सींखचों में डाल दी जाओगी।''

गोल्डी का मुंह उपहासपूर्ण भाव से मुड़ गया।

''भूलो मत लेपस्की! तुम गैर इलाके में हो। तुम मुझे अन्दर करने का साहस नहीं कर सकते। लैसी तुम्हारी ऐसी की तैसी कर देगा।''

लेपस्की ने सोचा, ऐसा सम्भव था। वह पेंसिल से नाक सहलाने लगा।

‘‘बहस मत करो।’’ वह बोला-‘‘बाल्डी भयभीत था। सभी लोगों ने मुझे बताया कि वह घबराया हुआ था। अगर तुम चाहती हो कि मैं बोट को ढूंढ निकालूं, तो यह जानना मेरे लिए जरूरी है कि कौन उसे डरा रहा था। यह सीधी-सी बात है।’’

‘‘मैं नहीं जानती। जैक को भी नहीं मालूम। हां, बाल्डी भयभीत था। उसने एक बड़ काम में हाथ मारा था ओर वह काम बहुत ही बड़ा था।’’

‘‘तुम्हें कैसे मालूम?’’

‘‘उसने कहा था। उसके अनुसार यह उसका अब तक का सबसे बड़ा काम था।’’

‘‘यह मुझे मालूम है।’’ लेपस्की बेचैनी से बोला-‘‘वह काम क्या था?’’

‘‘हमने उससे नहीं पूछा।’’

लेपस्की को लगा वह सच बोल रही है।

‘‘पंद्रह मिनट पहले एक गनमैन मेई लेंग्ले के कमरे में आया ओर उसने उसकी खोपड़ी में गोली मार दी।’’ उसने कहा - ‘‘तुम्हें यह मालूम है, नहीं?’’

‘‘हा। जिस ढंग से मैं और जैक रहते हैं, उसमें हमें हर घटना की जानकारी रखनी पड़ती है...कभी-कभी तो घटने से भी पहले।’’ गोल्डी अब इत्मीनान से बोल रही थी, मगर उसकी आंखें परेशान लग रही थी। ‘‘हमारे एक दोस्त ने खबर दी थी।’’

‘‘और अगर मेई को शूनट न कर दिया गया होता, तो तुम इस वक्त अपने होंठ नहीं फड़फड़ा न रही होतीं?’’

गोल्डी ने दूसरी सिगरेट सुलगाई। लेपस्की ने देखा, उसके हाथ स्थिर नहीं थे।

‘‘यह बहुत खराब बात है।’’ वह बोली-‘‘कोई मुंह बन्द करता फिर रहा है।’’ जब से लेपस्की इस कमरे में आया था, वह पहली बार देख रहा था कि गोल्डी अपना भरोसा खो रही थी। उसकी आंखों में खौफ के भाव तैरने लगे थे। ‘‘तुम हमारे लिए क्या कर रहे हो लपेस्की?’’

‘‘जो कुछ तुमने अब तक मुझे बताया है, उसके हिसाब से तो कुछ भी नहीं।’’ लेपस्की बोला-‘‘थोड़ा दिमाग खपाओ, बेबी, अगर तुम उस आदमी के बारे में कुछ प्रकाश नहीं डालती, जिससे बाल्डी भयभीत था और जिसने मेई को शूट कर दिया था, तो मैं क्या कर सकता हूं?’’

‘‘अगर मुझे मालूम होता, तो मैं जरूर बता देती। मुझे कुछ नहीं मालूम।’’

लेपस्की ने महसूस किया कि वह बहुत देर तक रुका है। लैसी के इलाके में एक मिनट भी अधिक ठहरना अपनी ही विपत्ति को बुलावा देना है। वह उठ खड़ा हो गया।

‘‘मैं तुम्हें बताता हूं। गोली का शिकार बनने से पहले मेई ने मुझे बताया था कि बाल्डी द्वारा किराए पर लिया गया बोट डूब गया है। यह बिल्कुल तुम्हारे और मेरे बीच की बात है। मुझे नहीं मालूम यह बात वह कैसे जानती थी। मुझे मालूम करने का वक्त भी नहीं मिला था, लेकिन उसका कहना था कि बोट डूब गया है। किसी ने गोली से उसमें सूराख कर दिया था।’’ उसने गोल्डी को उद्विग्न होते देखा।‘‘इस बात का पता लगाने का काम तुम शुरू कर

दो कि किसने बोट पर गोली मार दी थी। जैक से भी कहा, इसमें दिमाग खपाए....अगर उसकी खोपड़ी में दिमाग है तो फिर गिर तुम्हें कुछ सुराग मिल जाए, तो हैडक्वाटर्स में मुझसे सम्पर्क करना।''

''तुम्हारा मतलब, तुम्हें शुरू से मालूम था कि जैक का बोट डूब गया था?'' गोल्डी चीख उठी।

''मुझ पर चीखो मत, बेबी। अगर तुम और जैक कोई आइडिया हासिल नहीं कर सके, तो तुम दानों सहायक के तौर पर अंदर कर दिए जाओगे!''

गोल्डी को वहीं छोड़ लेपस्की कमरे से निकला, सीढ़ियां उतरकर अपनी कार के पास पहुंचा ओर तेज रफ्तार से वापस पैराडाइज सिटी लौटने लगा।

7

चार्ली और माईक की मदद से हैरी ने मूंगे की चट्टान पर सीमेंट के दो फुटे-साकेट निर्माण करने का काम खत्म किया। सीमोंट को वे एक डोंगी में लादकर चट्टान तक ले आए थे। इन सांकेटों पर हाई डाइव बोर्ड के हत्थे लगने थे।

''ओ. के. ब्वायज!'' अपने काम का निरीक्षण कर चुकने के बाद हैरी ने कहा-''आज का काम बिलकुल ठीक-ठाक सैट हो गया है। कल हम हत्थे को खड़ा करेंगे।''

इस समय ग्यारह बज चुके थे और धूप काफी तेज थी। हैरी ने दोनों नीग्रो को डोंगी पर वापस भेज दिया और खुद समुद्र में तैरते हुए किनारे की ओर बढ़ने लगा। समुद्र के गुनगुने पानी में उसके जिस्म का सारा पसीना धुल गया। चट्टान में काम करते वह पसीने से नहा गया था।

धूप-छतरियों के बीच से वह जब बॉर की ओर लपका तो वहां सिर्फ चार या पांच सूर्य-स्नान करने वाले लेटे हुए थे। हैरी का गला सूखकर बर्फ से ठन्डे कोक के लिए दुखा जा रहा था।

स्टूल पर बैठते ही बारमैन जोए ने हैरी को सामने कोक रख दिया।

''मैंने आपको वहां काम करते हुए देखा था, मिस्टर हैरी।'' जोए बोला-''बड़ी गर्मी है। नहीं?''

हैरी ने कोक का गिलास खाली कर दिया ओर खाली गिलास उसकी ओर बढ़ा दिया।

''हां, बहुत। दूसरा दो, जोए। सोलो वापस लौट आया?''

''अभी नहीं।'' दूसरा कोक देते हुए जोए ने कहा- ''मिस्टर हैरी...''

हैरी ने गिलास उठाया, फिर प्रश्नसूचक दृष्टि से उस लंबे तगड़े नीग्रो की ओर देखा।

''क्या बात है जोए?''

जोए ने बेचैनी से पहलू बदला। उसने सुनसान बार के चारों ओर निगाह घुमाई, फिर खुली खिड़की से बाहर कार पार्क की ओर देखा, फिर हैरी की ओर।

''एक बार मैंने भी ओलम्पिक में लांग जम्प का रजत पदक जीता था, मिस्टर हैरी।''

हैरी हैरानी के साथ मुस्कराया।

''अच्छा? बधाई है जोए।''

''तो मैं समझता हूं हम दोनों में कुछ समानता है मिस्टर हैरी।''

''मिस्टर को मारो गोली। ऑफ कोर्स, हममें काफी समानता है।''

जोए ने सिर हिलाया।

''काफी नहीं, लेकिन ऑलंपिक वाली बात में विशेषता है।''

''जरूर'' हैरी उलझन में पड़ गया था, उसने खोजपूर्ण नजरों से जोए का काका। ''क्या तुम्हारे दिमाग में कोई बात है, जोए?''

''आप ऐसा कह सकते हैं।'' जोए ने फिर से खिड़की से बाहर देखा, फिर आगे की ओर झुककर धीरे-से बोला-''बेहतर है आप यहां से चले जाएं, मिस्टर हैरी। यहां रहना ठीक नहीं।''

जोए परेशान नजरों से उसकी ओर देख रहा था।

''इसका क्या मतलब हुआ?'' हैरी ने पूछा।

''इसे एक दोस्त की चेतावनी समझिए। सामान बांधिए और फूट जाइए। मेरी और रैंडी के सिवा आपका यहां कोई दोस्त नहीं है, मि. हैरी। मेराम मतलब....कोई दोस्त नहीं और आपके लिए मुसीबत पैदा होने वाली है।''

''कम ऑन, जोए! अगर तुम्हें कुछ मालूम है, तो मुझे बताओ।'' हैरी बोला, उसकी आवाज में थोड़ी बेचैनी झलक रही थी।

''मिस्टर सोलो मेरे बॉस है। अपनी जीविका के लिए मैं उनका कर्जदार हूं।'' जोऐ बोला- रुका, फिर आगे कहने लगा-''किसी ने कभी पहने उन्हें ऐसी करारी मात नहीं दी थी और मिस्टर सोलो बहुत ही खतरनाक आदमी हैं। इतनी ही बात है, मिस्टर हैरी। बस, सिर्फ जल्दी से जल्दी यहां से निकल जाइए और मेरे व रैंडी के अलावा किसी पर भरोसा मत कीजिए।'' जोए बार के दूसरे सिरपे पर चला गया और दोपहर के बाद की भीड़े के लिए कैनेपीज तैयार करने में जुट गया।

हैरी हिचकिचाया, फिर यह देखकर कि इस नीग्रो से और कोई जानकारी नहीं मिल सकती, उसे ड्रिंक खत्म किया और बार से निकल गया। वह सीधे अपने केबिन की ओर लपका, तो रैंडी अपने केबिन के बाहर प्रकट हुआ। उसकी ओर देखकर रैंडी ने उसे अपने पास आने का इशारा किया और अपने केबिन में घुस गया।

हैरी उसके पास जा पहुंचा।

''दरवाजा बन्द कर दो।'' रैंडी की आवाज कांप रही थी-''इसे देख है?'' उसने टेबल की ऊपर फैले अखबार की ओर इशारा किया।

दरवाजा बन्द करके हैरी टेबल के करीब आया और झुककर अखबार देखने लगा।

उसमें बाल्डी रिकार्ड की एक तस्वीर छपी थी। नीचे लिखा हुआ था'

मुर्दा पाया गया।

क्या आपने इस आदमी को देख था?

हैरी को अन्दर से एक धक्का-सा लगा। वह एक कुर्सी खींचकर बैठ गया और अखबार में छपी संक्षिप्त टिपपणी पढ़ने लगा, जिसमें पिछले रविवार का विवरण था कि पुलिस, सूचनाओं के आधार पर हैटलिंग फोव गई थी, जो एक माशहूर पिकनिक-स्पॉट है। वहां उसे रेत के एक टील में दबी एक आदमी की लाश मिली। यह स्पष्ट रूप से जाहिर था कि उसकी मौत हार्ट अटैक होने की वजह से हुई थी, लेकिन इस बात के भी सबूत मिल हैं कि उसे मरने से पहले बुरी तरह टार्चर किया गया था। नोट में आगे लिखा हुआ-

ऐसा विश्वास किया जात है कि यह आदमी बाल्डी रिकार्ड नामक अपराध था। बहरहाल, जिस किसी ने इस आदमी को 10 और 11 मई के बीच देखा हो, उसे सूचित किया जाता है कि वह अविलम्ब पुलिस हैडक्वाटर्स, पैराडाइज सिटी 00099 पर सम्पर्क करे।

हैरी ने नजरें उठाकर रैंडी की ओर देखा, जो भयभीत आंखों से उसे घूर रहा था। काफी देत तक चुप्पी छाई रही। फिर हैरी ने कैमल का पैकेट निकाला ओर उसे ऑफर किया।

रैंडी इनकार में सिर हिलाने लगा।

''क्या तुम समझते हो कि वे हमं पकड़ सकेंगे हैरी?

हैरी ने एक सिगरेट सुलगाई।

''अगर हम खुशकिस्मत रहे, तो नहीं। उन्होंने मस्टांग को बरामद नहीं किया ओर अगर यह कार बरामद हुई, तो बेशक हमारी शामत आ सकती है।''

''तुम्हारे ख्याल में क्या किसी ने हमें मस्टांग में देखा था?''

''ऐसी सम्भावना तो हमेशा रहती है।'' हैरी कई क्षणों तक सोचता रहा। ''आखिर लाश को उन्होंने कैसे बरामद कर लिया?'' वह यूं बोला, जैसे खुद से बात कर रहा हो। ''घबराओ मत रैंडी। ठीक इस घड़ी तक हमने कुछ नहीं किया है। दृढ़ होकर रहो। अब हमें काम पर लौट जाना चाहिए।'' वह उठ खड़ा हो गया।

''मैं यहां से भाग जाऊंगा।'' रैंडी बोला, उसकी आंखें अन्दरूनी दहशत की चुगली खा रही थी। ''में लास एंजलिस चला जाऊँगा। वह मेरा एक चचेरा भाई रहता है।''

''इससे तुम्हें क्या फायदा होगा?'' अपनी बेचैनी को मुश्किल से दबाते हुए हैरी ने कहा - ''अगर पुलिस को तुम्हारी जरूरत हुई, तो वह कहीं से भी तुम्हें ढूंढ निकालेगी। तुम हमेशा के लिए उनसे नहीं छिप सकते। दिमाग से काम लो, क्या तुम नहीं समझ सकते कि झूठ पर अड़े रहने में ही हमारी खैर है? माना कि किसी ने पुलिस को जाकर यह बताया कि उसके विचार में उसने हमें मस्टांग के साथ देखा था-रकसैक बैग के साथ एक लम्ब आदमी को और लम्बे बाल तथा गिटार वाले एक छोटे आदमी को, लेकिन सोचो... यहां आते समय हाईवे में तुमने ऐसे हुलिए वाले कितने आदमियों को देखा था? दर्जन भर? या सैंकड़ों? अगर हमारी बदकिस्मती से पुलिस यहां आती है और हमेसे पूछताछ शुरू करती है, तो हमारा रवैया होना चाहिए कि हम इस बारे में कुछ भी नहीं जानते। हम यहां लिफ्ट मांगते हुए पहुंचे

थे। इस मस्टांग के बारे में कुछ नहीं जानते और न ही बाल्डी रिकार्ड के बारे में। वे हमें कभी फंसा नहीं सकते, बशर्ते हममें से कोई दोनों टूट न जाएं।'' उसने सीधे रैंडी की आंखों में घूरा। ''मैं नहीं टूट रहा हूं... लिहाजा, सब तुम्हारे भरोसे है।''

रैंडी सूखे होंठ चाटने लगा।

''यह तो तुम्हारे लिए ठीक है। तुम क्लियर हो, लेकिन मैंने तो ड्राफ्ट में धोखेबाजी की है।''

''तो क्या हुआ? इस जुर्म में पकड़े भी जाओगे तो इसमें फर्क नहीं पड़ता। बात तो तब बिगड़ेगी, जब तुम खून के मामले में फंस जाओगे- है या नहीं?''

रैंडी काफी देत तक बेचैनी के साथ सोचता रहा, फिर सहमतिसूचक सिर हिलाने लगा।

''हां..बात तो ठीक ही है।''

''फिर तो, चलो। ऐसा दिखना बन्द करो, जैसे कयामत सिर पर आ गई हो। चलो, अब काम पर लौटें।'' हैरी अखबार को तह करके कूड़ेदान में डालने के लिए रुका, फिर बाहर धूप में निकल आया।

रैंडी अनमने भाव से उसके पीछे-पीछे चलने लगा। दोनों पगडंडी से चलकर बार के दरवाजे पर पहुंचे, तो अचानक हैरी ने रैंडी की बांह पकड़ी ओर उसे खींचकर ओट में ले आया, क्योंकि उसने देखा, वहीं सफेद मर्सिडीज कार पार्क में घुस रही थी।

ड्राइविंग व्हील पर एक भद्दा-सा मजबूत आदमी बैठा था, उसके मोटे गोल चेहरे का रंग सांवला था, आंखें छोटी-छोटी, काली व चमकीली थी और मुंह पतला। उसने पनामा हैट पहन रखा था, जिसे उसने आगे की ओर खिसका रखा था। जिसके जिस्म पर पुराना वाटल ग्रीन सूट था। मिसेज कार्लोस पैसेन्जर सीट पर थी, उसके चेहरे का आधा हिस्सा सन-गॉगल्स में छिपा हुआ था।

उस भद्दे आदमी ने कार रोक दी, बाहर निकला और भागते हुए कार के दूसरी तरफ आकर ऑफ-साईड दरवाजा खोलने लगा। मिसेज कार्लोस कार से बाहर निकली। वह सफेद कपड़े तथा चप्पल पहने हुई थी। भद्दे आदमी ने उसके हाथ में उसका बैग थमा दिया, हैट उतार कर झुका, फिर कार के बैठकर वापस चला गया।

मिसेज कार्लोस बीच की ओर चलने लगी।

''वह मोटा आदमी कौन था?'' हैरी ने पूछा।

''फार्नान्डो, उसका शोफर। रैंडी ने उसे बता दिया।

''उसे कभी लाल-सफेद रंग की शेवर्ले चलाते देखा है?''

रैंडी ने उसकी ओर देखा।

''वह उसकी अपनी कार है। वह उसे कभी-कभी चलाता है जब उसके पास मिसेज कार्लोस के लिए संदेश हो। इस सवाल का मतलब?''

हैरी उस लाल-सफेद शेवर्ले को याद कर रहा था, जिसने बाल्डी का सूटकेस निकालने के बाद एयरपोर्ट से उसका पीछा किया था। उसे पक्का यकीन हो रहा था कि यह आदमी फर्नान्डो ही उसका ड्राइवर था।

''तुम उसके बारे में क्या जानते हो, रैंडी? यह जरूरी है।''

''कुछ ज्यादा नहीं। वह कार्लोस के यहां डेढ़-दो साल से काम कर रहा है। वह सोलो का दोस्त है। जब वह ड्यूटी से फारिग होता है तो वह यहां आता है और वे शाम के वक्त ताश खेलते हैं। क्यों, क्या बात है?''

''मैं यही जानना चाहता था।'' हैरी बोला-उसका दिमाग व्यस्त था। ओ.के. रैंड, घबराओ मत...फिर मिलेंगे। रैंडी को छोड़कर वह बीच की ओर चल दिया।

नीना के करीब से गुरा, जो धूप में बैठी रेस्ट्रां की पिछली रात की आमदनी का हिसाब कर रही थी। उसने सिर उठाकर हैरी की ओर देखा, लेकिन हैरी न उसे अनदेखा कर दिया। कनखियों से उसने बरामदे में खड़े मैनुअल को देख लिया था, जो उसे ही घूर रहा था। वह जान-बूझकर मिसेज कार्लोस के करीब से गुजरा, जिसने उसे देखते ही बुला लिया।

''हेय हैरी!''

हैरी उसके नजदीक जा पहुंचा। वह एक छतरी के नीचे एक मैट्रेस पर लेटी हुई थी।

''वहां क्या हो रहा है?'' उसने मूंगे की चट्टान की ओर इशारा किया। ''क्या किसी चीज की नींव रखी जा रही है?''

''हां। हम वहां एक हाई डाइव बोर्ड बना रहे हैं। सोलो का विचार है कि ऐसे मौसम के लिए हमारे पास एक डाइव बोर्ड होना जरूरी है।'' हैरी को अहसास हुआ कि उसकी आंखें उसके मजबूत व सुगठित शरीर पर रेंग ही है।

हैरी उसकी ओर देखते हुए कल्पना करने लगा कि वह कैसे मस्टांग से बाहर निकली थी, आंखों में चमकहीन गॉगल्स, स्कार्फ में छिपे बाल जो एक सूती शर्त के अन्दर खोंसा गया था, उसे हैरत हो रही थी कि इतनी दौलत व ऐसी पृष्ठभूमि वाली इस औरत को क्या पड़ी थी कि वह रिकार्ड जैसे शख्स के चक्कर में फंसे।

वह कुछ कह रही थी, जिसे हैरी नहीं सुन सका।

''आई एम सॉरी, मिसेज कार्लो...क्या कहा आपने?''

''मैंने कहा, सुना है कि तुम बहुत अच्छे ड्राइवर हो? सोलो ने बताया था कि तुमने मेडल भी जीता है?''

''ओह श्योर।--

वह फिर उसका अध्ययन करने लगी।

''डाइविंग बोर्ड कब तक तैयार हो जाएगा?''

''दो हफ्ते से भी कम समय में।''

''काफी दिन ठहरने का विचार है, हैरी?''

''दो महीने। न्यूयार्क में मेरे लिए नौकरी तैयार है।''

''किस किस्म की नौकरी।''

''एक नौकरी, मिसेज कार्लोस।''

वह मुस्कराई।

''मैं नहीं पूछ सकती?''

हैरी ने कुछ नहीं कहा। उसने उस पर से नजरें हटाकर उस ओर देखा, जहां तीन किशोरियां गेंद खेल रही थी।

''मैंने इसलिए पूछा, क्योंकि मैं सोच रही थी शायद तुम यही बस जाना चाहो, हैरी।''

हैरी ने फिर उसकी ओर देखा।

''क्या कहा, मिसेज कार्लोस?''

वह फिर मुस्कराई।

''मैं चाहती हूं थोड़ा ध्यान देकर सुनो। मेरा शोफर बनने के बारे में क्या ख्याल है?''

''आपके पास तो पहले से ही एक शोफर मौजूद है, मिसेज कार्लोस।''

''वह नहीं रहेगा...मैं उसकी छुट्टी करे दे रही हूं। काम बहुत आसान है। तुम्हें दो कारो की देखभाल करी होगी। मुझे बीच तक पहुंचाना होगा और वापस ले जाना होगा, जब मेरा हसबैंड व्यस्त होगा तो मुझे रात के वक्त बाहर ले जाना होगा। दो कमरों का एक अपार्टमेंट और एक सौ पचास डालर प्रति सप्ताह मिलेगा। इसे पसंद करोगे?''

''मैं यहां दो महीने के लिए हूं, मिसे कार्लोस। मैं सोलो को बीच में धोखा नहीं दे सकता।''

''मैं उसे धोखा देने को नहीं कह रही हूं।'' उसकी आवा में अब चिड़चिड़ापन झलकने लगा था। ''मैं पूछ रही हूं कि तुम्हें यह काम पसंद है या नहीं। मैं इन्तजार कर सकती हूं। मैं फर्नान्डो को किसी भी वक्त निकाल सकती हूं। क्या तुम यह चाहते हो?''

''सुनने में में तो अच्छा लगता है, मिसेज कार्लोस। क्या मुझे इस बारे में सोचने का मौका नहीं मिलेगा?''

हैरी को फिर लगा कि वह गॉगल्स के पीसे से उसके जिस्म में टटोल रही है।

''मंजूर के लिए मन को तैयार करने की मदद लेने कल दोपहर के बाद मेरे यहां आ जाओ।'' वह मुस्कराते हुए बोली। ''मेरा हैसबैंड मियामी में होगा, लेकिन इस बात से कोई फर्क नहीं पड़ता। तुम्हें मालूम है हम कहा रहते हैं?''

''हां मालूम है। मुझे अफसोस है, कल के लिए मेरी दूसरी जगह डेट है। अगले इतवार को कैसा रहेगा?''

हैरी ने देखा, उसके गले की मांसपेशियां अकड़ने लगी थी और उसका चेहरा विकृत बनने लगा था।

''मैं कहती हूं कल दोपहर के बाद, हैरी!''

''मैंने कहा, मुझे अफसोस है। कल मेरी डेट है।''

उस औरत की मुट्ठियां भिंच गई।

''क्या मुझे विस्तार से बताना होगा, बेवकूफ!'' वह धीमी लेकिन खूंखार आवाज में बोली। ''मैं तुम्हें कल दोपहर के बाद अपने यहां चाहती हूं। तुम्हें अच्छे पैसे मिल जाएंगे...तीन सौ डालर! मुझे बताओ मत कि दूसरी औरतों ने भी तुम्हें पहले ऐसी फीस नहीं दी है!''

हैरी ने उसकी ओर देखा, फिर रेतीले तट से परे समुद्र की ओर।

''लगता है उन छोकरियों में से एक किसी कठिनाई में पड़ गई है।'' वह बोला-''मुझे माफ कर दीजिए, मिसेज कार्लोस।''

वह उन तीन किशोरियों की ओर चल दिया जिनमें से एक पानी में थी और चुहलबाजी कर रही थी।

ज्योंही लेपस्की चीफ ऑफ पुलिस कैप्टन टैरेल के दफ्तर में दाखिल हुआ, वहां अत्यंत अशूभसूचक सन्नाटा छाया हुआ था।

टैरेल अपनी डैस्क पर बैठा हुआ था। उसके दाईं तरफ सार्जेन्ट बिगलर बैठा था। सार्जेन्ट हैसे गमगीन चेहरा लिए खिड़की के पास खड़ा था।

तीनों आदमियों ने उसे खा जाने वाली नजरों से घूरा। उसने रुककर दरवाजे को यूं बंद किया जैसे वह अण्डे के छिलके का बना हो, फिर वह टैरेल की डैस्क के सामने खड़ा होकर प्रतीक्षा करने लगा।

लम्बी चुप्पी के बाद टैरेल बोला-''आखिर तुम क्या समझते हो और तुम क्या-क्या करते फिर रहे थे? लेफ्टिनेंट लेसी ने मेरे पास एक अभियोग भेजा है। वह तुम्हारे विरुद्ध रिपोर्ट भेज रहा है। उसकी कही बातें अगर आधी भी सच हुई, तो तुम भारी मुसीबत में पड़ जाओगे।''

लेपस्की को पहले से ही उसकी आशंका थी, इसलिए वह बचाव की तैयारी किए हुए था। हालांकि उसके माथे पर पसीना चुचुहा रहा था, लेकिन उसने घबराए बिना टैरेल की क्रुद्ध आंखों से आंखें मिलाई।

''चीफ, मैं जानता हूं, मैंने गलती की है।'' वह बोला- ''मुझे मालूम है, मैं आपके इलाके से बाहर चला गया था। लेकिन जब लैफ्टिनेंट लैसी ने हमें इस तट की सबसे घटिया व नीच पुलिस फोर्स कहा, तो मैं यह बात नहीं निगल सका। इसलिए मैंने उसके साथ सहयोग नहीं किया और उसका पारा चढ़ गया, इसलिए मेरे खिलाफ रिपोर्ट दर्ज करा रहा है।''

यह देखकर लेपस्की को तनिक राहत-सी महसूस हुई कि टैरेल, बिगलर और हैस तीनों के चेहरे कठोर पड़ गए थे और खून का प्रवाह तेज होने लगा था।?

''सबसे घटिया और नीच पुलिस फोर्स!'' बिगलर गुर्राया। ''क्या उस नामुराद कंजूस की औलाद ने ऐसा कहा?''

''ऐसा ही कहा था।'' चेहरे पर दयनीयता दर्शाते हुए लेपस्की ने कहा।

''वह नपुंसक!'-' हैस गरज उठा। ''खुद को डिटेक्टिव समझता है! पाखने से खुद को ढूंढ निकालने की काबलियत नहीं!''

''ठीक है।'' टैरेल तुरन्त बोला-''विचार प्रकट करने के लिए सभी स्वतंत्र है। लैफ्टिनेंट लैसी ने हमारे बारे में ऐसा कहा, तो इसका मतलब यह नहीं कि वह सही ही है।''

उसने लेपस्की की ओर सन्देहपूर्ण ढंग से देखा। ''उसने ऐसा क्यों कहा, टॉम?''

लेपस्की थोड़ा ढीला पड़ गया। उसे यकीन हो रहा था। कि उसने पत्ता सही फेंका है, लेकिन सब-कुछ इस बात पर निर्भर था कि उसका अगला पत्ता कितना सही होगा।

''मैं जानता हूं, मैं गलती पर था।'' वह बोला-''आपने मुझे मेई लेंग्ले को तलाश करने का कहा था। मैंने अंदाजा लगाया, शायद वह वीरो बीच में हो। संयोग से मैंने वहां एक मुखबिर रख छोड़ा था। लेकिन मुझे मालूम था यह हमारे इलाके से बाहर की जगह है, अगर मैं लैसी के साथ झंझट मोल लेता तो जाहिर था कि वह मामला अपने हाथ में ले लेता और सब गड़बड़ हो जाता। इसलिएमैंने सोचा, मेई लेंग्ले को जल्द ढूंढ निकालने का सही रास्ता होगा अपने मुखबिर से सम्पर्क करना। अगर वह मुझे मिल जाती हे, मैंने सोचा था-तो आपको सूचित कर दूंगा चीफ, और फिर शायद आप जैसी को खबर कर देते। फिर संभवतः, तीन-चार दिन बाद लैसी उससे सम्पर्क करता। मैं इसी पर अमल करने का फैसला कर रहा था कि मेरी मुखबिर ने मुझे बताया कि मेई ठीक ऐन वक्त पर उसी बिल्डिंग में मौजूद है। मैंने निर्णय किया कि आपको रिपोर्ट देने से पहले, सीढ़ियां चढ़कर उससे दो-चार बातें कर लेने में कोई नुकसान नहीं। मैं उससे बातें कर ही रहा था कि एकाकएक एक गनमैन कमरे में आ धमका ओर उसने मेई को खत्म कर दिया।'' लेपस्की संजीदगी से बोला-''यह मेरा कठोर दुर्भाग्य था चीफ, लेकिन यही हादसा हुआ था।''

टैरेल ने बिगलर की ओर देखा जो मुस्करा रहा था।

''बहुत खूब!'' बिगलर अनचाही प्रशंसा करते हुए बोला-''यह आदमी अपने ताबूत के भीतर से भी बोल सकता है।''

''ओ. के. टॉम!'' टैरेल ने कहा। ''आगे बोलो, फिर क्या हुआ?

लेपस्की ने एक गहरी सांस खींची। अब वह इस बात से निश्चित था कि लैसी की रिपोर्ट में से जहर निकालने में वह कामयाब हो गया। उसने तीनों का सारी घटना और गोल्डी व्हाइट से हुई बातचीत के बारे में भी बता दिया। जब तक ये सुनते रहे, बिगलर नोट लिखता रहा। लेपस्की ने अपनी बात खत्म की, तो टैरेल ने कहा - ''अच्छा काम था, लेकिन किया गया खराब तरीके से। दोबारा अगर इजाजत के बगैर तुम मियामी के इलाके में घूंसे तो मैं खुद तुम्हें नहीं बखशूंगा। इसे याद रखना। इस बार तो मैं लैसी से निपट लूंगा।''

''थैंक्स चीफ!'' लेपस्की ने महसूस किया, माहौल अब काफी हद तक दोस्ताना बन चुका है, उसने आगे कहा-''हैडक्वाटर्स में कॉफी उपलब्ध नहीं है क्या?''

बिगलर चिहुक उठा।

''चार्ली कहां है?'' उसने टेलीफोन रिसीवर उठाया। ''चार्ली! किसी के हाथ चार कॉफी भिजवा दो। वहां हो क्या रहा है?'' कुछ देर सुनता रहा, फिर रिसीवर रखकर बोला-''काफी आ रही है।''

''चीफ एक बात ओर है।'' कुर्सी पर बैठते हुए लेपस्की ने कहा-''मेरे पास एक आइडिया है कि बाल्डी को टार्चर करने वाला आदमी कौन है।''

''भगवान के वास्ते!'' हैस फट पड़ा-''पहले क्यों नहीं बताया तुमने?''

''ठीक है, फ्रैड।'' टैरेल ने कहा-''टाम को अपने ढंग से बोलने दो। कैसा आइडिया, टॉम?''

''हां।'' लेपस्की ने भौंहे सिकोड़कर हैस की तरफ देखा, फिर बोलने लगा-''सोलो डोमिनिको ने दो महीने के लिए नया लाइफ गार्ड रखा है। बाजार में मेरी सोलो और उस आदमी के साथ मुलाकात हो गई थी। वह एक एक्स सार्जेन्ट हैं, और उसका नाम है हैरी मिचेल। वह हाल ही में वियतनाम से लौटा है और न्यूयार्क में नोकरी लग जाने से पहले छुट्टियां मनाने के विचार से यहां आया है। दो रोज पहले, जब मैं बाल्डी के मामले की तफ्तीश के सिलसिले में एरपोर्ट पर था, तो वहां मेरी मिचेल के साथ फिर मुलाकात हुई थी। वह प्लास्टिक का एक सफेद सूटकेस थामे हुए था, जिसके चारों ओर लाल रंग की धारी पेंट की गई थी।''

एक पैट्रोलमैन कॉफी के चार कार्टून लिए अंदर आया, जिन्हें उसने डैस्क पर रख दिया।

''उस सूटकेस में क्या खासियत थी?''' एक कार्टन उठाकर हैसे अधीरता से बोला।

लेपस्की को अब जल्दबाजी की जरूरत नहीं थी। उसे यकीन होने लगा था कि अगर उसने इसे सही ढंग से संभाला, तो उसका प्रमोशन निश्चित था।

''जब मैं मेई लेंग्ले से बात कर रहा था।'' हैसे का अनसुना करते हुए लेपस्की ने कहा--उस गनमैन के घुस आने से ठीक पहने, तो उसने मुझे बताया कि बाल्डी अपना सूटकेस एयरपोर्ट लेने गया था।'' वह रुका, फिर धीरे-धीरे सोच समझकर बोलने लगा-''वह सूटकेस सफेद प्लास्टिक का था और चारों ओर लाल धारी बनी हुई थी।''

''यह एक सूत्र तो बनता है, टॉम।'' टैरेल बोला-''खैर आगे बोलो।''

इस बात से तनिक निराश-सा होकर कि उसकी बातों से कोई खास प्रतिक्रिया नहीं हुई, लेपस्की ने कहा-''मैंने मिचेल को सूटकेस के बारे में पूछा था। उसने कहा था कि वह अपना सूटकेस है, जिसे उसने एयरपोर्ट में रख छोड़ा था। अब चूंकि वह सोलो डोमिनिको के यहां काम करने लगा है, लिहाजा उसे इसकी जरूरत पड़ गई थी। मैंने उसके कागजात चैक किए, और जब देख कि वह वियतनाम से लौटा एक सार्जेन्ट पैराट्रूपर है, तो मैंने उसे जाने दिया।''

''तुम्हारा मतलब, तुमने सूटकेस खोलकर नहीं देखा?'' हैस ने पूछा।

''फ्रैड, तुम्हें मालूम होना चाहिए कि टॉम को सूटकेस खोलकर देखने का अधिकार नहीं था।'' इससे पहले कि लेपस्की फट पड़ता, टैरेल बोल उठा। ''फिलहाल, प्लास्टिक का सफेद, अनोखा तथा लाल धारियों वाला सूटकेस ही सूत्र दिखाई दे रहा है। तुम्हारा क्या ख्याल है जोए?''

''हो सकता है। मेरा ख्याल है, टॉम ने कुछ तो जरूर हासिल किया है। सोलो और बाल्डी के बीच पहले भी ताल्लुकात तो थे। बाल्डी के पास प्लास्टिक का एक सफेद सूटकेस था, जिसे उसने एयरपोर्ट में रख छोड़ा था। मिचेल जो सोलो के लिए काम करने लगा है, एयरपोर्ट से एक सूटकेस निकालता है, जो सफेद प्लास्टिक का बना हुआ है और जिसके चारों ओर लाल पेंट से धारी बनाई गई है। हां...टॉम ने एक सूत्र तो निकाला है।''

लेपस्की का चेहरा खिल उठा, वह कुर्सी को लगभग पूरी तरह घुमाते हुए आगे की ओ सरकआया।

''मैं जानता हूं! अब चीफ, क्या मैं जाकर मिचेल की बांह मरोड़ दूं? वह सारी उगल सकता है।''

टैरेल ने दोबारा अपनी पाइप सुलगाई, कुछ देर सोचता रहा, फिर सिर झटकाया।

''नहीं.... पहले मैं एक दूसरी तफ्तीश चाहता हूं। वह हैस की ओर मुड़ा। ''पहले मिचेल के सम्बन्ध में कुछ जानकारी हासिल करनी चाहिए वाशिंगटन टैलेक्स भेजो।''

हैस ने लेपस्की की ओर उंगली टहोकते हुए कहा-''तुमने उसके कागजात पढ़ लिए थे न? कुछ बताओ उसके बारे में।''

लेपस्की ने दिमाग पर जोर लगाया। हालांकि उसने हैरी मिचेल के कागजातों पर सरसरी तौर पर नजर भर डाली थी, लेकिन उसकी याददाश्त बड़ी तेज थी, कुछ ही पल बाद वह बोला-''हैरी मिचेल। टॉप सार्जेन्ट। थर्डपैराट्रू रेजिमेंद, फर्स्ट कम्पनी।''

हैस ने ईर्ष्यापूर्ण नजरों से उसकी ओर देखकर सिर हिलाया।

''किसी दिन हो सकता है, दस साल बाद...तुम एक काबिल डिटेक्टिव बन सकोगे, लेपस्की।''

लेपस्की के चेहरे का रंग उड़ा देखकर टैरेल ने तपाक से कहा-''यह सब छोड़ो। फ्रैड। टैलेक्स भेजो।''

जब फ्रैड हैस बाहर चला गया, तो टैरेल ने आगे कहा-''तुम अच्छा काम कर रहे हो टॉम। लेकिन ज्यादा उतावलेपन से काम मत लो। जरा कोशिश करके देखो, इन दो सनकियों के सम्बन्ध में क्या हासिल कर सकते हो-हान्स लार्स और जेसी स्मिथ। तहकीकात के दौरान अगर अपने इलाके से बाहर जाना पड़े तो पहले मुझे सूचित करना।''

''यस चीफ।'' लेपस्की दरवाजे की तरफ बड़ा, फिर रुककर बोला-''क्या आप सचमुच सोच रहे हैं कि मैं अच्छा काम कर रहा हूं?''

''चीफ ने जो कहा, वह तुमने सुन लिया है।'' बिगलर भौंक उठा-''अब चलते नजर आओ!''

दरवाजे से किनलते वक्त लेपस्की मैक्स जैकोबी की वजह से ठिठक गया, जो ऐन वक्त पर अंदर दाखिल हो रहा था, फिर अपनी डैस्क की ओर चला गया।

टैरेल ने जैकोबी की ओर निगाह डाली।?

''क्या है मैक्स?''

''रेट्निक ने अभी-अभी फोन किया था, चीफ। वह हाईवे नं. एक को चैक कर रहा था। उसका कहला है कि उसने बाल्डी की मस्टांग से मिलती-जुलती एक मस्टांग का विवरण प्राप्त कर लिया है, जिसे दो आदमी चला रहे थे। वह कहता है वह मस्टांग एक कैरावान भी खींच रही थी।''

टैरेल और बिगलर ने एक-दूसरे की ओर देखा।

‘‘एक कैरावान?’’

‘‘उसने ऐसा ही कहा था।’’

‘‘उसे कहो, फौरन यहां आ जाए।’’

‘‘वह आ ही रहा है, चीफ।’’

जब जैकोबी अपनी डैस्क पर लौट गया, तो टैरेल ने बिगलर से कहा-‘‘अब तुम्हारा क्या विचार है जोए?’’

‘‘खाका तो बनता नजर आ रहा है। हमने बाल्डी को बरामद कर लिया है। मस्टांग भी मिल गई है। अब कैरावान की बात भी निकल रही है। हम अब तक इसी उधेड़बुन में थे कि बाल्डी की लाश को हैटलिंग कोव तक आखिर किसी तरीके से ले जाया गया था। शायद उसे कैरावान में डालकर ले जाया गया था। शायद उसे कैरावान में डालकर ले जाया गयाा था। मेरा ख्याल है, अब हमें कैरावान की तलाश शुरू कर देनी चाहिए।’’

‘‘मैं भी यही सोचता हूं।’’ टैरेल ने उस नोट पर नजर डाली, जिसे बिगलर ने लेपस्की की मोखिक रिपोर्ट के आधार पर लिखा-‘‘लेकिन यह सब...।’’ उसने पाइप से राख झाड़ी और दुबारा तम्बाकू भरते हुए कहा-‘‘यह केस अभी तक सी.आई.ए. के लायक बना हुआ है, जोए बेहतर है मुझे रिपोर्ट दे देनी चाहिए।’’

‘‘कास्त्रो एंगिल पर काम करने के बावजूद?’’

टैरेल ने पाइप सुलगाई।

‘‘हां। हमें अब तक प्राप्त सूचनाओ पर नजर डालो। मेरे विचार अनुसार, इन सभी सूचनाओं से यही सूत्र निकलता है कि बाल्डी, कास्त्रो का प्रशंसक एक कम्यूनिस्ट था। 24 मार्च को वह वीरो बीच पहुंचता है और जैक थॉमस से दो आदमी वह एक बोट किराये पर लेता है। अगर गोल्डी व्हाइट के बयान पर यकीन करें, तो उसकी मंजिल थी हवाना। लगता है जैसे बाल्डी कोई तस्करी का धंधा कर रहा था? जिसमें कहीं न कहीं कास्त्रो भी जुड़ा हुआ था। उसकी गर्लफ्रैंड के मुताबिक उसके बोट पर हमला हुआ और वह डूब गया। दो महीने बाद, बाल्डी फिर प्रकट होता है और डोमिनिको का बोट किराये पर लेने की कोशिश करता है। इसमें कामयाबी न मिलने पर वह कुछ पैसे उधार मांगने के लिए ओ. ब्रायन के पास जाता है, मगर यहां भी उसे कामयाबी नहीं मिलती और उसकी गर्लफ्रैंड कार ड्राइव करते हुए उसे वीरो बीच ले जाती है। डो-डो हमैरस्टन के यहां उसके ठहरने का बन्दोबस्त करने के बाद बाल्डी यहां लौट आता है, एयरपोर्ट के लैफ्ट लगैज लॉकर में अपना सूटकेस रखने के बाद फिर वीरो बीच लौट जाता है जहां जोएल ब्लाच के नाम से हर्ट्ज कम्पनी से कए मस्टांग किराये पर लेता है। इसके बाद एकाकएक वह गायब हो जाता है और अफवाहे उड़ती है कि वह मारा गया है। दो दिन बाद हमें वह मस्टांग मिल जाती है, जिसके जरिये हम उसकी कब्र तक पहुंचने में सफल हो जाते हैं। सोलो द्वारा नियुक्त नया लाइफगार्ड उस सूटकेस के साथ एयरपोर्ट पर लेपस्की को दिख जाता है जो बाल्डी वाले सूटकेस के अनुरूप है।’’ माथे पर बल डालकर टैरेल ने पाइप का कश खींचा-‘‘हम आगे तो बढ़ रहे है, लेकिन अभी तक हमें

यह नहीं मालूम हो सका कि बाल्डी किस चीज की तस्करी कर रहा था और न ही मालूम हो सका है कि उसकी हत्या किसने कर दी?अभी बहुत सारी जानकारी प्राप्त करना बाकी है। कदम-दर-कदम यह स्पष्ट होता जा रहा है बाल्डी किसी चीज की तस्करी के चक्कर में था, और मुझे लग रहा है कि मामला सी.आई.ए. के सुपुर्द न कर मैं परेशानी मोल ले रहा हूं। वे हमसे जल्दी और बेहतर ढंग से काम कर सकते हैं।''

''आपने दो दिन की मौहलत दी थी चीफ।'' बिगलर बोला-''अभी हमारे पास सवा दिन बाकी है।''

टैरेल हिचकिचाया।

''हां....वैल, ओ.के. जोए! अपनी डैस्क पर चले जाओ। मैं थोड़ी गहराई से सोचना चाहता हूं।''

आधे घंटे बाद, डिटेक्टिव थर्ड ग्रेड रेड रेट्नक डिटेक्टिव रूम में घुस आया।

उसे देखकर बिगलर ने उसे टैरेल के दफ्तर में चले जाने का इशारा किया। खुद सीढ़िया उतरकर चार्ली टैनर के पास पहुंचा, उसे कॉफी भेजने का आदेश देकर वह भी टैरेल के दफ्तर की ओर चला गया।

रेट्नक ने संक्षिप्त रिपोर्ट दी उसे बिगलर ने शार्टहैंड में नोट कर लिया।

''बृहस्पतिवार की रात को, दो आदमी एक मस्टांग ड्राइव करते हुए, जो एक कैरावान भी खींच रही थी, जैक्सन के आल-नाइट कैफे में कॉफी पीने के लिए रुके थे। एक ट्रक ड्राइवर ने, उस वक्त उसी कैफे में मौजूद था और संयोग से मेरी तहकीकात के दौरान दोबारा वहीं था, मुझे उन दो आदमियों का हुलिया बताया है।''

''थोड़ा ठहरो, रेड।'' टैरेल बोला। बिगलर की ओर मुड़कर उसने कहा-''लेपस्की को बुलाओ।''

बिगगलर ने डिटेक्टिव रूम के दरवाजे से झांकते हुए चिल्लाकर लेपस्की को बुलाया, जो अपनी रिपोर्ट टाइप कर रहा था। जब लेपस्की आ पहुंचा, तो टैरेल ने रेटनिक को आगे बोलने के लिए कहा।

''उन दोनों में से बड़ा, करीब दस फुट ऊंचा मजबूत काठी का ब्लोंड आदमी था। जिसकी आंखें नीली व नाक मुक्के बाजों की तरह पिचकी हुई थी। वह खाकी ड्रिल ट्राउजर और उसे मेल खाती शर्ट पहने हुए था।

''यह तो हैरी मिचेल है।'' लेपस्की ने कहा-''इसमें कोई शक नहीं!''

''बोलते रहा, रेट।'' दुबारा पाइप सुलगाते हुए टैरेल ने कहा।

''दूसरा आदमी कुछ कम उम्र का नौजवान था-इकहरा बदन, कंधो तक झूलते लम्बे काले बाला, पतला चेहरा।''

''कुछ मतलब निकलता है इससे?'' लेपस्की की ओर देखते हुए टैरेल ने पूछा।

लेपस्की ने सिर हिलाया।

''कोई खास तो नहीं।'' उसने माथे पर बल डालते हुए उंगलियां चटकाई-''लेकिन ठरिए! यह सोलो का बारमैन हो सकता है। सीतन के खुलते ही वह वहां हावी हो जाता है।

मैंने उसे पिछले साल भी देखा था। वह विवरण उसके साथ फिट बैठता है। रैंडी.... या कुछ ऐसा ही नाम है उसका। देखिए चीफ, क्या मैं आज रात उस रेस्ट्रा में चला जाऊं? सोलो ने मुझे और मेरी बीवी को मुफ्त में भोजन के लिए आमंत्रित किया था। वहां का जायजा लेने के लिए यह एक अच्छा बहाना हो सकता है।''

टैरेल कुछ देर सोचता रहा, फिर उसने सहमतिसूचक सिर हिला दिया।

''ठीक है, लेकिन याद रखो टॉम, इसे तुम सावधानी से संभालो। जब तक हमें मिचेल के बारे में कोई ठोस तथ्य प्राप्त नहीं होता, मैं कोई कदम उठाना नहीं चाहता... समझ गये? उसे बिगलर की ओर देखा-''अभी तक वाशिंगटन से कुछ प्राप्त नहीं हुआ?''

''कुछ घंटों से पहले हम वाशिंगटन से कुछ मिलने की उम्मीद नहीं कर सकते।''

''तब तो, जब तक हम इन्तजार करते रहे, मैं चाहता हूं कि वह कैरावान बरामद हो और जल्द-से-जल्द।'' टैरेल बोला।

लेपस्की की अपनी बीवी के साथ बाहर छेड़ने जा रहा था। वह कोई नई बात नहीं थी। अपने तीन साल के विवाहित जीवन के दौरान, लेपस्की के अनुसार उन दोनों के बीच हर रोज कम-से-कम दो बार तो बह छिड़ हो जाती थी।

वह वह अप्रत्याशित ढंग से छः बजे घर लौट आया था। अप्रत्याशित इस वजह से, क्योंकि उसके लौटने का सामान्य समय नौ बजे था। उसकी पत्नी कैरोल, डिनर तैयार करने में व्यस्त थी।

छब्बीस साल की, ऊंचे कद, गहरी रंगत वाली कैरोल लेपस्की खूबसूरत-सी जवान औरत थी। शादी से पहले वह अमेरिकन एक्सप्रेस कम्पनी में क्लर्क थी, जिसे अमीर लोगों से वास्ता रखना पड़ता था। उनके यात्रा कार्यक्रमों की व्यवस्था करनी पड़ती थी और आवश्यक हिदायतें देनी पड़ती थी। इस काम से उसका आत्मविश्वास सुदृढ़ हो रहा था और वह कुछ-कुछ जिद्दी बन गई थी। चिड़चिड़े स्वभाव वाले सैकड़ों लोगों से वास्ता पड़ने के बाद उसे यह मालूम हो गया था कि कोई भी बहस लॉजिक के साथ शुरू की जाए और अपनी जिद्द न छोड़ी जाए, तो उसमें जीत निश्चित होती है।

लेपस्की ने उसे अच्छे मिजाज में नहीं पाया। यह शाम काफी गर्म थी, रसोईघर भी गर्म था और कैरोल भी गर्म तथा झुंझलाई हुई थी।

जब लेपस्की ने उसे बताया कि वह उसे डिनर के लिए बाहर ले जा रहा है और उसे जल्दी से तैयार होने के लिए कहा-तो वह यह तय नहीं कर पाई कि रसोई तैयार करती रहे या उसे गोली मार खुश होने का प्रयास करे। ऐसा कभी-कभार ही होता था कि लेपस्की को उसे बाहर ले जाने का समय मिलता ओर इस अप्रत्याशित निमंत्रण से कैरोल चिढ़ उठती, जबकि उसे खुश होना चाहिए।

''यह बात तुमने सुबह क्यों नहीं बताई?'' आंखों के आगे झूल रहे बालों को झटकते हुए उसने पूछा-''डिनर के लिए मैं गोलश तैयार कर रही थी।''

‘‘गोलश की चिंता मत करो।’’ लेपस्की बेचैनी से बोला-‘‘और खुदा के वास्ते बहस मत शुरू करो।’’

लेपस्की ने तुरन्त महसूस किया कि उसने दुर्भाग्यजनक जिक्र छेड़ दिया था। कैरोल का चेहरा तन गया और वह सीधी खड़ी हो गई।

‘‘तुम यह कहना चाहते हो कि बहस छेड़ने वाली मैं हूं?"

खतरे को महसूस कर लेपस्की खींसे निपोरने लगा।

‘‘मेरा यह मतलब नहीं था। अब सुनो, हनी....।’’

‘‘तुमने कहा-बहस शुरू मत करो।’’

लेपस्की ने हैरत में पड़ने का अभिनय किया।

‘‘मैंने ऐसा कहा था? इसे भूल जाओ। मैंने तो मजाक किया था अब...।’’

‘‘मजाक करने के तुम्हारे और मेरे तरीके में बहुत फर्क है।’’

लेपस्की ने बालों पर उंगलियां फिराई, फिर कुछ राहत-सी महसूस करते हुए कहा-‘ओ.के.....मजाक नहीं। अब भूल भी जाओ। डार्लिंग। हम सोलो डोमिनिको के रेस्तरां में जा रहे हैं, जो सिटी का तीसरा सबसे बढ़िया रेस्ट्रा है। लजीज भोजन....समुद्र....बीच....हल्का संगीत....धीमी रोशनी... वाकई बहुत अच्छा रहेगा!’’

कैरोल की आंखों में संदेह झलकने लगा।

‘‘क्यों जा रहे हैं हम लोग वहां?’’ उसने पूछा-‘‘क्या तुमने कोई ऐसा वैसा काम किया, जो नहीं करना चाहिए कहीं यह उस मामले को दबाने की प्रक्रिया तो नहीं?"

लेपस्की अपने कालर में उंगली फंसाकर उसे खींचने लगा।

‘‘हमें निमन्त्रित किया गया है।’’ थोड़ी ऊंची आवाज में वह बोला-‘‘उस रेस्ट्रां का मालिक मुझे पसन्द करता है। उसने कहा था, मैं अपने खुदा को भी साथ लेता आऊं-अपनी बीवी को-इसलिए हम जा रहे हैं। सब-कुछ मुफ्त मिल रहा है।’’

कैरोल ने उसे घूरा।

‘‘उस आदमी ने हमें निमंत्रण दिया है?’’

लेपस्की ने सिर हिलाकर हामी भरी।

‘‘फिर तो, उसने क्या किया है?’’

लेपस्की किचन में चहलकदमी करने लगा। उसके मुंह से मधुमक्खी की भिनभिनाहट जैसी आवाज निकलने लगी।

‘‘उसने कुछ नहीं किया है। संयोग से वह मुझे पसन्द करता है, ऐसा उसने कहा था।’’

‘‘क्यों?’’

‘‘मुझे क्या मालूम? उसने हमें बुलाया है। क्या इसका सबब जानना इतना जरूरी है?’’

‘‘चीखो मत, लेपस्की।’’ कैरोल तीखी आवाज में बोली-‘‘मुझे लगता है और मैं निश्चित हूं कि वह कोई गैरकानूनी धंधे में शामिल है और तुमसे कुछ हासिल करना चाहता है।’’

‘‘चलो, ठीक है। माना कि तुम्हारी बातें सच हैं, लेकिन फिक्र किस बात की है? हमें डिनर तो मुफ्त का मिल रहा है ना?’’ उसने झल्लहट से जोर से हाथ लहराया, तो वह गर्म तवे से छू गया और लेपस्की गालियां बकते हुए उछल पड़ा। उसकी गालियां इतनी भद्दी थी कि कैरोल को अपने कानों में उंगलियां डालनी पड़ी।

‘‘लेपस्की! कभी-कभी मुझे तुम पर सचमुच शर्म आती है!’’

लेपस्की उंगली चूसने लगा।

‘‘तो तुम तैयार हो रही हो?’’

एक घंटे बाद, लेपस्की उंगलियों में सिगरेट दबाए बाहर एक छोटे-से फव्वारे के पास बैठा था। अपनी बेचैनी पर काबू पाने की कोशिश में उसका खून तेजी से दौड़ने लगा था।

कैरोल को सजने-संवरने में काफी वक्त लगता था और इस बात को लेकर फिर दोनों में झड़प हो गई थी। कपड़ों को लेकर कैरोल ताने सुनाने लगी कि वह इन कपड़ों में अच्छी नहीं लगती और लेपस्की को शर्म आनी चाहिए कि वह सैकिंड ग्रेड डिटेक्टिव है,जबकि उसे सार्जेन्ट के पद पर होना चाहिए और सार्जेंट की तनख्वाह ड्रा करनी चाहिए।

आखिरकार, लेपस्की बैडरूम से निकल आया था, व्हिस्की और सोडे का एक बड़ा पैग पीने के बाद अब वह बैठा कैरोल के तैयार होने का इन्तजार कर रहा था।

सवा सात बजे के लगभग कैरोल टैरे पर निकली तो लेपस्की ने उसकी ओर देखा। वह इतनी स्वच्छ, खूबसूरत तथा प्यारी लग रही थी कि लेपस्की आंखों में वह चमक लिए खड़ा हो गया, जिसे पत्नियां फौरन पहचान लेती हैं।

‘‘घिनोनी हरकत मत करो!’’ कैरोल तीखे स्वर में बोली-‘‘लेपस्की! मुझे छूना मत!’’

लेपस्की ने महसूस किया कि यह उचित वक्त नहीं था-उसने कैरोल की ओर तिरछी नजरों से देखा।

‘‘मिसेज लेपस्की, जब हम लौट आएंगे, तो हमारी डेट होनी चाहिए।’’

कैरोल ने कसी ओर कठोर नजरों से घूरा।

‘‘इतने असभ्य मत बनो। खैर...कैसी लग रही हूं मैं?’’

‘‘बड़ी लाजवाब लग रहे हो! अब चलो भी।’’

ज्योंही वह कार की ओर बढ़ने लगा, कैरोले ने टोका-‘‘एक मिनट रुको।’’

लेपस्की रुककर बड़बड़ाने लगा, फिर उसकी ओर देखकर बोला-‘‘अब क्या हो गया?’’

‘‘मसखरापन छोड़ो। मैं तुम्हें देख रही हूं। इस भेष में तुम मेरे साथ बाहर नहीं जा सकते!’’

‘‘मुझे? मुझे क्या हो गया है। साफ धुली हुई और प्रैस की गई शर्ट और पतलून है...अच्छी तरह शेव कर लिया है। एक बात बताऊं मिसेज लेपस्की, इस सिटी में ऐसी कोई लड़की नहीं है, जो मेरे साथ देखी जाने पर गौरव न महसूस करती हो।’’

‘‘अगर तुम सोच रहे हो कि मैं उस हालत में तुम्हारे साथ चलूंगी, जब तुम अपने साथ गन लिए चल रहे हो, तो तुम गलत सोच रहे हो। कोई भी आदमी, जो अंधा नहीं है, तुम्हारी

कोट के नीचे वह अजीब-सा होलस्टर देख सकता है। क्या तुम चाहते हो कि लोग मुझे पुलिस वाले की बीवी समझे?''

लेपस्की हथेली से चेहरा पोंछने लगा-''लेकिन, क्या तुम पुलिस वाले की बीवी नहीं हो?'' उसने तनिक तीखी आवाज में पूछा।

''इस बात को एडवर्टाइज करने की कतई जरूरत नहीं। लेपस्की, गन रख दो!''

लेपस्की ने टाई की गांठ ढील की, मुंह से ऐसी आवाज निकाल ली जैसे बोतल में मधुमक्खी कैद हो। उसे टी.वी. स्क्रीन पर जोर से लात मार देने की इच्छा हुई, मगर खुद को मुश्किल में काबू में रखे रहा।

''सुना हनी, यह तो हमारा नियम है।'' कर्कश स्वर में बोला-''मुझे अपने साथ गन रखनी ही चाहिए। भूलने की कोशिश मत करो कि मैं एक पुलिसमैन हूं। आओ चलें!''

''अगर तुम गन अपने साथ ही रखते हो, तो मैं तुम्हारे साथ किसी हाईक्लास रैस्ट्रां में नहीं जा सकती।''

कैरोल के लहजे को सुनकर लेपस्की को पता चल गया कि यह उसका आखिरी फैसला है। उसे मालूम था, बहस छिड़ गई, तो अगले दो घंटे तक चलती रहेगी। उसे भूख लग रही थी, ओर खाना मुफ्त मिलने वाला था अतः उसने होलस्टर उतार कर गन और होलस्टर को सैट्टी पर जोर से पटक दिया।

''तमाशा करने की जरूरत नहीं।'' कैरोल शांत स्वर में बोली-''मैं थोड़ा बहुत गुस्सा बर्दाश्त कर सकती हूं। यह पुरुषोचित लगा है, लेकिन बचकानी हरकत नहीं।''

लेपस्की ने किसी अजनबी जैसी आवाज निकाली।

''मि. चल रहे हैं या नहीं?'' वह गुर्राया।

कैरोल ने हैरानी के साथ उसकी ओर देखा।

''मैं तो कब से तैयार हूं। झमेला तो तुम कर रहे हो। मैं नहीं!"

लग की नसों को स्टील के तार की तरह ऐंठ कर लेपस्की अपनी कार की तरफ लपका।

शनिवार की रात को सोलो डोमिनिकों के रेस्ट्रां में भारी भीड़ इकट्ठी हो जाती थी और आज की रात भी इसका अपवाद नहीं थी। कर्मचारी पूरी तरह व्यस्त हो गये थे। सौलो ने हैरी को बार में मदद करने के लिए कहा था। नीना भी रेस्ट्रां के चक्कर लगाने का अपना दैनिक काम छोड़कर ड्रिंक्स ले आने और आर्डर लेने में व्यस्त थी।?

मैनुअल रेस्ट्रां में भाग-दौड़ करते हुए लोगों को अपनी-अपनी टेबल पर बिठा रहा था। और उसके पास मीनू छोड़कर फिर दरवाजे की ओर चला जाता था, जहां कई लोग खुद को अपनी टेबल पर ले जाये जाने के इन्तजार में खड़े थे। जब वह पंद्रहवी बार दरवाजे के पास पहुंचा, तो वह ठिठक कर रुक गया।

अपनी पत्नी के साथ टॉम लेपस्की को वहां देखते ही उसे एक झटका-सा लगा और प्रिय हैरानी हुई।

''मिस्टर लेपस्की!'' एक चौड़ी बनावटी मुस्कान के साथ उसने अपने दांतों की नुमाइश कर दी-''सचमुच कितने भाग्य की बात है!''

''सोलो ने हमें बुलाया था...इसलिए हम आए हैं।'' लेपस्की ने कहा। इतने सारे लोगों को आते देख वह थोड़ा व्याकुल-सा हो रहा था।

''आफकोर्स।'' मैनुअल एमरजेंसी के लिए हमेशा तीन टेबले रिजर्व रखता था-''बड़ी खुशी की बात है....इस तरफ प्लीज!'' उसने उन्हें कोने वाली टेबल पर पहुंचा दिया, और फिर वापस प्रवेश द्वार की ओर भागा।

आगन्तुकों की भीड़ उसने सोलो को लेपस्की के आने की सूचना दे दी।

काम के दबाव के कारण सोलों ने मुंह बिचकाया और मैनुअल को वापस भेज दिया।

''हर निफ से उसकी आव-भगत करो...जो कुछ बढ़िया चीज उपलब्ध हो।''

ज्योंही मैनुअल वापस रेस्ट्रां में पहुंचा, उसने हैरी को ड्रिंक की ट्रे लिए बार में आते देखा।

''कोन वाली चौथी टेबल।'' मैनुअल ने कहा-''उसका ड्रिंक आर्डर लो।''

उस टेबल के करीब पहुंचने से पहले हैरी को मालूम नहीं था कि उसे किसको सर्व करना है।

''हैरी मिचेल।'' लेपस्की उसकी ओर पुलिसिया नजरों से देखते हुए बोला-''याद है मेरी?''

''मिस्टर लेपस्की।'' हैरी ने भावहीन चेहरा बनाकर कहा।

''ठीक। यहां तुम्हारा कैसा चल रहा है?''

हैरी ने कुछ पल उसकी ओर देखा, फिर वह कैरोल की ओ मुड़ा।

''आप क्या पीना पसन्द करेंगी?''

कैरोल को खून की रफ्तार में हल्की हलचल महसूस हुई। इस लम्बे-तगड़े मर्द के जैसा सैक्सी आदमी वह पहली बार देख रही थी।

''क्या एक टॉम कालिंस मिल सकती है प्लीज?'' उसने चेहरे पर एक ऐसी मुस्कान बिखेरते हुए पूछा-जिसे लेपस्की ने शादी के बाद कभी नहीं देखा था।

''मैं बर्फ के साथ डबल स्कॉच लूंगां।'' लेपस्की ने कैरोल को घूरते हुए कहा।

''क्या वह ज्यादा नहीं होगा, टॉम?'' कैरोल बोली- ''आखिर तुम घर से निकले से पहले भी पी रहे थे।'' उसने हैरी की ओर देखा-''मेरे के लिए छोटा स्कॉच ज्यादा बर्फ के साथ ले आओ।''

हैरी चला गया।

''देखे हनी मैं अपनी कैपेसिटी जानता हूं।'' लेपस्की क्रोधित स्वर में बोला-''क्या तुम....?''

''मैं सिर्फ यह नहीं चाहती कि तुम नशे में धुत्त हो जाओ।''

तुम जो चाहो करा-मैं तो अपने तरीके से मजे लूंगा।''

जब वे आपस में तर्क कर रहे थे, हेरी ने बार में जाकर रैंडी को बताया कि लेपस्की रेस्ट्रां में मौजूद है। रैंडी के हाथ से कॉकटेल शेंकरे गिरते-गिरते रह गया।

''वह यहां किसलिए आ टपका?'' हांफती-सी आवाज में रैंडी ने पूछा।

''मुफ्त का भोजन करने और संभवतः यहां का जायजा लेने। रिलैक्स, रैंडी। एक टॉम कालिंस डबल जिन, एक डबल-स्कॉच और बर्फ।''

रैंडी ड्रिंक्स तैयार करने लगा।

''उसने तुम्हें बाल्डी के सूटकेस के साथ देख लिया है, हैरी।'' हैरी की ट्रे पर ड्रिंक्स रखते हुए रैंडी ने कहा-''क्या तुम सोचते हो....?''

''घबराओ मत। वह कुछ भी साबित नहीं कर सकता। उसके पास गवाह नहीं है।'' हैरी ने ट्रे उठा लिया-''एक ड्रिंक खुद ले लो।'' फिर वह बार से निकल गया।

जब वह लेपस्की की टेबल पर पहुंचा, तो मैनुअल उनसे आर्डर ले रहा था। हैरी ने ड्रिंक्स रख दिया। यह देखकर कि उसे कैसा ड्रिंक दिया जा रहा है, लेपस्की ने चेहरा उठाकर हैरी की ओर देखा और आंख मार दी।

मैनुअल विस्तारपूर्वक बोलने लगा।

''सोलो चाहता है कि आप उसकी स्पेशल चीजों को चखें, मिस्टर लेपस्की।'' फिर उसने चार-पांच चीजों के नाम उनकी विशेषताओ बोलने लगा।

लेपस्की और कैरोल ने अपनी-अपनी पसंद के खाने का आर्डर दे दिया।

एक घंटा ओर बीस मिनट के बाद, जब खाना खत्म हुआ, तो लेपस्की ओ अपने कर्तव्य का बोध हुआ। कॉफी के लिए इन्तजार करते वक्त उसने फैसला किया अब काम करने का वक्त हे गया है, लेकिन उसे मालूम था कि कैरोल को यह बता देना कयामत से कम नहीं होगा कि वे पुलिस वर्क के सिलसिले में यहां आए हैं।

''हनी, मैं जरा टॉयलेट हो आता हूं।'' कुर्सी पीछे की ओर खिसकाते हुए उसने कहा-''तुम बैठी रहो। किसी चीज की जरूरत पड़े तो मांग लेना।'' वह खड़ा हो गया और इससे पहले कि कैरोल कुछ समझ पाती, तह तेजी से रेस्ट्रां से बाहर निकलकर किचन की ओर जाने वाली सीमेंट की पगडंडी पर चलने लगा।

उसे जाता देख मैनुअल ने एक बटन दबाया, जिससे सोलो को खतरे से आगाह करने वाली घंटी किचन में बज उठी। सोलो अपनी स्पेशल सामग्री तैयार करने में व्यस्त था, वह झल्ला उठा।

लेपस्की किचन के पिछवाड़े की तरफ गया और खिड़की से झांककर सोलो की ओर देखने लगा, जो अपने काम में व्यस्त था। एक कार की आवाज सुनाई दी तो लेपस्की ने मुड़कर कार पार्क की और देखा। एक सफेद मर्सिडीज बिजली के खम्भे के पास खड़ी हो रही थी।

लेपस्की का ध्यान उस कार की ओर आकर्षित हुआ। उसने रुककर देखा, एक औरत कार से उतर पड़ी थी। उसने उसे पहचान लिया कि वह पैराडाइज सिटी के सबसे अमीर व्यक्तियों में से एक की पत्नी, मिसेज कार्लोस थी लेकिन उसने उस औरत की तरफ खास गौर नहीं कियाप। उसका ध्यान तो उस मोटे, मजबूत शरीर वाले आदमी की ओर केन्द्रित हो

रहा था, जो मिसेज कार्लोस के उतरने के लिए कार का दरवाजा खेलकर उसे थामें हुए खड़ा था।

लेपस्की ने अपनी याददाश्त पर जोर डाला। उस आदमी की शारीरिक बनावट को देखते ही उसे यकीन हो गया कि यही वह आदमी है जिसने मेई लेंग्ले का खून कर डाला था। उसने गन संभालने के लिए अपनी जैकेट के अन्दर हाथ डाला, मगर फौरन याद किया कि कैराल की वजह से गन तो उसके लिविंगरूम में सैट्टी पर पड़ी हुई थी। उसकी हथेली पर पसीना निकलने लगा। यह आदमी जो इस वक्त शरीर को कार से टेक लगाकर सिगरेट सुलगा रहा था, हत्यारा हो सकता है। लेपस्की के पास दो उपाय रह गये थे-या तो हैडक्वाटर्स फोन करके मदद मांग ले लेकिन इस सूरत में उसे सफाई देनी पड़ेगी कि वह बगैर हथियार के क्यों है, या फिर उसे सम्भाव्य गनैमन को खुद ही संभालने का खतरा मोल ले और उम्मीद रखे कि कोई गोलीबारी नहीं होगी।

इसी उधेड़बुन में रहते हुए लेपस्की ने शरीर का बोझ एक पैर से दूसरे पैर पर डाला। अगर उसने इस स्थिति को सही ढंग से नहीं संभाला तो उसकी तरक्की का उसका अपना निश्चित रूप से चूर-चूर हो जायेगा। लेकिन उसे यह भी गवारा नहीं था कि वापस रेस्ट्रा में लौटकर कैरोल के साथ आज की शाम का आनंद उठाये। कुछ पल की हिचकिचाहट के बाद वह छाया की ओट से बाहर निकला और कार पार्क को पार कर मर्सिडीज के सामने जा खड़ा हुआ।

वह मोटा आदमी उसे देखकर सीधा खड़ा हो गया। उसका दाहिना हाथ अचानक उसके कोट के बटन से पहुंच गया और जैकेट को खोलने लगा। लेपस्की को मालूम हो गया कि उसके पास गन है।

लेपस्की उसकी ओर देखते हुए सोचने लगा कि चेहरे पर रुमाल बांधने से यह आदमी कैसा दिखाई दे सकता है, फिर उसे और अधिक विश्वास होने लगा कि यही वह हत्यारा है।

''पुलिस।'' उसने कड़कदार आवाज में कहा-''कौन हो तुम?''

''मैं समझा नहीं।'' वह आदमी बोला-''मैं मिसेज कार्लोस का शोफर हूं।''

''नाम क्या है?'' लेपस्की ने पूछा और थोड़ा आगे आया। उसने सोचा, वह उस आदमी को मुक्के से वार करके उससे गन छीन सका है, लेकिन वह आदमी दूसरी ओर हट गया।

''मैं समझा नहीं।'' उस आदमी ने फिर दोहराया-''मेरा नाम फर्नान्डो कॉर्टेज है। मैं मिसेज कार्लोस के लिए काम करता हूं।''

''ओ.के. कॉर्टेज!'' लेपस्की बोला। उसका दिल जोरों से बज रहा था-''हाथ ऊपर उठाओ! कम ऑन...अप!''

लेपस्की को लगा कि इस धमकी से एक बच्चा भी नहीं डरने वाला। कार्टेज भी निश्चित रूप से नहीं डरा था। वह लेपस्की को घूरते हुए स्थिर खड़ा रहा।

''मेरी समझ में नहीं आ रहा है। मैं मिसेज कार्लो का शोफर हूं।''

''यह मैं तुमसे सुन चुका हूं। मुझे तुम्हारी गन चाहिए।''

कार्टेज हिचकिचाया।

''मैं मिसेज कार्लोस की सुरक्षा के लिए गन अपने साथ रखता हूं।''

''यह मुझे चाहिए।'' लेपस्की ने अपना हाथ आगे बढ़ा लिया, जो स्थित तो था, लेकिन हथेली पसीने से चिपचिपी हो रही थी।

कार्टेज फिर हिचकिचाया और पीछे हटने लगा।

''ओ.के. पुलिसिये, फिर तो यह लो!'' वह गुर्राया उसने फुर्ती से गन निकालकर हाथ में ले ली और लेपस्की की ओर निशाना तान दिया।

एक पल के लिए लेपस्की ने गन की ओर देखा, फौरन पहचान ली-यह बैल्दर 7.65 थी, ठीक उसी टाइप की जिससे मेई लेंग्ले की हत्या हुई थी।

गन फायर से निपटने के लिए लेपस्की प्रस्तुत हो ही रहा था कि एकाएक उसके सिर पर जबर्दस्त प्रहार हुआ और खोपड़ी के अन्दर जैसे बिजली की तेज रोशनी कौंध गई।

8

कॉफी खत्म करने बाद कैरोल बैचेनी के साथ घड़ी की ओर देख रही थी। उसने देखा, टेबलो के बीच पे रास्ता बनाते हुए मैनुअल तेजी से उसकी ओर आ रहा था। वह उसकी टेबल के पास आकर खड़ा हो गया और एक मनहूस-सी मुस्कराहट बिखेरने लगा।

''माफ कीजिएगा, मिसेज लेपस्की।'' वह तनिक आगे की ओर झुककर धीमे स्वर में बोला-'' आपके पति तनिक-सी मुसीबत में पड़ गये हैं। घबराइए मत। ऐसा अक्सर हो ही जाता है, हालांकि इस रेस्ट्रां में पहली बार हो रहा है।''

कैरोल की आंखें फैल गई।

''मुसीबत? क्या मतलब है तुम्हारा?'' चोट आई है?'''

''नहीं...नहीं... बिल्कुल नहीं। सिर्फ बेहोश हो गये हैं। मुमकिन है गर्मी की वजह से....या अधिाक मात्रा में स्कॉच पीने की वजह से ऐसा हुआ हो।''

कैरोल खड़ी हो गई।

''क्या तुम करे पति को पियक्कड़ कह रहे हो?''

''वैल, आप ऐसी ही कह सकती है।'' उसकी आंखें क्रोध से जलती देखकर मैनुअल बोला-''मेरा हमेशा से यही कहना कि मिसेज लेपस्की, कि इसे कोई बर्दाश्त कर सकता है कोई नहीं।''

कैरोल के चेहरे पर खून तेजी से दौड़ने लगा। उसे भारी अपमान महसूस हुआ और वह क्रोध से जल-भुन गई।

''कहां है वह?''

''हमने उन्हें उनकी कार में डाल दिया है वे कल सुबह तक बिल्कुल ठीक हो जाएंगे। हम आपके साथ अपने किसी आदमी को भेज देंगे। उन्हें बिस्तर पर लिटाने में आपकी मदद

की जरूरत होगी।'' मैनुअल जताते हुए बोला-''चिन्ता मत कीजिए, मिसेज लेपस्की। ऐसा होता रहता है...सॉरी!''

कैराने ने झटके से अपना बैग उठाया और दरवाजे की ओर लपकी। रेस्ट्रां में बैठे सभी लोग उसे घूर रहे थे। बाहर निकलते-निकलते वह गुस्से से कांपने लगी थी।

मैनुअल उसके पीछे-पीछे चल रहा था।

''आपके दाईं तरफ, मिसेज लेपस्की।'' उसने कहा।

कैरोल ने कार पार्क के उस पार नजर डाली, जहां अन्धेरे में लेपस्की की वाइल्ड कैट खड़ी थी। कार के पास वही खूबसूरत आदमी खड़ा था, जिसे लेपस्की ने मिचेल कहकर सम्बोधित किया था। कैरोल ने झांककर पिछली सीट पर देखा, जहां उसका पति सिर को पीछे की तरफ ढुलकाए बैठा हुआ था, उसकी आंखें बन्द थी। कार की खुली खिड़की से व्हिस्की की तीखी गंध आ रही थी।

कैरोल हिचकिचाई, फिर सतर्क हो गई। उसने अपने पति को कभी इन हालात में नहीं देखा था। इतने कम समय में आखिर वह कैसे इतनी व्हिस्की पी गया?

''अब घबराने की कोई जरूरत नहीं, मिसेज लपेस्की। मैनुअल दिलासा देते हुए बोला-हैरी आपके पीछे-पीछे ड्राइव करता हुआ जाएगा और घर पहुंचने पर आपकी मदद करेगा।''

''क्या तुम्हें यकीन है कि यह बिल्कुल ठीक-ठाक है?'' कैरोल ने कांपती आवाज में पूछा।

''वह बिल्कुल ठीक-ठाक हैं। हो सकता है कल सुबह सिर में थोड़ा दर्द हो, वरना कुछ नहीं होगा।'' मैनुअल ने कहा।

कैरोल कार के अंदर बैठ गई, दरवाजे को जोर से बंद कर दिया ओर इंजन चालू करने लगी। ज्योंही उसने कार को पार्किंग लाट से निकाला, मैनुअल के इशारे पर हैरी सोलो की एस्टेट कार में बैठा और उसने कार कैरोल के पीछे लगा दी।

हैर सकपका गया था। वह ड्रिंक सर्व कर रहा था कि मैनुअल ने उसे बताया था कि सोला उसे बुला रहा है। उसने सोलो की लेपस्की के अचेत शरीर के पास घुटनों के बल बैठा हुआ पाया था।

हैरी उस औंधे पड़ जिस्म के ऊपर झुका, तो व्हिस्की के भभके से उसकी नाक-भौंह सिकुड़ गई थी।

''यह ठीक तो है?''

''ठीक! अरे धुत्त हो गया है!'' सोलो कड़वाहट के साथ बोला। ''सुनो हैरी, इसकी बीवी रेस्ट्रां में बैठी है। तुम मेरी कार ले जाओ और उसकी मदद करो...ठीक है?'' इसे बिस्तर पर लिटा देना। उसका ढाढस बंधाना। ऐसी घटना अपने धंधे के लिए नुकसानदेह होती है। इधर आओ, इसे कार में बिठाने में मेरी मदद करो।''

हैरी इस घटना पर विचार कर रहा था ओर उसके आगे वाइल्ड कैट हाईवे की चीरती हुई भागी जा रही थी। हैरी को उसकी समता रखते हुए पीछा करने में कठिनाई हो रही थी।

ज्योंही वाइल्ड कैट हाईवे को छोड़कर एक तंग व घुमावदार सड़क की ओर मुड़ी, तो उसकी ब्रेक लाइट जल उठी। उस सड़क पर भी उसकी रफ्तार कम होती न देखकर हैरी ने उसे आगे बढ़ जाने दिया।

कई बार वाइल्ड कैट हैरी की आंखों से ओझल हो जाती थी, अंत में उसकी टेल लाइट हैरी को उस सड़क की पट्टी पर दिखाई दी, जो एक हाउजिंग एस्टेट की ओर ले जाती थी। वाइल्ड कैट एक दुमंजिले मकान के सामने रुकी, जिसके आगे एक छोटा-सा लॉन, एक फव्वारा और गैराज था।

कैराले वाइल्ड कैट से उतरी, तो हैरी भी एस्टेट कार से उतर पड़ा।

''मैं तुम्हें बता नहीं सकती कि मैं कितनी लज्जित हूं।'' वह कैराले के पास पहुंचा, तो वह बोली।

हैरी ने उसकी ओर देखा। दो कारों की हैडलाइट की रोशनी उन दोनों को एक-दूसरे को देखने के लिए पर्याप्त थी।

''लज्जित?'' हैरी मुस्कराया। ''इसमें लज्जित होने की क्या बात है?''

''मैं तो उसे मार ही डालती!''

हैरी वाइल्ड कैट के पास आया। उसने लेपस्की को पकड़कर बाहर निकाला फिर अपने चौड़े कंधों पर डाल लिया।

कैरोल ने सामने का दरवाजा खोला, हैरी के साथ हाल में प्रवेश किया जो लेपस्की को कंधे पर उठाए हुए था, फिर सीढ़ियां चलढ़कर दोनों ऊपर एक छोटे-से बैडरूम से पहुंचे, जो उनके मेहमानों के लिए सुरक्षित रहता था।

''इसे यहीं लिटा दो!'' कैरोल ने कहा फिर कमरे से निकलकर वह सीढ़ियां उतरते हुए लिविंग रूम में पहुंची। उसने स्विच ऑन करके बत्तियां जला दी और काफी देर तक खड़ी गुस्से पर काबू पाने का प्रयास करती रही। उसने सोचा-अगर लेपस्की पीता है, तो ठीक है। जो चीज उसके लिए अच्छी होगी, वह मेरे लिए क्यों नहीं अच्छी हो सकती!

वह शराब के केबिन के पास पहुंची। एक जिन की बोतल निकालकर उसने गिलास दो-तिहाई भार दिया, सोडा मिलाया और फिर दो ही घूंट में गिलास खाली कर दिया। उसे कमरा घूमता महसूस होने लगा ओर उसने झट से केबिनेट को पकड़कर खुद को संभाला। फिर उसने एक लम्बी वह गहरी सांस छोड़ी और लड़खड़ाती हुई सैट्टी के पास चली आई। कमजोरी-सी महसूस कर वह धाम्म् से सैट्टी पर बैठ गई।

तब तक हैरी लेपस्की को बिस्तर पर लिटा चुका था। वह सीढ़ियां उतरकर नीचे चला आया। कैरोल दोबारा केबिनेट के पास पहुंची थी ओर इस वक्त वह इतने नशे में थी कि खड़ी नहीं हो सकती थी।

हैरी को कमरे में आते देखकर उसने सोचा-क्या खूबसूरत आदमी है। मैं इसके साथ हम-बिस्तर होऊंगी। विवाहित जीवन में मैं पहली बार विश्वासघात करने जा रही हूं। यह मेरे कपड़ों का तार-तार कर डालेगा और मैं आनंदातिरेक में चीख पड़ूंगी।

‘‘फ्रिक करने की आवश्यकता नहीं है, मिसेज लेपस्की।’’

हैरी ने कहा। ‘‘सिर्फ उन्हें सोने दीजिए।’’

‘‘उसकी फिक्र? मजाक मत करो। मुझे उसकी कतई फिक्र नहीं है! एक ड्रिंक लो, हैरी.....क्या मैं तुम्हें हैरी कहकर बुला सकती हूं?’’

हैरी ने तेजी से मुड़कर गौर से उसे देखा, तो उसे पता चला कि वह कितनी पिए हुए है।

‘‘आप मुझे कुछ भी कहकर बुला सकती हैं।’’

‘‘हैरी कहूंगी...मुझे हैरी कहना पसंद है....एक ड्रिंक ले लो।’’

‘‘नो थैंक्स! मुझे वापस जाना है। हमारे लिए आज की रात बहुत व्यस्तता की है।’’

कैरोल खिसियान लगी।

‘‘आज की रात को हम दोनों मिलकर व्यस्तता की रात बनाएं....तुम और मैं। यहां आओ हैरी।’’ वह सैट्टी पर लेट गई, उसके कपड़े ऊपर सरक गए थे। उसने पास आने का इशारा किया तो उसके घुटने फैल गए।

हैरी ने तेजी से स्विच दबा दिया और कमरे में अंधेरा फैल गया। फिर चुपचाप, दबे पांव वह हाल में निकला और उसके बाद बाहर निकलकर अपनी कार के पास चला आया।

वह इस बात से बुरी तरह घबरा उठा कि वह क्या करने जा रही है। जब वह इस इंतजार में थी कि हैरी उसके कपड़े उतारने लगेगा, कैरोल का जिस्म सिकुड़ने लगा था, वह स्थिर लेटी हुई थी, दिल जोरों से धड़क रहा था और आंखें बंद थी।

जब उसे बाहर कार के स्टार्ट होने की आवाज सुनाई दी, तभी उसे पता चला कि हैरी चला गया।

ऊपर गैस्ट रूम में भरी खर्राटों की गूंज उठ रही थी।

कुशन में चेहरा छिपाकर कैरोल फफक-फफक कर रोने लगी।

हैरी जाग उठा।

उसने अपने केबिन की पर्दाविहीन खिड़की से बाहर भोर के हल्के उजाले की ओर देखा। फिर उसने घड़ी पर निगाह डाली। सुबह के साढ़े पांच बज रहे थे। बिस्तर से उठकर उसने कॉफी परकोलेट का प्लग लगाया। नहा-धो, शेव करने के बाद उसने एक कम तगड़ी कॉफी उड़ेली, फिर परकोलेटर का प्लग निकालकर कॉफी का कप लिए बैडरूम में चला आया। कप को रखकर उसने कपड़े बदले। फिर कॉफी की चुस्कियां लेते हुए दोबारा घड़ी पर निगाह डाली। बोट हाउस में आने के लिए अभी पंद्रह मिनट और बाकी थे। कॉफी का कप हाथ में लिए पीछे की ओर झुककर वह पिछली रात की घटनाओं को याद करने लगा। उसे यकीन नहीं हो रहा था कि लेपस्की ने इतनी शराब पी होगी। इस उलझन का स्पष्ट हल यह हो सकता था कि किसी ने संभवतः सोलो ने -लेपस्की को पीछे से वार करके गिरा दिया था। लेकिन ऐसा क्यों हुआ? हैरी कुछ समझ न सका। जब वह लेपस्की के मकान से लौटा था तो सीधा रेस्ट्रां में चला गया। वह सोलो से बात नहीं कर सका था, क्योंकि वह डिनर सर्व करने में अत्यधिक व्यस्त था। रात के एक बजे रेस्ट्रां बंद हुआ तो सोलो बिस्तर पर चला गया था ओर इस प्रकार हैरी को फिर भी उससे बात करने का मौका नहीं मिल सका था।

अपने केबिन में लौटने से पहले हैरी थोड़ी देर के लिए नीना से मिल था।

''मैं ठीक छः बजे बोट हाउस में होऊंगी।'' उसने कहा था।

फिर हैरी रैंडी के केबिन में जाकर बिस्तर पर बैठ गया था।

''क्या कह रहा है?'' रैंडी ने पूछा था। ''लपेस्की को क्या हो गया था?''

जब रैंडी ने दरवाजा बंदकर खिड़कियों के पर्दे तान दिए, तब उसने कहा था-''तुम जानना चाहते हो कि लेपस्की को क्या हो गया था। मैं निश्चित रूप से तो नहीं कह सकता, लेकिन अंदाजा लगा सकता हूं। मेरा ख्याल है कि सोलो ने उसे मारकर बेहोश कर दिया था ओर उस पर व्हिस्की उड़ेकर यह जताने की कोशिश की थी वह अधिक नशे की वजह से बेहोश हो गया है।''

रैंडी की आंखें आश्चर्य से फैल गई।

''क्या बकवास कर रहे हो! सोलो एक पुलिस ऑफिसर पर हाथ डालेगा।''

''तुम्हारा ख्याल बिल्कुल सही है।'' हैरी शांत स्वर में बोला-''मैंने इसी ढंग से ऐसा सोवा था।''

''लेकिन क्यों?''

''हो सकता है, लेपस्की ने कुछ देख लिया हो....मैं कह नहीं सकता।'' हैरी रुककर रेंडी को घूरने लगा। ''देखा, तुम्हारे यहां से भाग निकलने का यहीं ठीक मौका है।''

रैंडी मुंह बाएं उसे ताकने लगा।

''क्या मतलब...भाग निकलना? तुमने तो कहा था कि मुझे यहीं रहना है और झूठे बयान पर अडिग रहना है!''

हैरी ने सिर हिलाया।

''स्थिति बदल गई है। मैं जानता हूं मैंने ऐसा कहा था, लेकिन अब नहीं। जब लेपस्की को होश आ जाएगा, उसके टेलीफोन करने की देर है कि यहां पुलिस के आदमी उमड़ पडेंगे। तुम्हें थोड़ा-सा भी मौका नहीं मिलगा। मेरी बात मानो रैंडी, फौरन निकल जाओ।''

''तुम्हारा क्या करने का इरादा है?''

''मैं नीना के साथ कल सुबह तड़के शेल्डन आइलैंड जा रहा हूं।''

''नीना के साथ? रैंडी चोंक उठा। ''पागल हो गए हो क्या?''

''रैंडी, यह एक गहरी संधि है। तुम इससे अलग रहो। सामान बांधो और फूटो।'' हैरी बोला। ''तुम एक अच्छे, सीधे-सादे लड़के हो। मैं तुम्हें मुसीबत में पड़ते नहीं देखना चाहता। गायब हो जाओ।''

''गायब हो जाऊं।''

''गगयब हो जाऊं?'' रैंडी लगभग चीख पड़ा। ''तुमने ने कहा कि पुलिस के हाथों कोई बच नहीं सकता। अब कहते हो मैं भाग निकलूं? क्या हो गया है तुम्हें?''

हैरी रैंडी को चिंतित नहरों से देखते हुए कमीज की जेब में सिगरेट का पैकेट ढूंढने लगा।

''मैं थोड़ी देर सो लेना चाहता हूं, रैंडी। यहां से निकल जाओ।'' वह खड़ा हो गया और दरवाजे की ओर बढ़ने लगा।

‘‘एक मिनट रुको!’’ उसने कहा। ‘‘आखिरी यह सब है क्या?तुम्हें बताना होगा। वह बाल्डी वाली चीज! तुमने कहा था कि इसके जरिये हम दौलत हासिल कर सकते हैं!’’

‘‘चांस तो है, लेकिन तुम्हारे लिए नहीं रैंडी। तुम वही करो जो मैं कह रहा हूं...भग जाओ यहां से।’’ हैरी धैर्य के साथ बोला।

‘‘क्या तुम सचमुच नीना के साथ शेल्डन जा रहे हो?’’

‘‘हां....चीखें मत।’’

‘‘मैं तुम्हें आगाह किया था! रैंडी कांपने लगा। ‘‘सोलो को पता चलने पर वह तुम्हें जान से मार डालेगा, हैरी! मेरी बात सुना! मैं तुम्हें पसंद करता हूं। तुमने मेरी जान बचाई थी! मैं तुम्हारा एहसानमंद हूं। नीना के साथ शेल्डन मत जाओ।’’

‘‘मैं जरूर जाऊंगा।’’

हैरी ने रैंडी को एक तरफ धकेलकर दरवाजा खोला ओर बाहर निकल गया।

‘‘चले जाओ, रैंडी! मेरी फिक्र मत करो।’’ वह बाहर से बोला।

यह सोचते हुए हैरी ने फिर से घड़ी की ओर देखा। अब निकलने का वक्त हो गया था। उसने बिस्तर के नीचे से बाल्डी की ऑटोमैटिक और गोलियों का बक्सा निकाला। उसने अपने स्विम ट्रैक और दो पैकेट सिगरेट के साथ उन्हें एक बैग में डाला और केबिन से निकल गया।

उसे चिंता हो रही थी कि रैंडी चला गया या नहीं। उसने रैंडी के केबिन की ओर देखा, पर्दे गिरे हुए थे। अब वह एक पल भी रैंडी के साथ शामिल होना नहीं चाहता था। उसने उसे चेतावनी दे दी थी। अगर वह चला नहीं गया है, तो यह तय है कि उसका जनाजा उठ ही जाएगा।

नीना वहां बैठी इंतजार कर रही थी।

सोलो का बोट दो इंजन वाला चौबीस फुट लम्बा था, जिसके पिछले भाग में एक केबिन भी था। हैरी को आते देखकर नीना ने इंजन स्टार्ट कर दिया। ज्यों हैरी बोट पर सवार हुआ, बोट समुद्र की ओर मुड़कर लहरों में हिचकोले खाते हुए आगे बढ़ने लगा।

नीना बिकनी पहने हुई थी। कॉकपेट पर हैरी उसके पास पहुंचनते ही वह मुस्करा दी।

‘‘तुमने कॉफी पी ली हैरी?’’

‘‘श्योर।’’

वह फिर मुस्कराने लगी।

‘‘तुम शेल्डन आइलैंड को पसंद करोगे। वहां तुम होगे, मैं हूंगी और होंगी सिर्फ चिड़ियां!’’ उसने हेरी का हाथ पकड़ा। ‘‘मैं तो इंतजार करती रही थी....सिर्फ इंतजार....और सोच रही थी, शायद आज का दिन कभी नहीं आएगा!’’

समुद्र में तेजी से बढ़ते हुए हैरी ने इंजन की ताकत को महसूस किया। उसने केबिन की ओर देखा।

‘‘अच्छा बोट है।’’ उसने कहा।

''हां'' हैरी को कॉकपिट से ऊपर चढ़ते देख नीना ने तेजी से उसकी ओर देखा।''किधर जा रहे हो?''

''एक नजर देख लेना चाहता हूं।''

वह डैक से चलकर केबिन के सामने पहुंचा, जो कि चार बर्थ समाने लायक बड़ाक था। पोर्टहाल के पर्दे तान दिए गए थे और जब उसने दरवाजे की ओर देखा, तो वह तालाबंद था। उसके माथे पर बल पड़ गए, वह कुछ देर दरवाजे को घूरता रहा, फिर वापस कॉकपेट में लौट आया।

''केबिन तो बिल्कुल बंद है।''

''मैं जानती हूं। डैड वहां सामान रखता है और यह हमेशा बन्द ही रहता है। मैं कभी इसका इस्तेमाल नहीं करती।''

''कैसा सामान?''

''मुझे नहीं मालूम।'' नीना मुस्कराई, लेकिन हैरी ने देखा, उसकी आंखें थोड़ी विचलित-सी होने लगी थी।

हैरी बैंच पर उसकी बगल में बैठ गया।

''शेल्डन के बारे में बताओ। क्या तुम अक्सर वहां जाती हो?''

''महीने में एक बार।''

''मैंने एक बार किसी को उस आइलैंड के बारे में बोलते सुना था। उसने किसी 'फनेल का जिक्र किया था तुम जानती हो इसके बारे में?''

''हां यह चट्टानों के बीच चोंगे की शक्ल की चौड़ी दरार है। द्वीप के चारो ओर का ज्वार-भाटा काफी जोखिम भरा है। हर तीसरे महीने जब ज्वार उतरता है, तो उस फनेल के बीच से गुजरा जा सकता है...समझो वह एक गलियारा है जो एक आश्चर्यजनक तथा चित्रमय गुफा की ओर जाता है। इसकी दीवारें हल्के तौर पर चकती रहती है। मैं दो बार वहां गई हूं। लेकिन बहुत ही सावधानी बरतनी पड़ती है। ज्वार किसी भी समय बदल सकता है, फिर तो तुम वहां तीन महीने के लिए कैद हो जाओगे।''

हैरी ने ऐ सिगरेट सुलगाई। वह बाल्डी के सूटकेस में मिले नोट को याद कर रहा था।

''दी फनेल! शेल्डन एल.टी. 0745-मई 27।''

''जब ज्वार ठीक हो, तो क्या इस साइज का वोट उस गुफा तक जा सकता है?''

''हां मैं इसी बोट में गई थी। मैं ज्यादा देर नहीं रुकी। बस गई और लौट आई।''

''तुम्हारा मतलब ज्वार इतनी तेजी से बदल जाता है?''

तुमने ठीक कहा। ऐसा जानने में आया है कि यह एक घंटे के अन्दर बदल जाता है। समुद्र का पानी बड़ी तेजी से आता है। इसलिए टूरिस्ट गुफा की ओर कभी नहीं जाते।''

''यानि आज हम वहां नहीं जा सकते।''

''बोट द्वारा नहीं।'' नीना उसकी ओर देखा। ''क्या तुम इसे देखना चाहते हो?''

''जरूर समुद्र कब बदलने वाला है?''

‘‘अगले हफ्ते...लेकिन इतवार के दिन नहीं....शायद बुधवार को, जब हम काम कर रहे होंगे। लेकिन अगर तुम सचमुच इसे देखना चाहते हो तो हम तैरकर वहां जा सकते हैं।’’

‘‘अच्छा?’’

नीना ने हामी भरी।

‘‘तुम कभी तैरकर गई हो?’’

‘‘ओह नहीं! मैं अकेली ऐसा नहीं कर सकती। इसमें बहुत खतरा है।’’ उसने अपना गर्म हाथ हैरी की बांह पर रख दिया। ‘‘लेकिन तुम्हारे साथ मैं जा सकती हूं। तुम अव्वल दर्ज के तैराक हो, ओलम्पिक स्तर के।’’

‘‘मैं तैर सकता हूं। वहां इतना खतरा किस बात का है?’’

‘‘वहां पानी के नीचे से काफी लम्बी तैराकी करनी पड़ती है और पानी का बहाव बहुत तेज है।’’ नीना ने कुछ पल रुककर फिर आगे कहा। ‘‘उस लॉकर के अन्दर एक जोड़ा एक्वालंग्स ‘पानी’ में डुबकी लगाकर सांस लेने का उपकरण भी पड़ा है।’’ उसने इशारा किया। ‘‘हम उनका प्रयोग कर कसते हैं।’’

हैरी चिंतित दिखने लगा।

‘‘नहीं...मैं अकेला जाऊं तो शायद बेहतर होगा। मैं कोई दुर्घटना नहीं चाहता।’’

नीना बेचैन हो उठी।

‘‘मैं जरूर जाऊंगी। मुझे अच्छी तरह तैरना आता है, हैरी सच! अगर हम एक रस्सी से एक-दूसरे से बंधे रहें, तो हम मुसीबत से बच सकते हैं, तुम मेरी मदद कर सकते हो।’’

‘‘क्या वहां इतनी कठिनाई होगी?’’

‘‘हे भगवान! मैं तो तुम्हें एक अच्छा तैराक समझती थी!/’’

‘‘मैं तैर सकता हूं।’’ वह कुछ देर तक सोचता रहा और नीना उसकी ओर ताकती रही। फिर वह बोला-‘‘वैल, ओ.के., अगर हमने एक्वालंग्स का इस्तेमाल किया, तो हम ज्यादा संकट में नहीं पडेंगे।’’ वह बैंच से सरककर लॉकर के पास पहुंचा, उसे उसे खालो ओर वे उपकरण निकाले।

उसने उपकरणों को चैक किया और सन्तुष्ट हुआ कि उपकरण ठीक हालत में थे, फिर मुड़कर कॉफी का कप संभाला जिसे नीना ने उसकी ओ बढ़ा दिया था।

‘‘लोकर के अन्दर ही कहीं नायलॉन की एक लम्बी रस्सी ओर कुछ बैल्टे भी होंगी।’’ नीना ने कहा।

हैरी ने कॉफी खत्म की, फिर मुड़कर लॉकर के अन्दर गहरे टटोलने लगा। लॉकर के भीतर काफी सामान पड़ा था। हैरी न उनमें एक प्लास्टिक का थैला निकाला। उसने देखा, थैले के अन्दर एक चमक विरोधी ड्राइविंग गॉगल्स, एक काली सूती शर्ट और सफेद रंग का सिर में बांधने वाला जनाना स्कार्फ पड़ा था। हैरी ने अपनी पीठ नीना की तरफ की ताकि वह देख न सके कि वह क्या कर रहा है।

‘‘मिल गई, हैरी?’’

हैरी ने वह थैला वापस लॉकर के अन्दर डाल दिया। उसे नॉयलॉन की रस्सी का एक लट्ठा ओर दो बैल्ट दिखाई दी। हिन्हें उसने खींच निकाला।

उसकी आंखों के समाने वहीं मस्टांग वाली औरत का चेहरा घूम रहा था, जो ड्राइविंग गॉगल्स पहने हुई थी, बालों को जिसने स्कार्फ में बांध रखा था, जिसका सिरा काली सूती शर्ट के अन्दर खोंस रखा था। उसने लॉकर का दरवाजा बंद कर दिया और मुड़कर एक सिगरेट सुलगाई।

उसने बारमैन जोए की कही बातें याद आई-''यहां मेरे और रैंडभ् के सिवा आपका कोई दोस्त नहीं है, मिस्टर हैरी। मेरा मतलब....कोई दोस्त नहीं और आपके ऊपर मुसीबत आ सकती है।''

''क्या बात हैरी।'' नीना तीखेपन से पूछा।

''कुछ नहीं।''

''तुम कुछ सोच रहे थे, नहीं हैरी?''

दूर क्षितिज के आगे हैरी को उस छोटे से द्वीप की बाहरी रूप-रेखा दिखाई दी।

''वही है शेल्डन?'' हाथ से इशारा करते हुए उसने पूछा।

''हां वही है।''

''क्या इसकी वक्त फनेल में चलें?''

''हां... पहले वहां ही जाएं तो बेहतर है, लहरे कम होंगी। क्या तुम...सचमुच वह गुफा देखना चाहते हो?''

''श्यौर। दूसरे काम के लिए हमारे पास काफी समय है।'' वह नीना की ओर देखकर मुस्करा दिया, ''हमें कब तक लौट जाना चाहिए?''

''अंधेरा होने से पहले।। मैं खाने-पीने का काफी सामान ले आई हूं।''

हैरी ने सहमतिसूचक सिर हिलाया। उसने डैक से परे बन्द केबिन की ओर देखा, फिर जेब से चाकू निकालकर आवश्यक लम्बाई पर नायलोन की रस्सी काट डाली। रस्सी के एक सिरे को बैल्ट धातु के छलल से जोड़ दिया और दूसरे सिरे को दूसरी बैल्ट के छल्ले से।

जब वे द्वीप के काफी, नजदीक पहुंचे, तो हैरी डैक पर चढ़ गया, ताकि अच्छी तरह द्वीप को देख सके। उसने देखा वह ज्वालामुखी सम्बन्धी चट्टान थी, जो समुद्र से ढलवां शक्ल में बाहर निकली हुई थी। उसके ढलवां चट्टनी पृष्ठ पर कई किस्म के समुद्री पक्षी बैठे हुए थे।

बीस मिनट बाद, नीना ने बोट उस तरफ मोड दिया जहां चट्टान की दीवार पर काफी चौड़ा कटाव पड़ गया था। यह काफी कठिन काम था, लेकिन नीना ने बड़ी कुशलता से बोट संभाला और वे छांवदार बंदरगाह पर पहुंच गए, उनके सिर के ऊपर चट्टानों की परत मेहराब की शक्ल में सीधी खड़ी थी। फिर वे छोटे-से घाट पर पहुंच गए जहां मोटर गाडियों के कई पुराने पहिए लटके हुए थे, ताकि बोट चट्टान से टकरा न जाए।

नीना ने इंजन बंद कर दिए और हैरी बोट से कूदकर घाट पर उतर गया और उसने बोट पकड़ लिया।

‘‘हमें थोड़ा पैदल चलकर चढ़ाई चढ़नी पड़ेगी।’’ नीना ने कहा और उसके हाथ में एक्वालंग्स उपकरण थामा दिया। उसने इशारे से एक तंग-सी पगडंडी की ओर दिखाया जो धीरे-धीरे ऊपर उठती हुई चट्टान के पीछे गायब हो जाती थी, ‘‘उस रास्ते से हम फनेल तक पहुंच कसते हैं।’’

‘‘मैं समझा नहीं।’’ हैरी बोला-‘‘तुमने तो कहा था कि जब ज्वार उतरा हो तो वहां बोट द्वारा जाया जा सकता है।’’

‘‘सो तो ठीक है। अगर बोट द्वारा जाना हो, तो द्वीप की दूसरी तरफ से जाना पड़ता है।’’ नीना ने बताया।

‘‘मुझे मेरा बैग पकड; दो।’’

नीना ने बैग थाम दिया।

‘‘यह तो बहुत भारी है...क्या है इसमें?’’

‘‘समान।’’ हैरी उसकी ओर देखकर मुस्करा दिया और जब नीना ने खाने-पीने से सामान वाला बैग उठाया तो हैरी ने उसका हाथ पकड़कर उसे उतरने में मदद की, ‘‘तुम आगे-आगे चलो।’’

दोनों उसी रास्ते से चलकर चट्टान की चेटी पर पहुंच गए। वहां से हैरी को दूर नीचे छिदले जन की झी-सी दिखाई जो समुद्र की ओर जाने का मार्ग थी।

‘‘वह रहा..... वही है फनेल।’’ नीना ने चट्टान के आखिरी सिरे की ओर इशारा किया।

‘‘मुझे तो दिखाई नहीं दे रहा है।’’

‘‘कैसे देखोगे? यह तो पानी के अन्दर है। जब ज्वार उतरता है, तो समुद्र का पानी काई बीच फीट नीचे घट जाता है, तभी वह प्रवेश द्वार देख सकोगे तुम।’’ वह ऊपर की ओर निकली, ‘‘नट रही-सी चट्टान देख रहे हो? गुफा तक पहुंचने का रास्ता वहीं से है। हम तैरते हुए वहां तक पहुंचेगे, फिर वहां से गोता मारकर आगे बढ़ाना होगा। सुरंग काफी लम्बी है, लेकिन इसके जरिए हम ठीक गुफा, तक पहुंच सकते हैं।’’

हैरी ने उस चट्टान का अध्ययन किया।

‘‘तुम सचमुच मरे साथ आना चाहती हो?’’

‘‘आफ कोर्स।’’

‘‘फिर तो चलो, नीचे उतरें और कपड़े बदल ले।’’

नीना तंग व ढलवां रास्ते से आगे-ओ नीचे उतरने लगी और दोनों पत्थर की तरह एक सपाट चबूतरनुमा जगह पर पहुंचेखू, तो छिछली झील से थोड़ी ऊंचाई पर थी।

जिस समय वे दोनों नीचे उतर रहे थे, अपने बंधे हुए स्थान में सोलो का बोट हितने लगा। जैसे ही नीना की आवाज सुनाई देनी बन्द हुई, तोर से एक तीखी आवाज उभरी जो बोल्ट के खुलने से उत्पन्न हुई थी। केबिन का दरवाजा झटके के साथ खुल गया।

फर्नान्डो कार्टेज बड़ी सावधी के साथ बाहर निकल आया-उसके हाथ में .22 की एक टार्गेट रायफल थी।

लेपस्की ने आंखें खोल दी ओर सामने की खिड़की की ओर देखा। पर्दों के कोने से रोशनी छनकर आ रही थी। पर्दे उसे जाने-पहचाने-से लगेख्, फिर एक झटके के साथ उसे होश आया कि वह अपने ही मकान के गेस्ट रूम में पड़ हुआ है।''

वह उठकर बैठ गया। सिर में तेज दर्द उठने लगा, जिसे वह कराह उठा। उसने आगे की ओर झुककर दोनों हाथों में सिर थाम लिया। फिर जब दर्द कुछ कम हुआ, तो वह बिस्तर से नीचे उतरा और हय देखकर हैरत में पड़ गया। कि वह पायजामा पहने हुआ था।

उसने ड्रैसिंग टेबल पर रखी घड़ी की ओर देखा। सुबह के छः बजकर पैंतीस मिनट हो रहे थे। वह कुछ देर खड़ा सोचता रहा, फिर उसे कार्टेज, अपने सिर पर पड़े प्रहार और अब तक की पूरी बेहोशी की यादा आई।

वह लड़खड़ाते कदमों से पैसेज से चलकर अपने बैडरूम में दाखिल हुआ।

'''मेरे नजदीक मत जाओ, कमीने नशेबाज!'' कैरोल बिस्तर से बड़े नाटकीय अंदाज से चिल्लाई, ''चले जाओ।''

''क्या हुआ था? मैं घर कैसे पहुंच गया?'' लेपस्की गुर्राया।

''तुम्हें यहां लाया गया था...पियक्कड़'' करौल बिस्तर पर उठ बैठी। उसका सिर भी जोरो से दुख रहा था, लेकिन लेपस्की को देखकर तथा पिछली रात की झटनाओं को याद कर वह गुस्से से इतनी जलभुन गई थी थी कि वह अपनी ज़ुबान पर काबू न पाने फैसला कर चुकी थी, ''मुझे जिन्दगी में कभी इतनी शर्मिन्दगी नहीं उठानी पड़ी थी! मैं वादा कर रही हूं, लेपस्की, यह सब अगर दोबरा हुआ, तो मैं अपनी मां के पास चली जाऊंगी! मैं तुम्हें चेतावनी दे रही हूं! मैं...'' ''शटअप!'' लेपस्की चिघांड उठाा, ''हुआ क्या था?''

उन दोनों के बीच काफी देर तक तू-तू मैं-मैं होती रही, फिर लेपस्की की कड़कती पुलिसिया आवाज सुनकर और आंखों में प्रचण्ड क्रोध की आग भड़कती देखकर कैरोल-ने सारी बातें बता दीं।

''तुम्हें सचमुच यकीन है, कि मैं नशें में धुत्त था...मैं....?'' लेपस्की गुस्से में चीख उठा।

''तुम व्हिस्की की दुर्गन्ध से सरोबार थे...हां तुम नेशे में धुत्त थे!''

''मुझे बेहोश कर दिया गया था! किसी ने मुझ पर व्हिस्की उड़ेल दी थी!/ यह दुनिया का घिसापिटा व सबसे घटिया तरीका है! तुम्हें खुद पर शर्म आनी चाहिए थी कि इतनी-सी बात नहीं समझ सकी!''

वह कमरे से बाहर निकला और सीढ़ियां उतरकर लिविंग रूम में चला आया। यहां रुककर उसने बिगलर और हैसे के बारे में सोचा। इस घटना से उन पर क्या प्रतिक्रिया हो सकती है? वह खुद को कोसने लगा। यह तो उसकी तरक्की के लिए अलविदा साबित हो सकती है। उसने झपटकर रिसीवर उठाया और पुलिस हैडक्वाटर्स का नम्बर डायल करने लगा।

आधे घंटे बाद, वह तूफानी रफ्तार से हाईवे पर कार भगवा रहा था। दस मिनट बार, वह हैडक्वाटर्स के डिटेक्टिव रूम में दाखिल हुआ।

“तुम ठीक-ठाक तो हो, टॉम?”बिगलर ने बड़ी दिलचस्पी के साथ उसकी ओर देखकर पूछा।

लेपस्की ने टेलीफोन पर सारी बातें जबर्दस्त तरीके से बता दी, उसने देखा वह प्रभाव जमाने में सफल हो गया था।

“मैं बिल्कुल ठीक हूं...क्या हो रहा है यहां?”

“कार्टेजे के सम्बन्धा में सरगर्मी शुरू कर दी गई है हैस मिस्टर और मिसेज कार्लोस से पूछताछ करने गया है। मैं भी सोलो से मिलने जा ही रहा था।”

लेपस्की दांत पीसते हुए गुर्राया।

“मैं भी साथ चलूंगा। मेरा दावा है कि सोलो ने ही मुझ पर हमला किया। मैं उसकी ऐसी-की-तैसी कर दूंगा!”

“ठीक है, अगर तुम्हें पूरा यकीन है तो तुम कर सकते हो।” बिगलने ने कुर्सी की पीठ से अपनी जैकेट उठाकर पहन ली।

“मैं उस पर हाथ डाले से अपने-आपको रोक नहीं सकूंगा।” लेपस्की बोला।

कमरे के कोन में रखी टैलेक्स मशीन खड़खड़ाने लगी। जैकापेबी उठाकर मशीन के पास गया।

हैरी मिचेल के बारे में वाशिंगटनर से रिपोर्ट आ रही है, जोए।” उसने कहा।

बिगलर और लेपस्की उसके पास आए। मशीने के ऊपर झुककर उन्होंने कागज पर छपी संक्षिप्त रिपोर्ट पढ़ी-

हैरी मिचेल! सार्जेन्ट ‘तकनीकी’। थर्ड पैराट्रूप रेजिमेंट फर्स्ट कम्पनी। वियतनाम में सर्विस की, 12-3-67। एक्शन में मारा गया 2-4-67।

बिगलर ने टेलेक्श दोबारा पढ़ा, फिर पीछे हटकर बालों में उंगलियां फेरने लगा।

“वैल क्या ख्याल है? यह आदमी तो मर चुका है!”

“फिर वह कौन है जो खुद को हैरी मिचेल कहलाता है?” लेपस्की ने पूछा, चलो जोए उसे दबोच लें।”

लेकिन बिगलर को जल्दबाजी नहीं थी। उसने वाशिंगटन से पहले भी कई रिपोट मंगवाई थी और जानता था कि वाशिंगटन से कभी-कभी गलतिया भी हो जाती हैं।”

“दोबारा तलब करो, मैक्स।” उसने जैकोबी से कहा, फिर चीफ को फोन पर बता दो। उन्हें बताओ, मैं और टॉम डोमिनिको रेस्ट्रां गए हैं और मिचेल का लेकमर आएंगे।”

“और सोलो को भी।” लेपस्की बोला।

ज्योंही चलने के लिए दोनों दरवाजे की ओर मुड़े, एक ठिगने-से, दुबले-पतले, बेचैन तथा घबराए हुआ आदमी को दरवाजे के पास खड़ा देखकर दोनों रुक गए। उस आदमी के लम्बे-लम्बे बालों को देखते ही लेपस्की ने फौरन पहचान लिया कि वह सोलो का गिटार वादक तथा बारमैन था।

“रुको, जोए।” लेपस्की ने धीरे से कहा, “यह दिलचस्प मामला हो सकता है।”

उसे आगे बढ़कर रैंडी को घूरते हुए पूछा, ''क्या चाहिए?''

''मेरे दिमाग में कई बातें हैं। मैंने समझ लिया कि यहां आकर सब-कुछ बता देने का उचित समय है।''

''कौन हो तुम?''

''रैंडी रोज...मैं सोलो के यहां काम करता हूं।''

''अन्दर आकर कुर्सी पर बैठ जाओ। क्या कहना चाहते हो तुम?''

रैंडी ने अन्दर कदम रखा, फिर लेपस्की के इशारे पर हिचकिचाते हुए बिगलर की डैस्क के आगे वाली कुर्सी पर बैठ गया और रुमाल से चेहरा पोंछने लगा।

बिगलर अपनी कुर्सी पर बैठ गया और लेपस्की एक दूसरी कुर्सी खींचकर। लेपस्की अपनी नोटबुक निकाल ली।

''वैल, रैंडी।'' बिगलर ने कहा,''क्या कहना चाहते हो?''

''मैंने ड्राफ्ट से धोखेबाजी की थी।'' रैंडी दुःखी स्वर में बोला।

''तो।''

''हैरी ने मुझे इसे भूल जाने को कहा था, लेकिन मैंने सोचा, अगर पुलिस ने तहकीकात शुरू की तो मुझे फरार हो जाना पड़ेगा। मैं समझ सकता हूं कि एक भगोड़ की क्या जिंदगी हो सकती है, इसीलिए मैं आपको यह सब बताने यहां चला आया।''

''कैसे समझ सकते हो, क्या तुम पहले भी भगोड़े बने थे?''

''नहीं, लेकिन मैं ऐसे दोस्तों को जानता हूं। बहरहाल, हैरी ने बताया था कि पुलिस एक बार पीछे पड़ गई तो उससे बचना मुश्किल हो जाता है।''

''कौन हैरी?''

''हैरी मिचेल। वह भी सोलों के यहां काम करा है।''

''मिचेल के बारे में तुम क्या जानते हो, रैंडी?''

रैंडी थोड़ा चौंक पड़ा।

''ज्यादा नहीं। वह मुझे रास्ते में मिला था। उसने मेरी रक्षा की थी, लिहाजा मैंने सोलो के यहां उसे काम दिलवा दिया था। मैंने टेलीफोन पर सोलो को बता दिया था कि वह एक ओलम्पिक तैराक व वियतनाम से लसेआ अनुभवी फौजी है, तो उसने हैरी को तुरन्त रख लिया था। इसके अलावा मैं उसके बारे में कुछ नहीं जानता।''

''वह कहानी बताओ, रैंडी। ड्राफ्ट में धोखाधड़ी की चिंता मत करो। मैं जानना चाहता हूं तुम मिचेल से कब, कहां और कैसे मिले थे, उसने कैसे तुम्हारी जान बचाई थी? वगैरह।''

ज्योंही रैंडी ने कहना शुरू किया, बिगलर ने डैस्क के नीचे एक बटन दबा दिया जिससे डैस्क ड्राअर में छिपा टेप रिकार्डर चालू हो गया।

जब रैंडी कहानी के उस अंश में पहुंचा, जब उसने और हैरी ने मस्टांग कार रोकी थी, तो वह रुक गया और हिचकिचाने लगा कि आगे बताए या नहीं।

''बोलते रहो, रैंडी।'' बिगलर ने कहा, ''तुम काफी अच्छा काम कर रहे हो। हां, तो हैरी ने कार की हैडलाइट्स देखो ओर इशारा किया...फिर क्या हुआ?''

‘‘हो सकता है, यह बात आपको महज झूंठी लगे, लेकिन यह सच्चाई है।’’

‘‘कोई बात नहीं सिर्फ बोलते रहा।’’

रैंडी ने सारी बात बता दी।

‘‘हमने फोट लॉडरडेल के बाहर एक दूसरे कैफे में मस्टांग रोक दी थी।’’ उसने आगे कहा, ‘‘हैरी कॉफी पीने चला गया था और मैं उस औरत को जगाने, जो कैरावन में सोइई थी।’’ उसने थूक निगला और बताया कि कैसे उसे लाश मिली थी, फिर उन्होंने कैसे लाश को हैटलिंग कोव ले जाकर दफना दिया था और कैसे मस्टांग और कैरावान से छुटकारा पाया था।

बिगलर आगे की ओर झुका।

‘‘बड़ी खूबसूरत कहानी है, रैंडी, लेकिन इसका मतलब दूसरा भी हो सकता है, नहीं?’’ उसने रैंडी को घूरते हुए कहा, ‘‘मान लो, इस रहस्यमयी गुड़िया का अस्तित्व था ही नहीं, बाल्डी ने तुम दोनों को लिफ्ट दी थी और तुम लोगों ने उसे ठिकाने लगा दिया था’’

‘‘हैरी ने कहा था, आप लोग ऐसा ही सोचेंगे।’’ रैंडी ने कड़वाहट के साथ कहा। ‘‘लेकिन हमने ऐसा नहीं किया था। मैंने आपको सच्ची बात बताई है। अगर आपको यकीन नहीं होता, तो मैं क्या कर सकता हूं?’’

बिगलर मुस्कराया।

‘‘घबराओ मत। मुझे यकीन है। मैं जानता हूं, बाल्डी तुम दोनों को लिफ्ट देने के लिए कभी कार नहीं रोक सकता। मैं तो सिर्फ तुम्हारी प्रतिक्रिया देखना चाहता था।’’

रैंडी नपे एक गहरी सांस छोड़ी।

‘‘आगे बताओ, रैंडी।’’ बिगलर ने फिर कहा। ‘‘तुम दोनों ने बाल्डी की लाश दफना दी, फिर क्या हुआ?’’

‘‘जैसा कि मैं बता चुका हूं, हमने मस्टांग और कैरावान को ठिकाने लगा दिया, उसके बाद...नहीं, मैं भूल गया था, जरा ठहरिये। जब हैरी लाश को लफना रहा था, उसे मृत व्यक्ति का विग खुल गया था, जिसके अन्दर एक चाबी थी। यह एयरपोर्ट के लैफ्ट लगेज की चाबी थी।’’

बिगलर और लेपस्की ने एक-दूसरे की ओर देखा।

‘‘बोलो, बोलते रहा।’’ बिगलर ने कहा।

‘‘वैल, हैरी एयरपोर्ट गया था, वहां लाकर में उसे एक सूटकेस मिला जिसके अन्दर एक कागज़ का स्लिप था उसमें लिखें संदेश में किसी शेल्डन आइलैंड और फनल का जिक्र था।’’

‘‘सूटकेस के अन्दर और क्या-क्या मिला?’’

‘‘एक गन और गोलियों का एक बक्सा।’’ रैंडी बोला-कुछ कपड़े....’’

‘‘काग के स्लिप में क्या लिखा था...मैं ठीक-ठीक जानना चाहता हूं।’’

रैंडी ने याद करने का कोशिश की, फिर कंधे उचका दिए।

''मुझे याद नहीं। कुछ ऐसा था-शेल्डन। दी फनेल... और एक तारीख लिखी हुई थी...वह मुझे याद नहीं आ रही है।''

जब वह बोल रहा था, टैलेक्स मशीन फिर खड़खड़ाने लगी थी। अब जैकोबी बिगलर की डैस्क के पास आया और उसने मैसेज उसे पकड़ा दिया जिस पर लिखा था-

वाशिंगटन, 07-38। हमारा 3488769 रद्द किया जाता है। सन्दर्भ-3488769। हैरी मिचेल। सार्जेन्ट 'तकनीकी' थर्ड पैराट्रूप रेजिमेंट। फर्स्ट कम्पनी। वियतनाम में सर्विस 12-3-67। एक्शन के दैरान गुमशुदा हाने की रिपोर्ट 2-4-67। पी. ओ. डब्ल्यू. से रिलीज 7-7-67। डिस्चार्ज 5-5-69। बिगलर गुरार्सया और उसने टैलेक्स लेपस्की की ओर बढ़ा दिया।

''तो उन्होंने फिर जिन्दा कर दिया।''

लेपस्की ने टैलेक्स पढ़ा।

''हम अब भी उसे पकड़ सकते हैं?'' उसने मैसेज मेज पर रख दिया। बिगलर ने रैंडी की ओर देखा।

''वैल, रैंडी। मै जानना चाहता हूं कि तुमने यह बातें क्यों बताई?''

रैंडभ् ने कुसी को थोड़ा आगे खिसकाया।

''इसलिए, क्यों हैरी ने मेरी जान बचाई थी...मैं उसे पसन्द करता हूं। उसका एहसानमन्द हूं। इस समय वह मुसीबत में है। मैंने सोचा, सबसे बेहतर यह होगा कि मैं यहां जाऊं। और आप वह मुसीबत संभाल लें।''

''कैसी मुसीबत?''

''हैरी ने नीना डोमिनिको के साथ सम्बन्ध बना लिया है। मैंने उसे चेतावनी भी दी थी। वह नीना के साथ सोलो के बोट में शेल्डन आईलैंड गया है। सोलो को यह पता चल ही जाएगा, तो हैरी को जान से मार डालेगा।''

''नीना सोलो की पत्नी है।?''

''वह उसकी बेटी है।'' लेपस्की बीच में बोला-''वह उसे पागलपन की हद तक चाहता है। इसका कहना सही है, अगर हैरी नान को लेकर सोलो को उल्लू बना रहा है, तो वह भारी संकट की ओर बढ़ रहा है।'' वह रैंडी की ओर मुड़सा। ''तुम्हें पक्का मालूम है कि ये दोनों शेल्डन आइलैंड गए हैं?''

''हैरी ने कल रात मुझसे कहा था कि वे जाएंगे। इस वक्त दोनों वहीं है। साोलो का बोट गायब है। उसे मालूम हो गया, तो खून-खराब हो जाएगा।''

''मिचेल वहां किसलिए गया है?'' बिगलर नेपूछा।

''वह वहां बाल्डी की हत्या का पता लगाने गया है। उसका विचार है कि बाल्डी ने किसी चीज का अपहरण किया था आसेर वह उसी आइलैंड में रखी गई है।''

बिगलर खड़ा हो गया।

''ओ. के. रैंडी, हम तुमसे बाद में बाते रकेंगे।'' वह जैकोबी के पास पहुंचा। ''मैक्स, इस छोकरे को हिरासत में ले लो। इसे कॉफी और सिगरेट दे देना। चीफ को फोन पर बता दो

कि हम सोलो से बात करने जा रहे हैं। मैं एक तेज रफ्तार वाली बोट चाहता हूं, शेल्डन द्वीप पहुंचने के लिए। इसे डोमिनिको के घाट पर भेज देना।''

लेपस्की टैलेक्स के लिए उसके पास आया।

''मैं वह टैलेक्स चाहता हूं...वह पहले वाला, जिसमें लिखा है कि मिचेल मर चुका है।''

जैकोबी ने वह टैलेक्स निकालकर उसे दे दिया।

जब दोनों डिटेक्टिव कमरे से निकलकर सीढ़ियां उतरने लगे, तो बिगलर ने पूछा-''क्या ख्याल है, टॉम?''

''मेरे पास एक आडिया है।'' लेपस्की ने कहा। ''अगर तुम इजाजत दो, तो मैं सोलो की जुबान खुलवा सकता हूं। हमें अपने चार आदमी साथ लेने होंगे। सोलो जंगली हाथी के बराबर है, उसे संभालने में थोड़ी कठिनाई होगी।''

दोनों बाहर गर्म धूप में निकले।

''ऐसा क्यों कर हुआ,'' बिगलर संदेहास्पद स्वर में बोला ''ऐसा तुम्हारे साथ पहले तो कभी नहीं हुआ था। जब कार्टेज ने गन निकाली थी, तो उससे पहले ही तुमने उसे क्यों नहीं कवर कर लिया!''

लेपस्की होंठ चाटने लगा। वह बिगलर को यह हरगिज नहीं बताना चाहता था कि उसे वक्त उसके पास गन नहीं थी।

''वह कम्बख्त तो बिजली से भी तेज निकला। इससे पहले कि मैं उसे पहचान भी पाता कि वह कौन है, गन उसके हाथ में आ चुकी थी।''

बिगलर ने कए पैट्रोलमैन से जैकोबी को यह कहलवा भेजा कि चार आदमी डोमिनिको रेस्ट्रां में भेज दें वह पुलिस कार में सवार हो गया, जो इन्तजार में खड़ी थी।

''तुमने कैसे सोच लिया कि तुम सोलो की जुबान खुलवा सकते हो?'' जब लेपस्की उसकी बगल में आ बैठा, तो उसने पूछा।

लेपस्की ने उसे बता दिया।

9

''क्यका तुम सचमुच आना चाहती हो मेरे साथ?'' हैरी ने पूछा।

''ऑफकोर्स.....गड़बड़ी मत करो।'' नीना चिड़चिड़ाहठ से बोली।?

दोनों झील से थोडी ऊंची सपाट चट्टान पर खड़े थे। नीना बिकनी पहने हुई थी और हैरीर स्विमिंग ट्रैक।

''ठीक है।''

दोनों ने एक्म्वालंग्स पहन लिए, फिर बैल्ड बांधी, जो नायलोन की रस्सी से जुड़ी हुई थी दोनों पानी में छलांग लगाने के लिए तैयार थे।

हैरी ने इशारा किया और दोनों कूद गए।

चट्टान की दीवार से पीठ सटाए ओट में खड़े फर्नान्डो कार्टेज ने उन्हें पानी में छलांग मारते देखा, फिर वह उसी तंग रास्ते से उतरने लगा, जो उसे चबूतरानुमा सपाट चट्टान तक पहुंचता था।

हैरी अधिक परिश्रम किए बिना धीरे-धीरे तैर रहा था ताकि वह देख सके कि नीना उसके करीब ही है। उसे तसल्ली हुई कि वह ठीक तरह से तैर रही थी। नीना ने इशारा किया ओर उसने दिशा बदली, फिर उसे पानी की सतह से नीचे स्थित चट्टानी दीवार पर सुरंग का वह बड़ा-सा खुला हुआ मुंह दिखाई दिया। नीना ने उसके और करीब आकर उसका हाथ पकड़ा ओर फिर से इशारा किया।

हैर ने महससू किया कि पानी का बहाव धीरे-धीरे तेज होने लगा था। वह सख्ती के साथ तैरते हुए सुरंग के खुले मुंह की ओर बढ़ने लगा, क्योंकि पानी का बहाव उसे विपरीत दिशा की ओर धकेल रहा था। उन दिनों के बीच की रस्सी में खिंचाव नहीं हो रहा था। कुछ देर जबर्दस्ती के साथ हाथ-पांव चलाने के बाद वह सुरंग के अन्दर पहुंच गया। अन्दर का पानी अधिक ठंडा महसूस हुआ। बहाव काफी तेज रफ्तार से पिरी दिशा की ओर जा रहा था। उसने पीछे मुड़कर देखा। नीना काफी संघर्ष करते हुए तैर रही थी और किसी तरह खुद को उसके करीब बनाए पा रही थी। हैरी बार-बार जोर मारना कम कर देता था ताकि बहाव में वह नीना के साथ-साथ बना रहे। उसने फैसला किया, इससे पहले की उनकी सांसे फूलने लगे, उन्होंने कड़ा परिश्रम करके सुरंग से निकल जाना चाहिए।

नीना को जब उसका साथ बना पाना मुश्किल होने लगा तो हैरी जोर मारते हुए और रस्सी पर कसाव डालकर उसे खींचते हुए आगे बढ़ने लगा। ऐसा करते हुए उस पर परिश्रम का भरी बोझ पड़ा और उसका दिल धाड़-धाड़ बजने लगा, मगर वह नपीना को खींचते हुए पानी को चीरता आगे बढ़ता रहा।

कई मिनट गुर गए और उसकी गति धीमी पड़ने लगी। उसने सोचा, अगर नीना साथ ने होती वह कब का सुरंग पार कर चुका होता। उसे चिंता होने लगी कि वे अब सुरंग पार कर पाएंगे भी या नहीं। रस्सी पर खिंचाव लगातार बढ़ता जा रहा था, जिससे मालूम पड़ता था कि नीना बिल्कुल थकने लगी है, उसे अब कुछ भी दिखाई नहीं दे रहा था। वह बिल्कुल स्याह अंधेरे में तैर रहा था, उसके सामने अब दो ही उपाय बचे थे-आगे बढ़ता रहे या फिर वापस लोट जाए, उसने आगे बढ़ते रहने का निश्चय किया और बची-खुची सारी ताकत लगा दी, जैसा कि महान एथलीट अंतिम क्षणों में इमरजेंसी पर लगा देते हैं।

दो सौ गज लम्बी जी-तोड़ कोशिश के साथ तैरने के बाद एकाएक उसे महससू हुआ कि पानी का बहाव धीमा पड़ गया था। और उसे मालूम हुआ कि वे अब सुरंग से निकल गए हैं। वह सतह पर उभरा, तो ऊपर हल्के नीले रंग का आसमान फैला हुआ था, उसने अपना माउथपीस निकाला और गॉगल्स को आंखों से ऊपर खींच लिया।

पानी की सतह पर चित्त होकर वह सुस्ताने लगा, ताकि हृदय की तेज धड़कन सामान्य हो जाए। उसने एक-डेढ़ गज परे नीना भी सतह पर उभरी।

‘‘मैंने तो सोचा था तुम कामयाब नहीं हो सकोगे।’’ अपना मास्क उतारकर हांफते हुए वह बोली।

हैरी ने आंखों से पानी पोंछा।

‘‘मैंने भी।’’

उसने गुफा की ओर देखा जिसकी दीवारे फॉस्फोरेसेंट पत्थर की थी। उसने पानी में भी चारों तरफ निगाह डाली। अपने बाईं तरफ सफेद रंग की, लाल रंग के कॉकपिट वाली चालीस फीट लम्बी बड़ी-सी एक नाव खड़ी देखकर वह बुरी तरह चौंक पड़ा। नाव के अगले हिस्से पर स्पष्ट रूप से उसका नाम दिखाई दे रहा था-ग्लोरिया सैकिंड, वीरो बीच।

‘‘क्या तुम्हें मालूम था कि यह लंच यहां पड़ा हुआ है?’’ उसने नीना की ओर मुड़कर पूछा।

‘‘नहीं तो!’’ नीना सिर हिलाते हुए बोली। ‘‘बिल्कुल नहीं! यह पैराडाइज सिटी का भी नहीं है। शायद किसी तस्कर का बोट होगा, जो ज्वार की वजह से यहां फंस गया होगा।’’

‘‘क्या तुम ऐसा सोचती हो?’’

‘‘यह वीरो बीच का है।’’

हैरी ने बैल्ट पर बंधी गांठ खोलकर रस्सी को अलग किया ओर तेजी से तैरते हुए बोट की ओर बढ़ने लगा, उसने देखा, केबिन के पोर्ट होल टूटे हुए थे और वहां गोलियों से ढेर सारे सुराख पड़ गए थे।

नीना भी उसके पास आई।

‘‘लगता है यह किसी युद्ध में पड़ गया था।’’ उसने कहा-‘‘चलो ऊपर चढ़े।’’

हैरी तैरकर बोट के पिछले हिस्से पर पहुंचा। वहां एक रस्सी लटकती दिखाई दी और वह उसी के सहारे ऊपर डैक में चढ़ गया, फिर उसने नीना को चढ़ने में मदद दी। डैक पर गहरे लाल रंग की पेण्ट के जैसे कुछ धब्बे दिखाई दिए और जब वे कॉकपिट में पहुंचे तो वहां जैसे धब्बे जहां तहां वहां भी पड़े हुए थे।

‘‘ये धब्बे खून के हैं।’’ हैरी ने कहा-‘‘लगता है, क्रियू को खत्म कर डाला गया था। मैं केबिन के अन्दर देखता हूं। तुम यहीं ठरो।’’

‘‘मैं भी देखूंगी।’’

‘‘तुम्हारा जी नहीं मिचलाएगा?’’

‘‘खून को देखकर मुझे डर नहीं लगा।’’ वह सीढ़ियों से होकर ऊपर चढ़ने लगी तो हेरी उसकी बांह पकड़कर उसे नीचे खींच लिया।

‘‘एक मिनट रुको नीना। मैं तुमसे बातें करना चाहता हूं।’’

‘‘हम बाद में धूप में बैठकर बातें करेंगे मैं देखना चाहती हूं कि केबिन के अन्दर क्या है?’’

‘‘क्या तुम्हें नहीं मालूम? बताओ नीना, जब सोलो और कार्टेज बाल्डी का पैर आग में डाल रहे थे, तो क्या तुम देख नहीं रही थी?’’

नीना कठोर पड़ गई। एक पल के लिए उसकी आंखों में प्रचण्ड क्रोध की ज्वाला भड़की, फिर दूसरे ही पल बुझ गई।

''क्या बक रहे हो?''

''तुम जानती हो।'' हैरी इत्मीनान के साथ बोला, ''टार्चर के दौरान बाल्डी ने सोलो को बताया होगा कि बोट यहां फंस गया है....नहीं?

''तुम्हें इससे क्या मतलब?'' नीना की आवाज अत्यन्त कर्कश व ठंडी सुनाई दे रही थी।

''मुझे इससे कतई कोई मतलब न होता, अगर तुमने मुझे इसमें फंसा न दिया होता।'' हैरी ने कहा। वह बैंच पर बैठ गया और ट्रैक के अन्दर से प्लास्टिक के थैले में रखा सिगरेट का पैकेट और लाइटर निकाला, उसने नीना को सिगरेट आफर किया।

पहले तो नीना हिकिचाई, फिर कंधे झटकाकर उसने एक सिगरेट ले ली। सिगरेट सुलगाने के बाद उसे होंठों पर दबाए, वह स्टेयरिंग व्हील पर झुक गई और हैरी की ओर ताकने लगी।

''क्या तुम इसके बारे में मुझे नहीं बताओगी नीना?''

''बताने के लिए कुछ भी नहीं है।''

''जब रैंडी ने फोन करके सोलो को यह बताया था कि उसकी मुलाकात मुझसे हो गई थी, जो एक कुशल तैराक था और हम दोनों हाईवे नम्बर एक से पैराडाइज सिटी आ रहे हैं, तो उसने बड़ी तेजी से प्लान सोच निकाला-क्यों?''

''मेरी समझ में नहीं आ रहा है कि तुम क्या कर रहे हो?'' नीना बोली, '' उसकी आंखें जैसे बर्फ के टुकड़े बन गई थी।''

''तुम्हारी समझ में बिल्कुल आ रहा है।'' हैरी ने लम्बा कश खींचा। ''सोलो और तुमने मुझे साधन के तौर पर प्रयोग करने योजना बनायी थी, है या नहीं? चमकरोधी गॉगल्स और सिर पर सफेद स्कार्फ वाली, इसय कहानी के साथ कि कैरावान मियामी ले जा रही हो-वह औरत तुम्हीं थी जिसने बाल्डी का शव हमारे सिर मंढ दिया था। तुम्हारा सभी सामान सोलो के बोट में लॉक के अन्दर पड़ा है। यह तुम्हारी लापरवाही थी, तुम्हें उनसे छुटकारा पा लेना चाहिए था। तुमने खुद अपने-आपको मेरे हवाले इसलिए कर लिया था, क्योंकि गुफा में पहुंचने के लिए मेरी सहायता हासिल करने का यह सबसे अच्छा तरीका था। यही बात है ना?

''मुझे तुम्हारे प्यार करने का अन्दाज पसन्द आ गया था हैरी।'' नीना के संकेतात्मक ढंग से अपना सिर हिलाया। ''इतने संदेहशील मत बनो। हम अभी प्यार करें तो कैसा रहे?''

हैरी ने सिगरेट का टुकड़ा पानी में उछाल दिया, कॉकपिट से निकला और डैक पर चलकर केबिन के सामने पहुंचा। कुछ पल हिचकिचाने के बाद नीना भी उसके पीछे-पीछे आ गई।

हैरी ने टूटा हुआ दरवाजा धकेलकर खोल दिया ओर अंदर अंधेरे केबिन में झांका। जब उसकी आंखें अन्धेरे की अभ्यस्त हुईं,? तो उसने देखा एक बर्थ के ऊपर चार बक्से थे-सभी एक फुट लम्बे, एक फुट चौडे और आधा फुट ऊंचे साइज के थे। वह कुछ कमद नीचे उतरकर केबिन में दाखिल हुआ ओर उन बक्सो का मुआयना करने लगा। सभी बक्से रस्सियों से बंधे हुए थे। हैरी ने अपनी बैल्ट से क्लिप खोलकर चाकू निकाला, तो नीना हड़बड़ाकर बोल उठी, ''इन्हें खोलो मत, हैरी। जिस तरीके से इन्हें पैक किया गया है, उससे अब ये सभी वाटरटाइट हो गए हैं। हम इन्हें तैरते हुए ले जा सकते है।''

''इसका मतलब तुम्हें यह मालूम था कि बक्से यहां है?''

नीना ने अपने कंधे यूं सिकोड़े जैसे अपनी बेचैनी पर काबू पाने की कोशिश कर रही हो।

''हां, मुझे मालूम था।''

''बाल्डी ने बताया था?''

नीना की मुट्ठियां भिंच गयीं।

''हां!''

''इनके अन्दर क्या है?''

''पैसे।''

''कितने?''

''मुझे नहीं मालूम...ढेर सारे।'' नीना ने अपना वक्ष उठाकर ब्रा को ठीक किया। ''घबराओ मत हैरी। सोलो तुम्हें भी इसमें से हिस्सा देगा।''

''अच्छा! बहुत अच्छी बात है!''

हैरी ने उनमें से एक बक्सा उठाया। वह काफी भारी था।

''ये तो पानी में डूब जाएंगे।''

नीना ने लॉकर की ओर इशारा किया।

''उसके अन्दर लाइफ जैकेट हैं। अगर हरेक बक्से को एक-एक जैकेट के साथ् बांधा दिया गया, तो हम आसानी से तैरते हुए इन्हें ले जा सकते हैं।''

हैरी मुस्कराया।

''तुमने इस ऑपरेशन के बारे में पूरी तरह सोच-विचार कर लिया था, नीना...नहीं?''

''मान लो सोच लिया था।'' नीना फिर से अपनी बेचैनी छिपाने का प्रयत्न करने लगी, ''अब वापस चलने की तैयार करो हैरी।''

''अभी नहीं। कई सवालात है, जिन्हें मैं पूछना चाहता हूं।'' हैरी उसके बिल्कुल करीब चला आया। ''हमारे साथ आने वाला वह मुसाफिर कोन है नीना, जो बन्द केबिन के अन्दर बैठा हुआ था? सोलो या कार्टेज?''

जिस वक्त बारमैन जोए अंदर चला आया, सोलो उस समय अपने ऑफिस में ही था।

''बास, पुलिस आ गई है।''

सुनकर सोलो को कोई हैरानी नहीं हुई, बल्कि उसे तो इस बात पर हैरानी हो रही थी कि पुलिस देर से क्यों आई।

रविवार की सुबह बिस्तर पर बिताने के बदले, जैसा कि वह आमतौर पर करता था, आज वह जल्दी उठ गया था ओर पिछले कई घंटों से पुलिस के आगमन की प्रतीक्षा कर रहा था।

उसे घबराहट नहीं हो रही थी। उसे यकीन था कि लेपस्की को कई मालूम नहीं है कि किसने उस पन हमला किया था। सोलो उसके पीछे भूत की तरह प्रकट हुआ था और उसे मालूम था कि लेपस्की का ध्यान उस समय कार्टेज पर इतना खिंचा हुआ था कि उसे तनिक भी सन्देह नहीं हो सका था। सोलो जानता था कि एक जांच पड़ताल होनी है और कार्टेज के बारे में कुछ उल्टे-सीधे सवाल पूछे जाने हैं।

''उन्हें अन्दर ले आओ जोए।'' उसने खड़े होकाा कहस। ज्योहीं बिगलर और लेपस्की! कैसे हैं आप? कल रात की घटना का मुझे बहुत फसोसा है। मैंने आपको घर तक पहुंचाने के लिए अपना एक आदमी भेज दिया था...बहुत अफसोस है।''

''हां।'' लेपस्की आगे बढ़कर बोला। बिगलर दरवाजे के पास ही खड़ा रहा, क्योंकि उसे मंजूर था कि इस इन्टरव्यू को लेपस्की ही संभाले, ''और तुम्हें और भी अफसोस होने जा रहा है।''

सोलो की मुस्कराहट का थोड़ा-सा अंश गायब हो गया।

''आपको मालूम है, मिस्टर लेपस्की, कि इसमें मेरी गलती नहीं थी। आप जानते हैं कि आपने कुछ ज्यादा पी...''

''शटअप!'' लेपस्की गरज उठा। ''बैठ जाओ!''

उसकी आंखों में भीषण क्रोध के चिन्ह देखकर सोला थोड़ा बेचैन हो उठा। वह बैठ गया।

''हैरी कहां है? लेपस्की ने पूछा।

''मिचेन? शायद अपने केबिन में हो... या तैर रहा हो...मुझे नहीं मालूम। आज उसकी छुट्टी है।''

''मैंने सुना है कि मिचेल तुम्हारी बेटी के साथ शेल्डन आइलैंड गया है।''

सोलो ने पहलू बदला और उसकी आंखें धूंधला गई।

''नहीं। मैं नहीं कह सकता कि किसने आपको यह बताया, मिस्टर लेपस्की, लेकिन नानी वहां हमेशा अकेली जाती है। क्यों उसे वहां का एकान्त पसन्द है और वह अक्सर वहां जाती रहती है, इसलिए मैंने उसे अपना बोट ले जाने दिया।''

''क्या तुम कहना चाहते हो कि मिचेल इस वक्त तुम्हारी बेटी के साथ उस आइलैंड में नहीं है?

''बेशक, वह वहां नहीं है!''

‘‘लेकिन तुम्हारी बेटी है?’’

‘‘हां...वह बोट ले गई है।’’

‘‘तुमने कैसे सोच लिया कि मिचेल उसके साथ नहीं है सोलो?

‘‘मैंने उसे जाते हुए देखा था। वह अकेली थी। वह अपने साथ मिचेल या किसी दूसरे आदमी को कभी नहीं ले जा सकती। वह बहुत अच्छी लड़की है।’’

लेपस्की धूर्तता से मुस्कराया।

‘‘इस बात पर तुम्हें इतना यकीन है सोलो?’’

‘‘अपनी बेटी के खिलाफ एक लफ्ज भी नहीं सुनना चाहता?’’

‘‘बहुत खूब! कोई बात नहीं सोलो। तो हमें चिंता करने की कोई जरूरत नहीं है-है ना?’’

‘‘क्या मतलब? चिंता? किस बात की?’’

‘‘हम तुम्हारी बेटी के लिए चिंतित थे सोलो।’’ लेपस्की बोला-‘‘हमें खबर मिली थी कि वह मिचेल के साथ शेल्डन आइलैंड गई है ओर खबर अविश्सनीय थी, इसलिए हम चिंतित हो गई थे, लेकिन अब, जब तुम यह कह रहे हो कि मिचले वहां नहीं गया है, तो हमें चिंता करने की जरूरत नहीं है क्यों? फिर हम अपने चार आदमियों के साथ भागे-भागे यहां नहीं चले आते।’’

सोलो ने मुट्ठियां भींच ली।?

‘‘मैं कुछ समझा नहीं...किस बात की चिंता?’’

लेपस्की बिगलर की ओर मुड़ा।

‘‘इसे बता दें जाऐ?’’

बिगलर ने उदासी भाव से कंधे उचका दिए।

‘‘क्या जरूरत है?’’ उसने कहा--अगर मिचेल इसकी बच्ची के साथ वहां नहीं है, तो इस बात से इसका क्या लेना-देना?’’

‘‘हां यह ठीक है।’’ लेपस्की बोला-‘‘यह इसका मामला नहीं है।’’

‘‘वह सब आखिर क्या है’’ सोलो ने डैस्क पर जोर से मुक्का दे मारा।

‘‘लेकिन हां, अगर वह झूठ बोल रहा है और मिचेल सचमुच वहां है, तो उसे छोकरी पर भारी विपत्ति आ सकती है।’’ सोलो की बात को अनसुना करते हुए लेपस्की ने कहा।

‘‘झूठ बोलनू में यह माहिर है।’’ बिगलर सोलो को घूरते हुए बोला-‘‘हो या नहीं सोला?’’

कसोलो ने रूमाल निकालकर पसीने से भीगा चेहरा पोंछा।

‘‘मैं कुछ नहीं समझा सार्जेन्ट। मैं...मैं...’’

‘‘हम ख्वाम ख्वाह वक्त जाया कर रहे हैं।’’ लेपस्की कड़दार स्वर में बोला- ‘‘हैरी मिचेल का केबिन किधर है?’’

‘‘आपको किसलिए उसकी तलाश है?’’

‘‘तुम्हें उसके बारे में क्या मालूम है?’’

‘‘मुढे? कुछ नहीं...वह अच्छा तैराक है...एक भला आदमी। मैं....’’

‘‘कैसे जानते हो कि वह भला आदमी है?’’

सोलो सूखे होंठ चाटने लगा।

‘‘उसका व्यवहार अच्छा है, लेकिन बात क्या है?’’

‘‘तुमने उसे अपने पास रखने से पहले उसके बारे में जांच-पड़ताल नहीं की थी?’’

सोलो तन गया।

‘‘नहीं। जांच? वह कैसी?’’

‘‘तुम्हारा मतलब तुमने उसके बारे में तफतीश किए बगैर उसे लाईफगार्ड के तौर पर रख लिया था।’’ चेहरे पर अचरज के भाव लाते हुए लेपस्की ने कहा-‘‘एक लाईफगार्ड का काम तैराकी सिखाना होता है ना?’’

‘‘जरूर....क्यों नहीं? क्या तैराकी सिखाने में कोई जुर्म है?’’

‘‘मिचेल तैराकी के पाठ सिखाता था?’’

‘‘हां।’’

‘‘जवान छोकरियों को? उन्हें समुद्र के अन्दर संभालते हुए-क्यों?’’

‘‘वह उन्हें तैराकी सिखाता था।’’ सोलो का स्वर चिड़िचिड़ा होने लगा।

‘‘अगर आदमी सही हो, तब तो ठीक है, लेकिन गलत हो तो यह खतरनाक होता है।’’ लेपस्की ने कहा-‘‘ऐसा आदमी उस जगह पर भी हाथ रखने से नहीं डरता, जहां उसे नहीं रखना चाहिए सोलो। लड़कियां शिकायत भी नहीं कर सकती, ऐसा इत्तफाक से हुआ लग सकता है, लेकिन हाथ तो पहुंच ही गया ना?’’

‘‘लेकिन हैरी ऐसा आदमी नहीं है!’’

‘‘कैसे कह सकते हो तुम? तुमने जांच तो की ही नहीं थी।’’

सोलो खड़ा हो गया। वह अब बिदके सांड जैसा दिख रथा।

‘‘आखर आप मुझसे कहना क्या चाहते हो?’’

लेपस्की ने अपना बटुआ निकाला और फिर उसमें से एक टैलेक्स निकालकर डैस्क के ऊपर रख दिया।

‘‘वाशिंगटन का कहना है, थर्ड पैराट्रूपर रेजिमेंट, फर्स्ट कम्पनी का सार्जेन्ट हैरी मिचेल एक मोर्चे पर दूसरी अप्रैल 1967 को मर चुका है। इसे खुद पढ़ लो। यह सरकारी है-सीधे वाशिंगटन से आया हुआ, जहां गलती होने की कोई गुंजाइश नहीं!’’

बिगलर खांसा, उसने सिगरेट सुलगाते हुए अपनी हसीं छिपा ली।

सोलो ने कांपते हाथों से टैलेक्स उठाया ओर मैसेज पढ़ा, फिर लेपस्की की ओर ताकने लगा।

‘‘कैसे कह सकते हो कि तुम्हारा लाईप गार्ड मिचेल है?’’

सोलो ने झुरझुरी ली।

''अगर वह मिचेल नहीं है....तो कौन है?''

''सोलो, अब तुम थोड़ी समझदारी का व्यवहार करने लगे हो।'' लेपस्की सिगरेट सुलगाने के लिए रुका, फिर सोलो को घूरते हुए बोला-हां...यह सवाल अच्छा है। कौन है वह? अगर तुमने पहले ही तफतीश कर ली होती, तो शायद इस वक्त तुम यह सवाल नहीं करते। कभी डेव डोनाहुए का नाम सुना है?''

सोलों ने सिर हिलाकरअसहमति दी। उसका चेहरा चकराया-सा दिख रहा था।

''नहीं सुना है ना? अखबार नहीं पढ़ते? बॉस्टन स्ट्रैंगलर के बारे में सुना है?''

सोलों ने थू निकलकर गला तर किया।

''हां...लेकि...न...''

''वैल डोनाहुए भी उसी के जैसा है-सैक्स किलर। तीन हफ्ते पहले वह पागल अपराधियों के शेरविन इंस्टीट्यूट से भाग निकला था। अखबारों ने इस खबर को काफी सुर्खियों के साथ छापा था, लेकिन तब तुम अपने इस बेहूदा रेस्ट्रां को चलाने के चक्कर में इतने व्यस्त रहे थे कि अखबार पढ़ने की तुम्हें फुर्सतम ही नहीं मिली- है न, सोलो? अखबार में उसका हुलिया भी छपा था। डीनाहुए एक भरी-भारीभरकम, ब्लोंड, नील आंखें और पिचकी हुई नाक वाला करीब तीस साल की उम्र वाला आदमी है। एक जमाने में वह पेशेवर फाइटर था। वह एक अच्छा तैराक भी है, जिसमें एक कांस्य पदक भी जीत चुका था।''

सोलों के पैर जवाब देने लगे और वह कुसी पर धम्प से बैठ गया।

''वह तो मिचेल है।''

''नहीं, वह नहीं है। वाशिंगटन के मुताबिक मिचेल मर चुका है। वह डोनाहुए है, एक खतरनाक, धूर्त्त यौन उत्मत। वह अब तक तीन जवान लड़कियों का खून कर चुका है। जब उसे कोई लड़की मिल जाती है, तो वह पहले उसके साथ यौनक्रीडा में लिप्त हो जाता है, बाद में, सन्तुष्ट होने के बाद उसका गला काटकर रख देता है।''

पसीने से तर चेहरा लिए सोलो उठ खड़ा हो गया। वह तेजी से ऑफिस के दरवाजे की ओर बढ़ा। लेपस्की ओर बिगलर दोना उसे रोकने की कोशिश की, लेकिन उसे रोकना तो आक्रमणकारी सांड को रोकने के बराबर था। उसने दोनों का धक्का देकर परे हटा दिया और बाहर खुले स्थान में निकल आया, जहां बिगलर के चार सबसे हट्टे-कट्टे तगड़े पैट्रोलमैन इंतजार में खड़े थे।''

वे उसे पकड़कर वापिस आफिस के अन्दर ले आये लेकिन सिर पर डंडे के चोट कर उसे अर्धमूर्छित कर देने के बाद ही। उन्होंने उसे कुर्सी पर डाल दिया ओर पीछे की तरफ धकेल दिया।

लेपस्की ने बिगलर की ओर आंखों से इशारा किया, फिर सोलो के सामने खड़ा हुआ जो हाथों में सिर थामें कराह रहा था।

''यह सब क्या तमाशा है सोलो?'' उसने पूछा। ''क्या कर रहे थे तुम?''

सोलो ने सिर उठाया, आंखें सिकोड़कर चारों पैट्रोलमैनों की ओर देखा, फिर हाथ मरोड़ने लगा।

‘‘मुझे अपनी बेटी के पास जाने दीजिए, मिस्टर लेपस्की।’’ उसने याचना की। ‘‘वह मिचेल के साथ....मैंने आपसे झूठ बोलकर बेवकूफी की, मुझे उसके पास जाने दीजिए।’’

‘‘तुम शेल्डन कैसे पहुंचोगे, सोलो...तैरकर?’’

‘‘मैं कोई बोट ले लूंगा...मैं...’’ यह मालूम कर वह चुप हो गया कि बोट प्राप्त करते-करते तो कुछ समय लग जाएगा।

‘‘हमारे पास बोट है, सोलो। उसमें सवार होना चाहोगे?’’ लेपस्की ने कहा।

सोलो अस्थिरता के साथ खड़ा हो गया। उसे सिर में यू महसूस हो रहा था, जैसे यह किसी भी क्षण फट जाएगा।

‘‘तो फिर देर किस बात की है? वह हरामजादा अब तक मेरी बच्ची को मार चुका हो।’’

‘‘जब तक तुम बढ़ोगे नहीं, तक तक तुम्हें हमारे बोट में सवारी नहीं मिलेगी, सोलो।’’ लेपस्की ने कहा, फिर कुटिलता से मुस्कराया। ‘‘मैं बाल्डी वाली समूची कहानी सुनना चाहता हूं। मैं जानना चाहा हूं, मिचल नीना के साथ शेल्डन द्वीप क्यों गया है और कार्टेज इस तस्वीर में कहां फिट होता है?’’

सोलों ने उसे घूरा।

‘‘मैं बाल्डी के बारे में कुछ नहीं जानता। मैं आपको बता चुका हूं!’’

‘‘बुरी बात है।’’ बिगलर लेपस्की की ओर मुड़ा। ‘‘काफी के बारे में क्या ख्याल है? यह तो रेस्ट्रा है ना?’’

‘‘अच्छा ख्याल है। लेपस्की एक पैट्रोलमैन की ओर मुड़ा। ‘‘काफी का इंतजाम करो। हमें शायद सारी सुबह यहीं बितानी पड़े।’’

‘‘हम वक्त बरबाद कर रहे हैं!’’सोलो पागल की तरह चिल्लाया। ‘‘वह उसे मार रहा होगा।’’

‘‘वैल,अगर ऐसा होगा, तो इसके जिम्मेदार तुम होंगे।’’ लेपस्की ने कहा। ‘‘तुम कुछ नहीं बता दोगे। इसलिए शुरू हो जाओ।’’

लेपस्की ने सोलो को घूरा, जो अब अपनी सही उम्र से दस साल अधिक बूढ़ा लग रहा था। उसके चेहरे का रंग बासी, ठंडे मास के जैसा था।

‘‘वह आदमी अपना काम धीरे-धीरे करता है और उनको गए अभी थोड़ा ही वक्त हुआ है। अगर तुमने जल्दी की, तो अभी चांस है।’’ लेपस्की बोला।

‘‘मैं सब-कुछ बोट में बता दूंगा।’’ सोलो ने रूखे स्वर में कहा।

‘‘ओ. के.!’’ लेपस्की ने कहा। ‘‘आओ, ब्वॉयज चलें।’’ जब पुलिस लांच तेजी से शेल्डन आइलैंड की ओर बढ़ने लगा, तो सोलो केबिन में बैठा और बोलने लगा-

‘‘मिस्टर कार्लोस क्यूबा में भरी मात्रा में सिगार ले आना चाहते थे।’’ उन दोनों डिटेक्टिवों को बताया, ‘‘वे उनकी अपनी प्रॉपर्टी। थी, मगर हवाना सिगार पर यहां प्रतिबंध लगा दिया गया है। हवाना सिगार में भारी पैसा है, क्योंकि आप जानते हैं, हर कोई इसे

चाहता है। इसीलिए मिस्टर कार्लोस ने उनकी तस्करी करने की योजना बनाई। उन्होंने इस काम के लिए बाल्डी रिकार्ड को किराये पर लिया जो कास्त्रो का प्रशंसक था। और कास्त्रों के आदमियों को चुकाने और सिगार यहां ले आने के लिए उसे भारी रकम दी। यह रकम तीन लाख डॉलर की थी। कार्टेज ने, जो मिसेज कार्लोस के लिए काम करता है, कार्लोस ओर बाल्डी की बातचीत सुन ली थी। वह मेरी पास आया था, क्योंकि मेरे पास एक बोट था, मैं अब कम्यूनिस्ट नहीं हूं, मिस्टर लेपस्की, इसलिए मैंने सोचा, यह बात राष्ट्रीय हित की की होगी। कि जब बाल्डी क्यूबा के लिए रवाना हो,तो मैं उसके बोट का अपहरण कर लूं। मेरा विचार उस रकम को कस्टम अधिकारियों के हाथ सौंप देने का था।''

''अच्छा? मैं समझ रहा हूं।'' लेपस्की ने कुटिल मुस्कान बिखेरी। ''फिर क्या हुआ?''

''कार्टेज और मैंने शेल्डन के पास बाल्डी के बोट को रोकना चाहा। उस वक्त काफी अन्धेरा था और रुकने के बजाय बाल्डी ने भाग निकले की कोशिश की। कार्टेज को गुस्सा आ गया। उसके पास एक मशीनगन थी और उसने बोट की और गोलिया चलानी शुरू कर दी।'' सोलों ने उम्मीद भरी नजरों से बिगलर की ओर देखा, जो यह सब बयान अपनी नोटबुक में दर्ज कर रहा था। ''मैं गोलीबारी नहीं चाहता था, आप समझ रहे हैं ना? मैंने सोचा था, बाल्डी सीधे-सीधे समर्पण कर देगा और वहां कोई अप्रिय घटना नहीं होगी। अंधेरे का फायदा उठाकर वह भाग निकलने में कामयाब तो हो गया था, लेकिन उसके बोट को भारी क्षति पहुंची थी। बहुत देर तक उसकी तलाश करने के बाद हमने फैंसला किया कि वह बोट डूब गया और यह हमारा एक दुर्भाग्य था।'' सोलो ने होंठ चाटा, फिर कुछ हिचकिचाने के बाद उसने आगे कहा-''लगभग दो महीने बाद बाल्डी एक दिन मेरे रेस्ट्रां में प्रकट हुआ। उसे देखकर मैं चौंककर रह गया था, क्योंकि मेरा ख्याल था कि वह समुद्र में डूब गया होगा। उसने कहा कि वह मेरा बोट किराये पर लेना चाहता है। जिस ढंग से वह मेरे साथ बातचीत कर रहा था, उससे मुझे लगा कि उसे यह मालूम नहीं था कि उसके बोट को हाईजैक करने की कोशिश करने वालाम था। खैर, मैं उसे अपना बोट देना नहीं चाहता था, लेकिन उसे बता दिया गया था कि बोट उसे वीरो बीच में मिल सकता है। जैसे ही वह चला गया, मैंने कॉर्टेज को फोन करके बताया कि वह वीरो बीच में मिले। फिर मैं और नीना अपनी कार ड्राइव करते हुए वीरो बीच पहुंचे और बाल्डी को ढूंढ निकाला। कार्टेज मिसेज कार्लोस की कार में आया था। क्योंकि उसकी अपनी कार हालत अच्छी नहीं थी।'' सोलो फिर हिचकिचाया। ''वैल, कार्टेज ने काफी कठोरता से काम लिया था। उसने यह जानने के लिए बाल्डी पर दबाव डाला कि उसके बोट का क्या हो गया था?''

''तुम्हारा मतलब उसने बाल्डी का पैर आगे में डाल दिया था?''

सोलों ने पसीने से भीगा चेहरा पोंछा।

हों, लेकिन मैं आपको बताना चाहता हूं, मिस्टर लेपस्की कि मुझे वह सब कतई पसंद नहीं आया था।''

''मेरा दांवा है कि बाल्डी को भी पसंद नहीं आया। होगा।

''मैं समझता हूं शायद नहीं आया होगा। दरअसल, मिस्टर लेपस्की, उसे हार्ट अटैक या ऐसा ही कुछ हो गया था।'' उसने उदास नजरों से लेपस्की ओर देखा।''बहरहाली, हमारे सामने ही उसकी मौत हो गई। मुझे पता नहीं था कि उसका यह हश्र होगा।''

लेपस्की ने सिर हिलाया।

''तुम्हें काफी अफसोस होगा।''

''सही बात है, मिस्टर लेपस्की। मैं बोख्ला उठा। कुछ भी हो, वह मेरा पुराना दोस्त था।''

''लेकिन हार्ट अटैक हाने से पहले ही तुम उससे यह कहलवाने में सफल हो गए थे कि उसके बोट का क्या हुआ था-नहीं हुए थे?''

''ओह श्यौर! उसने हमें बता दिया था। जब कार्टेज ने गोलिया की बौछार शुरू कर दी थी, तो बाल्डी का क्रियू मारा गया था और व्हील बाल्डी ने खुद संभाल लीथी। वह शेल्डन की ओर बढ़ गया था। अन्धेरे की वजह से हम उसे नहीं देख सके। किसी तरह वह फनेल से होकर नीली गुफा में पहुंच गया, तो उसने तब कि वहीं रहने का फैंसला किया, जब तक हम थककर वापस नहीं लौट जाते। लेकिन उसे ज्वार के बारे में पता नहीं था और जब वह चलने को तैयार हुआ तो उसने पाया कि वह फंस चुका था। खैर, वह वहां तीन हफ्ते तक रहा था, जब तक कि खाने-पीने का सामान खत्म नहीं हो गया, फिर उद्विग्न हो उठा था। उसने एक लाइर्प जैकेट पहन ली और एक रबर राफ्ट के सहारे सुरंग से बहते हुए बाहर मुख्य भूमि में निकल आया। वह कार्लोस को फनेल के पास पहुंचा और उसे सारी बाते उन्हें बता दी। कार्लोस को फनेल के बारे में मालूम था ओर जानते थे कि ज्वार दोबारा इस महीने की सत्ताइस तारीख को उतरेगा। उन्होंने बाल्डी को दूसरा वोट लेकिर सत्ताइस तारीख को फनेल में जाने और फंसे हुए वोट से रकम निकालकर ले आने का निर्दश दिया। वैल, हमें पता चला कि कार्लोस सत्ताइस तारीख को वह रकम वापस हासिल करने की उम्मीद कर रहा है, तो हमें उससे भीख तेजी से काम करना जरूरी हो गया था। जब हम इस मसले पर चकरा रहे थे कि किस तरह सत्ताइस तारीख से पहले गुफा तक पहुंचा जाए,? ठीक उसी वक्त रैंडी रोच ने मुझे फोन किया और हैरी मिचेल के बारे में बताया! उसने बताया कि वह ओलम्पिक स्तर का तैराक है। नीना को फौरन सूझ गया कि एक अव्वल दर्जे का तैराक सुरंग के रास्ते गुफा में पहुंचकर रकम वापस ला सकता है। अगर वह इतना ही कुशल तैराक है, तो वह नीना को सुरंग से रास्ते गुफा तक पहुंचने में मदद कर सकता है, इसलिए, उससे पहले इस बात से निश्चित हो लेना जरूरी था कि वह बाद में डबलक्रास न कर सके। इसीलिए, हमने बाल्डी की लाश उसके सिर मंढ देने की योजना बनाई ताकि वह हमारी मदद के लिए तैयार नहीं हुआ, तो उसे ब्लैकमेल किया जा सके। हमने एक कैरावान का इंतजाम किया, पनीना ने बाल्डी की कार प्रयोग की ओर योजना बगैर किसी खटाई के पूरी हो गई।'' सोलो ने मुड़कर

बैचैरी के साथ द्वीप की ओर देखा, जो अब दिखाई देने लगा था। ''क्या यह बोट और तेजी से नहीं चल सकता?''

बिगलर ने अपनी नोटबुक सोलो की तरफ बढ़ा दी।''आखिरी पन्ने पर दस्तखत करो।'' उसने कहा। ''हमें ठीक रफ्तार से ही जा रहे हैं।''

पढ़ने की जहमत उठाए बिना सोलो ने दस्तखत कर दिए।

लेपस्की ने एक पैट्रोंल की ओर इशारा किया, जिसने अपना डंडा हाथ में थाम दिया।

''घबराओ मत, सोलो।'' लेपस्की ने कहा-हैरी मिचेल फिर से जिंदा हो गया है।'' उसने अपने बटुवे से वह दूसरा टैलेक्स निकाला और सोलो के हाथ में रख दिया।

सोलों ने इसे पढ़ा, तो उसकी बड़ी-बड़ी मुट्ठियां कसकर भिंच गई और उसने क्रोध से जलती आंखों से लेपस्की को घूरा, जो मुस्करा रहा था।

''मुझ पर वार करो सोलो, फिर मैं तुम पर वार करता हूं। पुलिस पर कभी बात मत करना, यशह बहुत बुरी आदत है।''

गुस्से चिंघाड़ते हुए सोलो लेपस्की की ओर झपटा, लेकिन तभी डंडा बड़ी सफाई के साथ उसकी खोपड़ी से टकराया और वह केबिन के फर्श पर फैल गया।

''मुसाफिर, मैं तुम्हारा मतलब नहीं समझी।'' नीना ने कहा और पीछे हट गई।

''मेरा विचार है कि बंद केबिन के अन्दर सोलो या कार्टेज था।'' हैरी बोला।

''केबिन में कोई नहीं था। ! हम वक्त जाया कर रहे हैं! इन बक्सों को डैक पर पहुंचाओ!''

हैरी ने उसकी ओर देखकर कंधा झटकाया। उसने एका-एक कर बक्सो को केबिन से निकाला और डैक पर कतार में रख दिया। नीना चार लाफ जैकेट् से ले आई कुछ ही देन में उन्होंने चारों बक्सों को एक-एक लाइफ जैकेट में बांध लिया। फिर हैरी ने रस्सी ढूंढ निकाली और उससे चारों बक्सों को एक-दूसरे से जोड़कर बांध दिया।

उसने नीना का एक्वालंग्स पहने में मदद की, फिर खुद भी पहन लिया। उसने चारो बक्सो को पानी में गिरे और लाइफ जैकेट्स की वजह के सतह पर उभरकर रह गए।

हैरी ने नीना की ऊपर देखकर सिर हिलाया ओर दोनों पानी में कूद गए।

हैरी ने बक्सों से बंधी रस्सी पकड़ी और उसे खींचते हुए सुरंग के मुंह की ओर बढ़ने दिया।

नीना उसके साथ-साथ तैरने लगी। वहां पहुंचकर दोनों सुरंग के अन्दर घुस गए। पानी का बहाव तेजी से उन्हें धकेलते हुए आगे ले जाने लगा।

फर्नान्डो कार्टेज को ऑपरेशन सफलतापूर्वक संपन्न होने की बात उन चार लकड़ी के बक्सो को देखकर मालूम हुई, जो सुरंग के मुहाने में सतह पर उभरने लगे थे।

वह उसी जगह पर एक चट्टान के पीछे लेटा हुआ था, जहां हैरी ने अपना बैग रख छोड़ा था। उसने कुन्दा सख्तो से कंधे पर दबाकर .22 टार्गेट रायफल को अपने मोटे व पसीने से तर

हाथों में थाम लिया। उसने बक्सों की तरफ निशानाए साधा और ट्रेगर पर अंगुली रखकर इंतजार करने लगा।

सोलो, नीना और उसने यह तय कर रखा था कि सुरंग से बाहर दिखाई पड़ते ही वह हैरी को गोली मार दूंगा। इसके बाद नीना बक्से खींचते हुए उन्हें वहां तक ले आएगी जहां कार्टेज छिपा था।, फिर उसे बोट पर लाटकर उसे उस झी के पास ले आना था। कार्टेज को बक्से बोट पर लादने थे और दोनों का वापस मरुभूमि में लौट आना था। इसके बाद यह तय हुआ था कि अपना हिस्सा प्राप्त करने के बाद कार्टेज सोलों को उसके बोट की कीमत चुका देगा और युकाटान चला जाएगा। यह काफी लम्बी समुद्री यात्रा थी, लेकिन वर्ष के इन दिनों और सोलो के बोट में पूरी तरह सुरक्षित थी।

डबल-क्रास से हमेशा संदिग्ध रहने वाला सोलो इस योजना से थोड़ा बेचैन हो उठा। उसने नीना के सामने अपना शक् जाहिर करते हुए कहा था कि मान लो, एक बार यहां से चले जाने के बाद कार्टेज फिर दोबारा यहां आ धमका तो? मान लो उसने हैरी और नीना दोनों को मार डाला और सारी रकम लेकर चम्पत हो गया तो? नीना ने उसे समझाने की कोशिश की थी कि कार्टेज उसे चाहता है। जब सोलो का चेहरा गुस्से से लाल हाने लगा तो नीना ने उसे यकीन दिलाया था कि अगर कार्टेज दुनिया में इकलौता मर्द बचा रहा तो वह उससे शादी नहीं कर सकती-''उसे मोटे सूअर से शादी? उसने कहा थका ओर तिरस्कारपूर्ण ढंग से हंसी थी। वह जानकर कि कार्टेज उस पर मर मिटता है, सोलो नीना की सुरक्षा से निश्चिन्त हो गया था। नीना ने सोलो से कहा था कि वह कार्टेज को बता चुकी है कि हिस्से का बंटवारा होने के बाद वह भी उसके साथ युकाटान चली जाएगी और कार्टेज बड़ी उम्मीद लगाए बैठा है। वह फिर हंसी थी-'' जब उसे पता चलेगा कि मैं उसके साथ नहीं जा रही हूं, तो उसकी प्रतिक्रिया से निपटने का काम तुम्हारा होगा, पापा।'' उसका अभिनय इतना अच्छा था कि सोलो को पूरी तरह यकीन हो गया था। उसका अभिनय अच्छा इस लिहाज से था, क्योंकि उसकी आधी बातें झूठ थी। दरअसल वह भी कार्टेज से प्यार करती थी और दोनों का इरादा शेल्डन से सीधे युकाटान की ओ चल देने का था। उस मोटे खूंखार मैक्सिकन में कुछ ऐसी बाते थीं कि उसे देखते ही नीना की रंगों में सनसनाहट होने लगती थी। सोलो के अधिकार से भाग निकलने, कार्टेज के लिए मैक्सिको सिटी में रहने और तीन लाख डॉलर खर्च करने की बात सोच-सोचकर मरी जा रही थी। जो बात वह नहीं जानती थी, वह यह थी कि कार्टेज की पहले से ही एक मोटी व बदसूरत, बीवी थी और तीन गोलमटोल भद्दे बच्चे थे जो मैक्सिकों में रहते थे। नीना से शादी करने का उसका कोई इरादा नहीं था। वह तो तब तक उसके साथ रहना चाहता था, जब तक पैसा साथ थे, फिर उसके बाद वह गायब हो जाने की सोच रहा था।

जब कार्टेज ने आंख भींचकर गन की नली से देखा, तो उसकी भौंहे चिंतित मुद्रा में सिकुड़ गई।

उसने देखा, चारों बक्से ठीक उसके नीचे तैर रहे थे, लेकिन मिचेल कहां हे? फिर उसे याद आया कि बक्सो से कुछ गज की दूरी पर एक सिर उभरने लगा था, तो उसने तेजी से निशाना उस ओर बदला और ट्रिगर दबा दिया। धमाका होने से आधा सेकिंड पहले उसे पता चला कि जिस सिर पर उसने निशाना लगाया था, वचह हैरी का नहीं, नीना का सिर था। उसने नीना को पानी में उछलकर हाथ-पांव मारते देखा। उसके चेहरे पर लगे मास्क से खून बहने लगा था, फिर वह शांत होकर पीठ के बल पानी में उभरी, उसके चारों ओर का पानी उसके खून से लाल हो रहा था।

कार्टेज कई क्षण निश्चल पड़ा रहा, फिर जोर-जोर से भद्दी गालियां बकने लगा। उसने सतर्कतार्पूवक हैरी को तलाश करते हुए पानी में चारों ओर निगाह घुमाई, मगर वह दिखाई नहीं दिया। उसने नीचे तैर रहे बक्सों की ओर देखा जो उसकी पहुंच से काफी दूर थे। उसने सोचा, उसे बोट को इस झील तक ले आना होगा। लेकिन मिचेल कहां गायब हो गया?

वह उठकर खड़ा हो गया।

''ठहरो! राइफल नीचे फेंक दो।''

कार्टेज ने सिर घुमाकर देखा, उसके मुंह से क्रूर गुर्राहट निकल रही थी।

उसमें थोड़ा ऊपर पीछे की ओर लेपस्की खड़ा था और उसके पीछे बिगलर। दोनों डिटेक्टिवों के हाथ में गनें थी।

कैद जानवर की तरह कार्टेज ने बड़ी तेजी से राइफल घुमाई, लेकिन उसी वक्त लेपस्की की गन गरज उठी। गोली कार्टेज के माथे पर ठीक आंखें के बीच में लगी और वह लहराता हुआ पीछे हटा और समुद्र में जा गिरा।

''इन दोनों का तो यही अंजाम तय था।'' लेपस्की तिरस्कापूर्ण स्वर में बोला-''लेकिन मिचेल कहां है?''

झील के दूसरे सिर पर छांव की ओट में छिपा हैरी यह सब देख रहा था। उसने सोचा, भागने के लिए यही उपयुक्त समय है। उसने धीरे से डुबकी लगाई और पानी के भीतर तैरते हुए झील से निकला, फिर सोलों के बोट की ओर बढ़ने लगा।

बिगलर ने चारो पैट्रोलमैंनों को कपड़ उतारकर, दोनों लाशों और बक्सों का उस पत्थर पर ले आने का निर्देश दिया। जहां उन्हें खींचकर बाहर निकाला जा सकता था।

जब वे कपड़े उतारने लगे, लेपस्की झील की सतह पर निरीक्षण करता रहा।

''क्या वह अभी तक गुफा में होगा-जोए?'' उसने पूछा।

''मैं कैसे बता सकता हूं?'' बिगलर उदासीन स्वर में बोला-यहां उछल-कूद मचाने के बजाए, पानी में कूद जाओ और काम शुरू कर दो।''

आधे घंटे बाद और बड़ी कठिनाई कमे साथ वे कार्टेज और नीना की लाशें पत्थर के चबूतरे पर निकाल पाए। फिर बक्शे उठाने लगे।

जब लेपस्की एक बक्से को खींचने की कोशिश कर रहा था-उसे सोलो के बोट के इन्जन के स्टार्ट होने की आवाज सुनाई दी।

''वह सोलो का बोट है, जोए!'' वह बक्से को छोड़कर सीधा खड़ा हो गया-''मिचेल भाग रहा है!''

''क्या इससे तुम्हें कोई फर्क पड़ता है?'' बिगलर ने पूछा-''मैं तुम्हें ऑपरेशन समाप्त करने का आदेश दे रहा हूं।''

''लेकिन वह तो भाग रहा है!'' लेपस्की उत्तेजित स्वर में चीखा।

बिगलर ने उसे घूरा।

''ऐसा? हम तो यह भी नहीं जानते कि वह यहां था।

यह बात सोलो ने ही कही थी और वह एक नम्बर का झूठा आदमी है। हम निश्चित रूप से यह भी नहीं कह सकते कि वह जंग में मारा नहीं गया था।''

लेपस्की कुछ कहना चाहता था, लेकिन बिगलर की आंखों में कुछ ऐसे भाव थे जिन्हें देखकर वह चुप हो गया।

''मैं समझा नहीं, जोए।'' उसने बेचैनी से कहा।

''इसे इस नजरिये से देखो टॉम। हम दोनों-खुश्किस्मत निकले कि हमें वियतनाम नहीं जाना पड़ा।'' बिगलर ने कहा-''मेरा छोटा भाई भी वहां मारा गया था। जो शख्स तीस साल तक वियतनाम जैसी जगह में सेवा कर चुका हो, वह श्रेय का हकदार है। बहरहाल वह क्लियर भी हो चुका है अगर हम उसे गिरफ्तार करते हैं तो कानून जब तक उसे क्लियर करार न दूं उसे जेल में रहना होगा। इस प्रकार उसकी छुट्टियां चौपट हो जाएंगी।'' बिगलर ने लपस्की की ओर तिरछी नजरों से देखा-''क्या तुम उसकी छुट्टियां तबाह कर देना चाहते हो?''

लेपस्की को अब बोट के इन्जन का शोर सुनाई नहीं दे रहा था। उसने मुंह बिचकाया और कन्धे उचका दिये।

''वैसे, मैंने इस ढंग से नहीं सोचा था।''

''इसीलिए तुम कभी सार्जेन्ट नहीं बन सकोगे।' बिगलर ने तसल्ली के साथ कहाप।

जब हैरी मिचेल वीरो बीच के उत्तर की ओर कोई पन्द्रह मील दूर हाईवे नम्बर एक के सम्मुख स्थित ''स्टाप एण्ड ईट' रेस्ट्रा में पहुंचा, तो डूबते सूरज की वजह से लम्बी परछाई पड़ रही थी। वह सोलो के बोट को वापस डोमिनिको रेस्ट्रा ले गया था। अपने केबिन में जाकर उसने अपना सामान ले लिया था। पैक करते वक्त उसे साथ आने वाले केबिन में मैनुअल के खर्राटे सुनाई दे रहे थे। रेस्ट्रा की बिल्डिंग में अजीब-सा सन्नाटा छाया हुआ था-बीच सुनसान दिखाई दे रहा था। उसने रुककर एक बार चारों ओर अन्तिम बार देखा था, फिर रैंडी के केबिन में जाकर खाली कमरे में नजर डाली थी। उसे तसल्ली-सी महसूस हुई थी। उसका मतलब, रैंडी ने उसकी सलाह मान ली थी...वह चला गया था।

फिर वह हाईवे पर बढ़ने लगा था।

वह सारा दिन चलता रहा था। उसे चलने में आनन्द आ रहा था और उसने गुजरने वाली किसी कार को रोकने की कोशिश नहीं की थी। आज रविवार था और ट्रक वाले रेस्ट ले रहे थे। वह सोच रहा था कि पुलिस ने उसके बारे में चेतावनी प्रसारित कर दी होगी। जिन्दगी को वह इतने स्पष्ट रूप से देख चुका था कि उसे अब किस बात की परवाह नहीं रह गई थी। उसने नीना को मरते हुए देखा और उसे पता चल गया था कि कार्टेज नपे गलती की थी। उसने कार्टेज को भी मरते हुए देखा ओर दिन में बड़ी राहत-सी महसूस की थी। वह धूप और समुद्री हवा का आनन्द उठाना चाहता था। जो उसे मिल गया था- उसने सही माइनों छुट्टियां बिताई थी।

जब वह उस रेस्ट्रां में पहुंचा, तो उसे भूख लगने लगी। वह दिन भर चलता रहा था ओर अब थक चुका था। इस समय सवा सात बज रहे थे।

रेस्ट्रा के प्रवेशद्वार की ओर बढ़ते हुए उसने एक नीले रंग की धूल से अटी कार देखी, जो पार्किंग-वे में अकेली खड़ी थी। सीढ़ियां चढ़कर उसने दरवाजा खोला और एक अच्छी तरह प्रकाशित आयताकार कमरे में कदम रखा जहां एक बार और चालीस के लगभग खाली मेजे थीं। दो नीग्रा वेटर वहां चहलकदमी कर रहे थे। काम न होने की वजह से उनके चेहरों पर उकताहट झलक रही थी।

बार में, हाथ में व्हिस्की और बर्फ का गिलास थामे, एक ठिगना-सा, लाल व खुशमिजाज चेहरे वाला-गंजा आदमी बैठा हुआ था। उसने एक पुराना सिटी सूट पहन रखा था। जिस पर इस्त्री नहीं की गई थी।

हैरी बार के सामने पहुंचा तो उस मोटे आदमी ने उसकी ओर देखकर सिर हिलाया।

''हेय!'' वह मुस्कराते हुए बोला-''मैं डैव हार्कनैस हूं। देखो न, मैं नियम विरुद्ध चल रहा हूं...अकेले पी रहा हूं।'' उसकी मुस्कान और चौड़ी हो गई-''तुम्हारे लिए एक ड्रिंक खरीदने की इजाजत दोगे?''

''मैं हैरी मिचेल।'' हैरी बार में झुका-''शुक्रिया, एक बीयर, प्लीज!''

हार्कनैस ने नीग्रो बारमैन को इशारा किया।

''खाना खा रहे हो?'' उसने हैरी से पूछा।

''इरादा तो है।''

''फिर तो बेहतर है साथ ही खा लें। दूसरी बात जो मुझे कतई पसन्द नहीं,, वह है अकेले खाना।''

''श्यौर।''

बीयर आ पहुंची और हैरी ने उसे पी लिया। उसने गहरी सांस खींचकर एक सिगरेट सुलगाई। उसने हार्कनैस को सिगरेट ऑफर नहीं किया, क्योंकि वह सिगार पी रहा था। उसने मीनू मंगवाया।

हार्कनैस ने हैरी की ओर झुककर मीन पर नजर डाली। उन्होंने डिनर में चिकन लेने का निश्चय किया।

''तुम हाल ही में फौज से निकले हो?'' हार्कनैस ने पूछा।

''लगता है, हर कोई इस बात को ताड़ लेता है।''

''मुश्किल काम नहीं है। छुट्टियां मना रहे हो?''

''खत्म हो चुकी है। मैं न्यूयार्क की ओर जा रहा हूं।''

''अच्छा?'' हार्कनैस ने दोबारा हैरी की ओर सोचपूर्ण नजरों से देखा-मैं फलों का थोक व्यापार करता हूं। पिछले बीस सालों से इस धंधे में हूं।''

दोनों एक टेबल में जाकर बैठ गये और उन्होंने बीयर का आर्डर दिया। हार्कनैस इधर-उधर की बातें करता रहा। उसने हैरी से वियतनामू के बारे में कई सवाल पूछ, लेकिन जब उसने देखा कि हैरी इस विषय से बोर हो रहा था, तो उसने बातचीत का सिलसिला विभिन्न समस्याओं और नये टैक्सो की ओर मोड़ दिया।

खाना खत्म करने के बाद जब दोनों ने अपने-अपने बिल चुकाए, तभी हार्कनैस ने बताया-''मैं भी सीधे न्यूयार्क जा रहा हूं। मेरे साथ आना पसंद करोगे?''

''थेंक्स, लेकिन मेरा इरादा यलो एकर्स में रुकने का है। मैं अपने दोस्तों से मिलना चाहता हूं। मैंने वायदा किया था कि वापसी के दौरान मैं उनसे जरूर मिलूंगा।''

''यलो एकर्स?'' हार्कनैस ने रुककर सिगार सुलगाया- ''वह तो मेरा होम टाउन है। कौन है तुम्हारे दोस्त? मेरा दावा है कि मैं उन्हें पहचानता हूं यलो एकर्स में मैं हर एक को जानता हूं- अगर लम्बे अरसे के लिए वहां नहीं रहना पड़े, तो यलो एकर्स एक छोटा-सा खूबसूरत कस्बा है।''

''मिसटर मोरेली और उसकी बेटी।'' हैरी ने कहा-''वह-''वह वहां एक रेस्ट्रां चलाता है।''

हार्कनैस के माथे पर बल पड़ गये। उसने बुरा-सा मुंह बनाकर हैरी की ओर देखा।

''तुम टोनी को जानते हो? बेचारा बहुत भला आदमी था। क्या बहुत दिनों से जानते थे उसे?''

''ओह, नो! कुछ दिन पहले मैं उसके रेस्ट्रां में रुका था। उसने और उसकी बेटी ने मेरे साथ बहुत अच्छा बर्ताव किया था।''

''उनकी किस्मत बहुत खराब थी।'' हार्कनैस ने हाथ से अपना गंजा सिर सहलाया-''चार रोज पहले टोनी की मौत हो गई है। उसकी बेटी बुरी तरह जल गई है और अस्पताल में पड़ी है।''

हैरी को जैसे लकवा मार गया।

''क्या कर रहे हो तुम?'' वह कर्कश स्वर में चिल्लाया।

''हां...एक छोकरो के झुण्ड ने उसके रेस्ट्रा में आग लगा दी थी, टोनी तो अन्दर ही फंस गया था। मारिया किसी तरह निकल तो गई थी लेकिन बुरी तरह झुझलाकर। मैंने तो ऐसा ही सुना था। मकान पूरी तरह जलकर राख हो गया था।''

''छोकरे?''

''हिप्पी।'' हार्कनैस सिर झटकते हुए बोला-''वे कुल पांच थे। पुलिस ने उन्हें पकड़ लिया है। उन्हें उनकी काफी दिनों से तलाश थी। गंदे, घिनौने, झक्की!''

''चार लड़के और एक लड़की?''

हार्कनैस ने उसे घूरा।

''हां। उनमें से एक का हाथ टूटा हुआ था। उन लोगों को कहना था कि बदला चुकाने के लिए उन्होंने ऐसा किया है।''

हैरी ने सिगरेट मसलकर रख दिया। वह कई क्षणों तक चुप्पी साधे बैठा रहा ओर हार्कनैस उसकी ओर ताकता रहा।

''इस इलाके में हिप्पियों की वजह से हमें बहुत परेशानी झेलनी पड़ती है।'' कुछ देर बाद हार्कनैस बोला-''मुझे रात के वक्त इस हाईवे में ड्राइव करना बिल्कुल मंजूर नहीं है। इसीलिए साथी की तलाश में रहता हूं। अगर पहिया पंक्चर हो गया या इंजन में खराबी हो गई, तो यह दुर्भाग्यजनक साबित हो सकता है। इस घटना की अगली रात को मेरा एक दोस्त सैम बैंज.... जो बरसो से ट्रक ड्राइवरी करता था, उसके ट्रक का पहिया फट गया था। हिप्पियों ने उसे घेर लिया था। वह इस समय जेल में है...हत्या के जुर्म में। इससे पहले कि वह हिप्पी उसके ट्रक को जला देते, उसने उनमें से दो का खत्म कर दिया था।''

हैरी की मुट्ठियां जोर से भिंच गई।

''सैम बैंज ने मुझे आरेंजविले तक लिफ्ट दी थी।'' उसने कहा-''मेरा इरादा तो उसी के ट्रक में वापस लौटने का था। क्या हुआ था?''

''वैल, अभी वह पहिया बदल ही रहा था कि दस हिप्पियों ने उसे घेर लिया। सैम कोरियन युद्ध में फौजी नोकरी कर चुका था-इसलिए काफी साहसी व मजबूत आदमी था वह। उसके पास डंडा मौजूद था। उन हिप्पियों ने पत्थर मार कर ट्रक की हैडलाइटें और शीशे तोड़ डाले तो बेहोश होने से पहले उसने दो हिप्पियों की खोपड़ियां तोड़ डाली थी। उन लोगों ने उसे घेरकर बुरी तरह पिटाई की, ट्रक जला डाला, फिर जब देखा कि दो झक्की मर चुके हैं तो भाग खड़े हो गये। सैम की एक कलाई टूट गई है और उसके मुंह में एक भी दांत नहीं है। वह जेल में है लेकिन ज्यादा दिन वहां नहीं रहेगा।'' हार्कनैस खड़ा हो गया-''खैर, आओ चलें। हमें रात भर एक लम्बी ड्राइविंग करनी है।''

जब हार्कनैस कार स्टार्ट कर रहा था, हैरी सोचने लगा-अगर मुझे मालूम होता कि यह सब-कुछ इस नतीजे पर पहुंचने वाला है तो अपनी रेजिमेंट के साथ ही रहता। हिमयुग....पाषाण युग....कांस्य युग....ओर अब, आतंक युग। आप इसे बच नहीं सकते-यह हर जगह मौजूद है।

उसने पीछे की ओर झुककर सामने से आती कारों की हैडलाइटों की ओर देखा। उसने हिप्पियों के झुण्ड को भी देखा, जो हाथ हिला-हिलाकर रुकने का इशारा कर रहे थे।

भविष्य के नागरिक...सैम बैंज ने कहा था।

उसने मारिया को याद किया जो हस्पताल में पड़ी थी, हंसमुख मोरेली को जो मर चुका था, नीना की जिसकी लाश समुद्र में तैर रही थी, सोलो जो पुलिस के हाथ पड़ चुका था और रैंडी....कहां होगा वह?

उसने कंधे झटकाये और सिगरेट के लिए हाथ बढ़ाया। शेवर्ले गरजती हुई हाईवे पर भागी जा रही थी, उसे लगकर उन घनघोर जंगल की ओर जिसे न्यूयार्क कहा जाता है।

***

व्यक्तित्व विकास

अच्छा इंसान सफल विजेता कैसे बने
शशिकांत 'सदैव'

डेल कारनेगी
लोक व्यवहार
प्रभावशाली व्यक्तित्व की कला

टॉपर्स के टॉप टिप्स
टॉपर बनना ना तो मुश्किल है, ना ही नामुमकिन
जे.पी.एस. जौली

डेल कारनेगी
चिंता छोड़ो सुख से जियो

कहानियाँ जो जीना सिखाएं
जे.पी.एस. जौली

कहानियाँ जो राह दिखाएं
सुख, समृद्धि और सफलता की पारसमणि
जे.पी.एस. जौली

मैनेजमेंट एवं कॉरपोरेट गुरु चाणक्य
चाणक्य द्वारा सिखाए गए यह सूत्र जो आज भी उतने ही प्रासंगिक है!
हिमांशु शेखर

डॉ. उज्जवल पाटनी
सफल वक्ता सफल व्यक्ति

आपके भीतर छिपी सफलता पाने की 8 शक्तियाँ
शिशिर श्रीवास्तव

सफलता की नई तकनीक
सफलता एक निरन्तर प्रक्रिया है
असंभव से संभव की ओर
असफलता से ना घबराएँ
परिश्रम का कोई विकल्प नहीं

टाइम मैनेजमेंट

आप और आपका व्यवहार
सूर्या सिन्हा

सोच बदलो सफलता पाओ
जोगिन्दर सिंह

क्या है नेटवर्क मार्केटिंग जानिए
No.1 Bestseller
सूर्या सिन्हा

जीत लो ख्वाबों को
जोगिन्दर सिंह

हार के बाद ही जीत है
जोगिन्दर सिंह

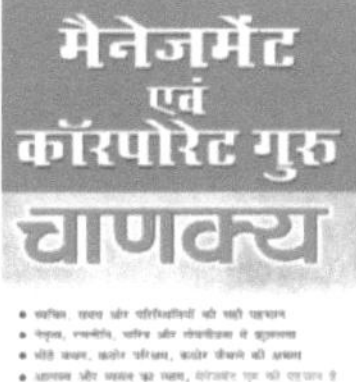

www.ingramcontent.com/pod-product-compliance
Ingram Content Group UK Ltd.
Pitfield, Milton Keynes, MK11 3LW, UK
UKHW041835190726
13854UKWH00002B/550

9 789356 848290